현직 외교관이 최초로 쓴 아프리카 기행 에세이

아웃 오브 아프리카

■ 이동진 지음

1999

모아드림

아웃 오브 아프리카

아프리카는 아직도 야만의 땅인가

아프리카라는 말을 들을 때 우리가 머리 속에 떠올리는 단어는 암흑의 대륙,빈곤,기아,말라리아,에이즈,정글 사파리 정도가 고작이다. 21세기가 되었지만 우리에게 아프리카는 여전히 미지의 땅으로 남아 있다. 참으로 먼 대륙 아프리카는 지리적인 거리보다도 무관심과 무지가 더 큰 것이다.

유럽이 대포와 십자가를 가지고 이미 4백년전에 아프리카에 진출했고, 지금도 아프리카는 그들의 영향력에 놓여있지만 우리가 아프리카와 본격적으로 접촉하기 시작한 것은 겨우 30년 전이다. 물론 유럽인들도 150여년 전까지 아프리카에 관해서 일반적인 무지에 젖어 있었다.

유럽인의 입장에서는 대탐험의 시대였지만, 아프리카 원주민이 볼 때는 별로 반갑지 않은 이방인들의 "염탐시대"도 있었다. 영국의 소설가 챨즈 디킨즈는 "야만인들의 땅에 문명의 빛을 던져주기 위해 선교 사나 탐험가가 목숨을 버리는 것은 소용없는 짓이고 그럴 가치도 없 다"고 말했다. 과연 아프리카는 야만인들의 땅이며 암흑대륙이었던가?

결코 그렇지 않다.

인류가 최초로 출현한 곳이 바로 아프리카라고 고고학자들은 증언한 다. 지중해 일대를 제외한 유럽대륙을 야만인들이 차지하고 살 때, 아 프리카에는 유럽의 웬만한 나라보다 몇 배나 넓은 지역을 통치하는 대 제국들이 번성하고, 독자적인 문화를 이루었다. 1만명이 넘는 기병대 를 상비군으로 갖춘 나라들도 있었다.

유럽인들이 아프리카 해안지방부터 식민지화할 때, 아프리카의 여러 왕국들은 무기를 들고 당당하게 전쟁을 벌였다. 그리고 패망했다. 그러 나 아프리카 대륙을 유럽의 일곱 나라가 분할해서 장악해버린 베를린 회의 이후 백년이 지나서 아프리카는 54개국으로 독립했다.

우리가 3천년의 역사와 문화를 자랑한다면, 아프리카도 그만큼 장구 한 세월의 역사와 문화를 자랑한다. 유럽인들이 아무리 아프리카를 자 기네 안마당으로 여기고, 때로는 원조와 협조를 내세운 간섭을 하러 들 어도, 아프리카 인들은 나름대로 높은 긍지를 가지고 대항한다.

물론 넓이가 3천만 평방 킬로미터(한반도의 136배)고 인구는 7억 5 천만명인 아프리카, 전세계 189개국 가운데 53개국이 몰려있는 아프 리카는 인종도 언어도 국경도 복잡하기 짝이 없다. 인구가 3천만명 전 후인 국가가 다섯(탄자니아, 수단, 알제리, 모로코, 케냐),4천만명 선 이 둘(남아공, 자이르),6천만명 선이 둘(이집트, 에티오피아),그리고 가장 인구가 많은 나이지리아는 1억 2천만 명이다.

특히 나이지리아에 인구가 집중되었다는 것은 그만큼 사람이 살기에 적절한 기후, 비옥한 토지, 풍부한 자원이 구비되어 있다는 의미다. 나이지리아는 OPEC 국가중 7번째 산유국이고 하루에 2백만 배럴씩 채굴해서 30년 이상이 걸리는 매장량을 보유한다. 경제규모로 보아서 서부 아프리카의 최대 시장이기도 하다. 나이지리아의 경제가 일어나야 서부 아프리카 여러 나라가 잘 살 수 있다는 말이 빈말만은 아니다. 영어로 의사소통이 가능한 값싼 노동력이 풍부하다. 아프리카 인으로 최초의 노벨 문학상을 수상한 월레 소잉카도 나이지리아 인이다.

그러나 나이지리아 인들은 자기 나라를 "잠자는 사자"라고 한다. 잠재력은 세계굴지에 속하나 현실이 바닥중의 바닥이다. 9백만이 사는 라고스 시내의 중심가만 보면 뉴욕이나 강남의 신사동에 들어선 기분이 들지만, 주변에는 절대 빈곤에서 허덕이는 서민들이 너무 많아 차라리 눈을 감아버리고 싶을 지경이다. 무장강도 때문에 밤길이 위험하다. 말라리아 뿐 아니라 에이즈도 심각한 위험요소다. 전기도 하루에 열번은 나간다.

한편, 전세계의 3천 개 언어 가운데 천 개 이상이 아프리카에서 현재 사용되고 있다. 그만큼 종족이 많다는 의미다. 식민지 시대에 유럽인들이 자기네 편의주의에 따라 멋대로 그었던 인위적인 경계선이 그대로 국경선이 된 이후, 아프리카의 신생 각국은 국내의 종족간 갈등으로 많은 비극을 겪었고, 지금도 번민하고 있다. 우리가 최근 2-30년 동안 체험하고 있는 지역 갈등 문제는 아프리카에 비하면 어림도 없다.

그렇다 해도 아프리카 인들은 새로운 내일의 꿈을 버리지 않고 있다. 지하자원과 수산자원이 풍부하고 개발할 농토도 광대하다. 값싼 노동력이 마지막으로 남은 곳은 이 대륙뿐이다. 잠재적 시장의 규모도 대단하다.

　비전이 있는 정치 지도자가 "시급한 민생고를 해결하고 국가를 재건하자!"는 구호를 외치면서 성실하게 국가 운영을 한다면, 아프리카는 절망의 대륙에서 벗어날 것이다. 우리는 오늘날의 아프리카에 대해서 동정심이나 값싼 인도주의 등으로 접근해서는 안 된다. 정글이나 사파리 관광의 대상으로만 보아서도 안 된다. 우리가 진정 세계 속의 한국으로 발전하기를 원한다면, 아프리카인들 하고도 대등한 입장에서 우호와 협조관계를 정립해야만 한다. 그래야만 긴 안목에서 우리의 이익을 확보할 수가 있다. 세계 구석구석이 선의의 경쟁터라면 아프리카라고 해서 예외일 수는 없지 않은가?

　이곳 요루바족의 속담에 "야자나무 기둥은 아무리 커도 목재가 되지 못한다"는 말이 있다. 바탕이 없으면 아무 쓸모가 없다는 의미다. 우리도 아프리카에 대한 인재양성, 조직관리, 경험과 지식의 축적 및 지속적인 연구등 체계적인 대비가 없다면, 언젠가 큰 이익을 놓치고 말 것이 아닌가? 그렇다면 아프리카를 알아야 한다.

1999년 8월
이 동 진

아웃 오브 아프리카 · 차 례

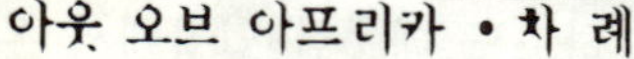

■**작가의 말** / 아프리카는 아직도 야만의 땅인가

제1장 : 잠자는 사자의 땅

- 나이지리아로 가는 길 · 17
- 시에라레온에는 사자가 없다 · 25
- 다이아몬드 전쟁 · 28
- 종족이 다르면 외국인이다 · 32
- 180년간의 식민지 통치 · 36
- 비밀결사의 왕국 · 50
- 클리토리스를 제거하는 여자의 할례식 · 54
- 상아 해안에는 코끼리가 없다 · 58

제2장 : 지옥의 노예들

- 아프리카의 파리 아비쟝 · 63
- 세계 최대의 성바오로 성당 · 69
- 황금의 나라 가나 · 76
- 민족주의자 엥크루마의 묘지 · 87
- 황금의자 전쟁 · 91
- 노예들의 감옥 엘미나성 · 98

제3장 : 기이한 서아프리카의 문화

- 독일영사가 삼킨 나라 토고 · 109
- 서아프리카 최대의 부적 시장 로메 · 115
- 여자로만 구성된 기병대 아마존 군단 · 122
- 부두(Voodoo)교의 중심지 우이다와 코토누 · 126
- 자동차로 통과하는 국경지대 모습 · 131

제4장 : 아프리카의 희망 나이지리아

- 올림픽에서 축구로 금메달을 딴 나라 · 137
- 인간이 만든 지옥도 · 144
- 인구 천만 명의 도시 라고스 · 148
- 사람이 죽으면 모두 화장해야 한다 · 156
- 전시행정의 표본 국립극장 · 159
- 아프리카 최초의 노벨 문학상 월레 소잉카 · 163
- 월레 소잉카의 저택을 방문하다 · 166
- 시체를 토막내어 매매하는 풍습 · 170

제5장 : 원시 동아프리카의 문화

- 토속신앙의 중심지인 "신성한 숲" · 177
- 350만년 전에 인류가 최초로 태어난 곳 · 183
- "어린 왕자"에 나오는 바오밥 나무 · 188
- 대통령이 두 명인 나라 · 196
- 노예무역의 중심지 잔지바르 · 200
- 백달러짜리 원숭이 요리 · 206

제6장 : 킬리만자로의 눈

- 헤밍웨이의 산 킬리만자로 · 213
- 킬리만자로를 걸어서 올라가다 · 217
- 킬리만자로에서 맞은 크리스마스 · 226
- 숨겨진 비밀의 마을에 가다 · 230
- 아프리카 흑인노예는 4천만 명이었다 · 246

제7장 : 아웃 오브 아프리카

- 〈아웃 오브 아프리카〉의 저자 집을 가다 · 251
- 마지막 식인종 · 256
- 솔로몬과 시바의 여왕의 후손이란 조작인가? · 260
- 바위산을 깎아 지은 성당 · 264
- 말라리아와 체체파리 · 269
- 콜롬부스보다 신대륙을 발견하다 · 273

제8장 : 천국과 지옥의 땅

- 한국인 선장들은 특공대 조업에 나선다 · 279
- 프리타운에는 무장 해적선들이 있다 · 283
- 흑인남자를 따라 간 한국여자 · 285
- 물위의 도시 강비에 · 288
- 정글에 지은 바티칸 대성당 · 293
- 무장강도와 총격전을 벌이는 교민들 · 297
- 라고스 대주교와 나눈 대화 · 302

제 **1**장

잠자는 사자의 땅

"동아프리카에서는
7-9세 소녀들의 클리토리스를
면도칼이나 사금파리로 제거하는
풍습이 아직도 남아 있다**"**

나이지리아로 가는 길

지난 30년 가까운 외교관 생활을 되돌아보면, 외교관이란 참으로 묘하기 짝이 없다. 서울에서 근무할 때는 일년이 지나기가 무섭게 해외로 나가고 싶어지지만 막상 해외에서 한 2년쯤 지나면 서울이 몹시 그리워지는 것이다. 종이 울리네 꽃이 피네 새들의 노래 웃는 그 얼굴… 서울은 이미 찬가에 나오는 그런 환상적인 도시는 아니지만 외교관들에게 서울은 만나면 시들하고, 헤어지면 그리워지는 그런 애인이라고나 할까? 요즈음 외교관들은 해외 근무 보다 서울 근무를 더 선호하는 경향이 있는 듯하다. 어쩌니 저쩌니 지지고 볶아도 서울에 사는 것이 낫다는 말이다. 그러나 아무리 국내 근무가 좋다해도 외교관은 역시 해외로 나가야 하는 것이 본연의 임무다. 내 경우도 벨기에 생활을 마치고 귀국한 후 국내에서 근무를 하다보니 어느 덧 만 3년이 훌쩍 지났다.

나이지리아 수도 아부자

　나이지리아 대사로 발령을 받은 것은 1995년 크리스마스 이브. 나는
전에 이집트 카이로에서 사흘동안 보낸 적은 있었지만, 카이로는 아프
리카라고 할 수가 없다. 1996년 3월 25일 월요일 아침에 나는 부임지
를 향해 김포를 떠났다. 동경에서 이틀, 런던에서 사흘을 보내고 3월30
일 금요일 11시에 캐트위크 공항. 오후 2시에 떠난다는 브리티시 에어
비행기가 3시간이나 연발했다. 체크인을 하고 난 뒤, 탑승 게이트 바로
앞에서 다시금 가방을 일일이 체크하기 때문이었다.

　나이지리아 인들이 하도 커다란 가방이나 짐 보따리를 두개, 세개씩
들고 들어와서 그 모양이었다. 웬 선물을 그리 많이 사 가는가?　아니
면, 모두가 보따리 장사꾼들인가? 영국인 남녀 직원 7명이 분주하게
오가고 소리치고 땀을 흘린다. 그러나 별로 능률적인 것 같지는 않았
다. 그렇게 가방을 다시 체크할 바에야, 아예 좌석표를 주기 전에 처음

부터 그렇게 할 것이지. 결국 한밤에 나이지리아의 라고스 공항에 내렸다. 김포부터 계산하면 비행기 안에서 꼬박 20시간을 갇혀 있었다. 불과 2백년 전인 범선시대에 암스테르담에서 일본의 나가사키까지 6개월이나 걸렸던 것과 비교하면, 하루도 못 되어 지구 반대편에 도착한다는 것은 최후의 심판 이후에 새로운 인간이 되어 하늘을 마음대로 날아다니는 것과 같다.

나는 귀빈실로 안내되었다. 도포자락을 펄럭이는 나이지리아 외무부의 공항 의전장은 피그미족과 반대로 거인족 출신이다. 손도 함지박 만하다. 서울에서 들은 말이 떠올랐다. 과연 소문대로 내가 부임한 땅은 온통 까맣다. 사람도 새카맣고 창 밖의 밤도 새까맣다. 그러나 별다른 생각은 들지 않았다. 흑인종도 황인종과 마찬가지 사람, 혈관에는 붉은 피가 돌고 있으니까. 대사관에서 모두들 나와서 환영의 인사를 했다. 아프리카의 첫 발이었다. 아프리카에서도 나이지리아, 거기서도 라고스라고 하면, 무장강도와 사기꾼이 득실거리고, 눈에 보이지도 않는 모기가 말라리아를 마구 선물하는 곳으로 악명 높은 곳이다. 대사관의 1호차에 타니 대뜸 앞자리에서 기관총이 보였다. 섬뜩했다. 물론 대사관을 경호하는 군인이었다. 밤거리가 위험하니까 공항까지 따라나온 것이다. 공항에서 대사관까지 35 킬로미터를 달렸다.

아프리카라고 하면, 밀림의 왕자, 정글북, 아웃 오브 아프리카 등에서 본대로 무시무시한 정글, 광대한 초원, 코끼리, 사자, 원숭이, 구렁이 등을 상상한다. 그러나 막상 와서 보니 그게 아니었다. 구석구석에 대도시와 마을이 자리잡고, 고속도로가 있고 수십층 빌딩도 있고, 비행기가 날아다닌다. 다만 한가지 여기서 볼 수 없는 것은 기차다. 과거에

철로가 사방으로 뻗었지만, 독립 이후에 관리가 엉망이라 폐쇄된 상태
다. 아프리카에서 가장 필요한 것이 바로 기차인데, 그 기차가 없는 것
이다.

어쨌든 라고스만 해도 유동 인구를 합치면 천만 명이 넘는 아프리카
최대의 도시다. 나이지리아의 면적은 남북한의 5배, 인구는 1억 2천만
명이나 된다. 언어와 풍속이 전혀 다른 종족이 4백여 개 가량 된다. 그
래서 영어를 공용어로 사용한다. 국회가 지금은 없지만, 과거에는 국회
에서 요루바, 하우사, 이보등 3개 주요부족의 언어를 공식언어로 사용
했다. 그래도 서로 알아듣는 말은 영어밖에 없다. 그러면 모든 국민이
다 영어를 하느냐? 그렇지는 않다. 문맹률이 50-60%나 된다. 정확한
비율은 물론 아니다. 여기는 통계다운 통계가 발표되지 않는다. 인구조
사도 1991년에 했다는데 아직도 발표하지 않는다. 컴퓨터가 5년씩이
나 고장일 리가 없는데 말이다. 통계를 발표하지 않는데도 정치적인 이
유가 있다니 그 속은 알다가도 모를 일이다. 부족들의 역사, 식민지시
대, 그리고 독립후의 권력구조 변천을 모르고는 이 나라 사회에 대해서
단순 논리로 이상론을 소리쳐 봐야 소용없다. 불편한 것도 한두 가지가
아니다. 그러나 여기는 흔히 하는 말이 있다. 하나도 인내, 둘도 인내,
죽어도 인내! 무조건 모든 것을 참고 지내라는 말이다. 차음에는 이해
가 안 가지만 한참 지나면 고개가 절로 끄덕여진다.

대사는 주재국에 도착해도 국가 원수에게 신임장을 제정하기 전에는
공식적인 활동을 못하게 되어 있다. 국제 관례가 그렇다. 그래서 하루
빨리 신임장을 제정하고 싶어한다. 그러나 대사가 제정하고 싶다고 해
서 빨리 되는 일은 아니다. 주재국 외무부에서 날짜와 시간을 통보해

라고스의 시내버스

주어야 한다. 마냥 기다리는 수 밖에 없다. 나이지리아는 한달에 한번, 마지막 금요일 오후에 신임대사 3-4명을 한꺼번에 몰아서 신임장을 접수하는 것이 대통령궁의 관례라고 한다. 신임대사가 3-4명이 되어야 국가원수 일정의 날짜가 잡힌다는 말이다.

그런데 내가 도착하고 보니 신임대사라고는 나 하나 뿐이다. 다른 나라에서 신임대사들이 오기를 기다려야 한다. 일주일인가 지나 일본 대사가 새로 도착했다. 그래도 두명이다. 4월은 공치는가 보다 하고 체념하고 있을 때 나이지리아 외무부에서 통보가 왔다. 다른 지역에 주재하는 말리 대사가 나이지리아를 겸임하게 되어 3명이 찼다는 것이다. 그래서 순서는 말리, 한국 그리고 일본. 내가 일본 대사 보다 선임자라는 사실이 기분 좋았다. 의전관례상 대사들의 서열은 신임장을 제정한 날짜 순서에 따른다.

라고스에서 국내선을 타고 북쪽으로 한시간 날아가 나이지리아의 수도 아부자에 도착했다. 한시간 내내 평야지대를 내려다보았다. 울창한 밀림이 아니라 드문드문 숲이 있는 사바나 지대다. 한가지 걱정이 있었다. 서울을 떠날 때 흑청색 동복을 입고 비행기를 탔는데 나이지리아의 4월은 기온이 35도다. 검은 색 하복을 들고 오지 않았으니 낭패가 아닌가! 그렇다고 흰색 하복으로 신임장을 제정할 수는 없는 노릇이다. 에라 모르겠다. 땀이나 실컷 흘리면 되지. 그런 배짱으로 순모 동복 한벌을 들고 아부자 국제공항에 내려 나이콘 노가 힐튼호텔로 돌진했다. 다음 날은 4월 26일 금요일. 의전 차가 예정대로 제 시간에 호텔로 왔다. 세단식 벤츠인데 타고 보니 에어컨이 나오지 않는다. 유리창은 모두 굳게 닫혀 있다. 방탄유리 같지도 않고, 나 같은 대사 정도를 총으로 쏠 놈도 없을 테고, 새로 건설한 그 아부자 새 수도에서 총을 가진 자라고는 군인밖에 없으니, 창문을 열어도 좋을 텐데, 야속하게도 창문을 열지 않고 달린다. 20여분만에 대통령궁 정문 입구에 도착했다. 그런데 앞에서 선도하던 경찰 오토바이가 거기서 스톱이다. 말리 대사의 절차가 아직 안 끝나 기다려야 한다는 의전관의 말이었다. 국기 게양대가 빤히 보였다. 거기 태극기가 올라가야 우리 차가 움직일 것이다. 땀이 이마에 방울방울 솟은 지는 벌써 오래 되었다.

반시간이 지나서야 차가 다시 움직였다. 대통령궁 마당에 마련된 단 위에 올라섰다. 붉은 카페트. 열대의 태양 아래 태극기가 펄럭인다. 군악대가 애국가를 연주한다. 가슴에 손을 얹는다. 그 때 비로소 아, 내가 우리 나라를 대표하는 대사로구나 하는 느낌이 밀물져 왔다.

의장대를 사열하고 연단으로 돌아와 경례를 받았다. 그리고 즉시 연단을 내려서서 대통령궁 현관을 통해서 안으로 들어갔다. 대리석이 깔린 커다란 홀이다. 텔레비전 카메라를 위해서 조명이 눈부시게 밝아졌다. 반대편에 나이지리아 국가원수(장군이기 때문에 대통령이라는 호칭은 사용하지 않았다)가 서 있고 나이지리아 외무장관이 나를 한국대사라고 소개했다. 내가 다가가서 악수를 한 뒤에 신임장을 제정했다. 국가원수의 안내로 응접실로 들어가서 10분 가량 양국 관계에 관해서 이야기를 나누었다. 그리고 자리에서 일어서서 국가 원수와 악수를 한 뒤에 의전장의 안내로 대통령궁을 나섰다.

나이지리아는 전세계 7대 산유국이다. 매년 원유판매 수입이 백 50억 달러나 된다. 그리고 석탄 등 지하자원과 수산자원이 풍부하다. 과거에는 농산물 수출이 대단했다. 그리고 값싼 노동력이 엄청나게 많다. 그러나 일반 국민의 생활은 가난이라는 말로 표현하기조차 힘들 정도로 가난하다. 중견 공무원이나 대학교수 월급이 백 달라 미만이다. 원인은 여러 가지 있겠지만, 대체적으로 30여년에 걸친 군사통치, 무능, 부패 등이다. 그러니까 하늘이 내린 가난이 아니라 인간이 만들어낸 가난이다.

내가 겸임하는 시에라레온도 다이아몬드, 보크사이트, 티타늄, 수산자원등이 풍부한 나라지만, 가난으로 치면 전세계에서 두번째다. 역시 인간이 만들어낸 가난이다. 그러나 절망은 없다. 인간이 만든 가난이니까 인간이 해결할 수가 있다. 다만, 누가, 언제 악순환의 매듭을 풀 것인가가 문제다. 국제적인 이해관계가 얽혀있고, 식민지 시대의 유산과 사고 방식과 감정이 남아있어서 문제가 더욱 복잡하다. 게다가 언어가 다른 수백 종족간의 대립과 갈등도 골치 아픈 문제다.

언젠가는, 영원한 희망사항으로 보이기도 하지만, 아프리카 대륙을 기차가 동서남북으로 달리고, 고속도로가 거미줄처럼 뻗는 그런 시대가 올 것이다. 그러면 아프리카가 인류의 영원한 짐이 아니라, 인류를 먹여 살리는 새로운 문명의 땅이 될 것이다.

아프리카인이 게으르다는 고정관념은 허구다. 식민지 시대에 백인들이 만들어낸 고약한 평판이다. 일제시대에 일본인이 조선인을 평하던 말과 같다. 새벽 다섯 시에 해뜨기도 전에 부지런히 움직이는 라고스인이 얼마나 많은가! 아프리카인이 게으르다면 벌써 다 굶어죽었을 것이다. 물론 야자나무나 코코넛 나무 그늘에 늘어져 있는 사람이 많다. 그러나 그것은 일자리가 없기 때문이지, 결코 이 사람들이 게을러서가 아니다. 그리고 저능아들도 아니다. 손재주가 많고 머리가 좋다. 사기꾼이 많다는 것은 머리가 뛰어나다는 뜻이다. 한국인 가운데도 이쪽의 무역사기에 걸려들어 곤욕을 치르는 경우가 가끔 나온다. 최근에는 호주의 준 재벌쯤 되는 노인이 왔다가 그런 사기에 걸려들기도 했다.

시에라 레온에는 사자가 없다

사람의 이름이든 나라의 명칭이든 큰 대자를 붙인다고 해서 반드시 부유하거나 위대해지거나 강대해지는 것은 아니다. 이름을 대왕이나 황제라고 한다고 해서 그 사람이 왕이나 황제가 된다면, 이 세상에서 월급쟁이 할 사람은 하나도 없을 것이다. 역사책에 대왕이나 대황제로 기록된 인물 가운데 지지리도 못나거나 비참하게 살해된 경우가 얼마나 많은가!

아프리카 서부 해안에는 사람 머리로 치면 뒤통수처럼 툭 튀어나온 곳이 있다. 거기 한 구석에 시에라 레온 이라는 작은 나라가 자리잡고 있다. 시에라 레온은 "사자의 산맥"이라는 뜻이다.

물론 원주민 스스로가 정한 명칭은 아니고 식민지 시대부터 전해 내려오는 것을 그대로 국호로 삼은 것이다. 사자의 산맥… 나라 이름 치고는 대단히 웅장하고 멋지다. 그러나 세계에서 가장 가난한 나라부터

시에라 레온, "제2번 강"가에서 "태풍을 기다리며"

거론한다면 항상 첫 번째로 꼽힌다. 첫 번째라고 해서 다 명예스럽거나 바람직한 것은 아니라는 사실을 가르쳐준다. 또한 나라 이름이 거창하다고 해서 그 나라가 반드시 강성하거나 위대한 것은 아니라는 점도 상기시킨다.

불과 50여년 전까지만 해도 대영제국이나 대 일본제국이라는 나라가 있었다. 이제는 명칭을 소박하게 연합왕국(United Kingdom,줄여서 U. K.)과 일본으로 바꾸어서 부른다. 그렇다고 해서 영국과 일본이 제국주의 시대의 영화에 대한 미련을 완전히 버렸는지는 의문이다. 영국이 핵무기와 핵잠수함을 고수하고, 일본이 군사력의 정예화에 몰두하는 이유는 어디 있을까? 짐작이 그리 어렵지 않은 대목이다. 자기네 무기가 방어용이라고 강변하겠지만, 현대전에서는 방어용과 공격용의 경계선이 모호하기만 하지 않은가?

어쨌든 거창한 나라 이름은 어떤 면에서는 거추장스러운 것이다.

그런데 대한민국은 어떤가? 나라 이름에 큰 대자가 아직도 붙어 있는 경우는 세계에서 아마도 우리 나라가 유일하지 않을까? 그냥 한국이라고 해도 좋지 않을까? 한민족의 나라니까 그냥 한국이라고 불러도 무방할 것 같다는 생각을 해본다. 지금은 시대가 변했다.

한강을 가로지르는 20여개 다리에도 큰 대자가 붙어있다. 그런데 영문 표기로는 Great Bridge라고 하지 않는다. 이것도 한글 따로, 영어 따로 인가? 이러한 의식구조를 가지고 있는 우리가 아프리카의 작은 나라 시에라 레온의 국호가 너무 거창하다고 비웃을 수는 없다.

시에라 레온이라는 명칭의 유래에 관하여는 설이 구구하다.

15세기 초 포르투갈 인들이 처음 도착했을 때 수도 프리타운이 위치한 프리타운 반도의 형상이 "사자와 비슷한 산맥"으로 보여서 그런 명칭으로 불렀다는 설이 우선 그럴듯하게 들린다.

그러나 지금도 바다에서 바라다보면 프리타운 반도가 사자의 모습을 전혀 닮지를 않았다. 그래서 이 설은 근거가 희박하다. 한편 해안에 부서지는 파도소리가 마치 사자가 울부짖는 소리처럼 들려서 그런 명칭이 생겼다는 설도 있다. 그러나 이것도 누군가가 지어낸 공상의 산물이다. 파도소리가 요란한 해안이 어디 여기 뿐이겠는가?

일반적으로 수긍하는 설은 15세기 당시 프리타운 반도 일대에 사자들이 득실거렸기 때문이라는 것이다. 그런데 그 많던 사자들이 지금은 한 마리도 보이지 않는다. 대포 소리와 총소리가 듣기 싫어서 어디론가 멀리 한적한 밀림 속으로 떠나버린 것이다. 프리타운 시내에 동물원마저 없으니 사자를 구경할 수도 없다. 그러니까 시에라 레온이란 사자들은 떠나고 빈 껍데기 이름만 남은 곳이다.

다이아몬드 전쟁

얼마 전에 시에라 레온의 어느 시골에서 소년이 주먹만한 "이상한" 돌멩이를 주웠다. 누더기 같은 바지에 그 돌을 문질러서 진흙을 닦아냈더니 "이상한" 광채가 났다. 나중에 알고 보니 다이아몬드였다. 전세계에서 가장 큰 다이아몬드보다 약간 작은 것이라고 했다.

물론 그 거대한 다이아몬드는 지방 관리가 압수해서 대통령에게 바쳤다. 시에라 레온에서는 모든 다이아몬드가 국유재산이고, 정부의 허가를 받지 않으면 외국으로 가지고 나갈 수도 없도록 법으로 정해 놓았기 때문이다. 그러나 그 다이아몬드를 정부에서 어떻게 처리했는지에 대해서는 그후 아무런 보도가 없었다.

프리타운 공항에 다이아몬드를 탐지하는 기계가 설치된 것 같지는 않고, 드나드는 여객들의 몸을 샅샅이 수색하지도 않는다. 그러니까 적당히 다이아몬드가 외국으로 새어나갈 여지는 얼마든지 있어 보인다.

이 나라의 다이아몬드 광산촌에서는 산이나 들에서 다이아몬드를 줍는 일이 예전부터 자주 있어왔다. 물론 날이면 날마다 걸어 다니는 사람의 발 뿌리에 다이아몬드가 마구 채이는 것은 아니다. 백년 전에는 그랬는지 모르지만, 그 동안 하도 노천광의 채굴을 많이 해서 요즈음은 땅 속을 깊이 파고 들어가야만 한다.

시에라 레온의 면적은 제주도와 여러 섬을 제외한 우리 남한의 면적과 비슷하다. 인구는 겨우 5백만. 이 가운데 백만 명이 수도 프리타운에 집중되어 있다. 어쨌든 시에라 레온은 다이아몬드와 금의 산지로 유명하다. 1961년 독립 당시 다이아몬드는 총 수출액의 43%를 차지했다. 철광석, 티타늄광, 크롬광도 주요수출품목이다. 알루미늄의 원료인 보크사이트의 매장량도 풍부하다.

그러니까 평화롭게 농사를 짓고 "정상적으로" 광산물을 수출한다면 5백만 밖에 안 되는 국민이 가난에 허덕일 이유가 하나도 없는 나라다. 게다가 프리타운 반도의 해안은 아프리카에서도 가장 아름다운 경치와 백사장을 자랑하는 곳이라서 유럽인 관광객을 유치하는데 안성맞춤이기도 하다.

그러나 독립 이후 쿠데타가 거듭되었다. 군사지도자들은 부패하고 무능했다. 그러면서도 반대파 처형에 몰두했다. 전시용으로 거대한 국책사업을 일으켜 국고를 바닥냈다. 1991년부터 내전이 시작되었다. 지배층의 부정부패에 항거하고 국민을 절대빈곤에서 구한다는 명분을 내걸고 사병출신의 포데이 산코가 반란을 일으킨 것이다. 반란군은 주로 다이아몬드 광산촌 일대를 점령하고는 다이아몬드를 팔아서 무기를 조달했다. 다이아몬드 전쟁이 벌어진 것이다.

그 결과는 반란군의 의도와 정반대의 길을 걸었다. 빈약하지만 그나마 어느 정도는 남아 있던 농업기반이 완전히 붕괴했다. 광산도 모두 폐쇄되었다. 결국은 경제가 거덜나고 말했다. 연간 수출액의 8배나 되는 15억불의 외채는 이자도 못 갚을 지경이다.

그래서 시에라 레온 사람들은 자조적으로 이런 농담을 한다.

태초에 신이 세상을 창조할 때 시에라 레온에 너무나도 풍부한 천연자원을 부여했다. 그랬더니 천사들이 다른 나라들과 비교하면 매우 불공평한 처사라고 항의했다. 신이 천사들에게 대답한 말이 걸작이었다.

"흥! 내가 불공평하다고? 두고 봐. 저 나라에 내가 어떤 종류의 인간을 배치하는지 두고 보란 말야."

구슬이 서말 이라도 꿰어야 보배라는 속담이 있다. 시에라 레온에 딱 들어맞는 말이다. 다이아몬드가 아무리 많이 묻혀 있어도, 각자 대강 파서 슬쩍하고, 권력자들이 독점하고, 사방에서 밀매하는 판에 그 다이아몬드가 국가발전과 무슨 상관인가? 미국 서부의 골드 러시처럼 시에라 레온에서 "다이아몬드 러시"가 일어난 것은 1952년. 농촌에서 너도나도 호미자루 내던지고 광산으로 달려갔다. 모두 일확천금의 꿈으로 눈이 멀었다. 쌀 농사는 망했다. 그러니 쌀값이 폭등할 수밖에. 그래서 3년 뒤에 대규모 폭동이 벌어졌다.

다이아몬드가 발견되는 바람에 나라경제의 기초가 무너진 것이다. 1991년에 시작된 내전도 결국은 다이아몬드 밀수를 마음대로 하고 싶어하는 일부 세력이 부추겨서 터진 것이라는 주장도 들린다.

그러니까 다이아몬드는 신의 축복이 아니라, 인간의 어리석음 때문에 악마의 저주로 변한 것이다. 다이아몬드 전쟁은 시에라 레온에 국한되는 이야기가 아니다.

라이베리아는 미국에서 해방된 흑인 노예들이 이주해서 세운 나라
다. "자유의 나라"라는 의미에서 국호를 라이베리아라고 했다. 서부 아
프리카에서 첫 번째로, 세계에서는 12 번째로 다이아몬드를 많이 생산
하는 나라다. 89년도 생산량이 30만 캬라트다. 그런데 이 나라도 수십
년간 내전으로 황폐해졌다. 주로 다이아몬드를 둘러싼 이권 싸움의 성
격이 짙다. 그래서 라이베리아 내전도 다이아몬드 전쟁이라고 부른다.

콩고 내전도 다이아몬드와 구리 광산을 둘러싼 이권 싸움이라고 볼
수가 있다.

다이아몬드를 포함한 천연자원이 풍부하다고 해서 나라가 자동적으
로 잘 살게 되는 것은 결코 아니다. 지배층이 이익을 독점하고 대다수
의 국민이 가난에 허덕이면 혁명을 가장한 쿠데타가 일어나고 사회주
의가 등장한다.

그러나 쿠데타도 사회주의도 부패의 먹이사슬, 탐욕자의 무능, 사회
조직의 근본적인 붕괴를 막기는커녕 오히려 더욱 촉진시켰다. 새로운
지배층 자신이 썩어버리기 때문이다.

종족이 다르면 외국인이다

아프리카에서 종족이 다르다고 하는 것은 출신 지역이 다르고 색다른 사투리를 쓴다는 그런 의미가 아니다. 말이 전혀 통하지 않고 풍습과 가치관이 서로 다른, 말하자면 완전히 서로 외국인이라는 것을 의미한다.

프리타운 항구에서 공항으로 건너가는 모터보트를 기다릴 때 참혹한 광경을 본 적이 있다. 시멘트 블록 담 밑에 한 사내가 길게 누워 있었다. 자세히 살펴보니 머리에 심한 상처를 입고 피를 줄줄 흘리고 있는 것이 아닌가!

안내하는 교민에게 내가 물었다.

"사람들이 왜 구경만 하고 도와주지 않는 겁니까?"

교민이 아무렇지도 않은 듯이 대답했다. 그런 장면은 이미 하도 여러 번 보아서 익숙해진 모양이었다.

(좌)빠우인족 전사 (우)빠우인족 여인

"자기 종족이 아니니까 그렇겠죠."

"같은 시에라 레온 사람이 죽어 가는데도?"

"여기선 나라보다도 종족이 우선합니다. 다른 종족 사람이야 죽든 말든 자기와 상관이 없다고 생각하지요."

이런 상황에서 국가라는 단위가 무슨 의미를 지닐 수가 있겠는가?

시에라 레온만 해도 그 안에 18개의 종족이 섞여서 살고 있다. 아프리카의 다른 나라에 비하면 18개는 그래도 적은 편이다. 나이지리아에는 언어와 풍속이 다른 종족이 4백여개나 된다. 사실 종족이라는 말보다는 민족이라는 말이 더 적합할 것이다. 대부분의 나라가 다종족, 아니 다민족 국가다. 한 종족이 권력을 잡으면 나머지 여러 종족을 지배한다. 그래서 그 권력을 계속 유지하려고 별별 수단을 다 쓴다. 국가 전체의 발전보다도 자기가 속한 종족의 이익을 먼저 생각하게 마련이다.

나이지리아에서는 어느 군인이 중령으로 진급하는 경우, 그 중령이 속한 종족 또는 부족이 일간지에 축하 광고를 전면으로 낸다. 물론 매우 비싼 유료 광고다. 왜 그런가? 그 중령으로부터 뭔가 혜택과 이익을 종족 전체가 받을 것으로 기대하고 있기 때문이다.

축하광고까지 해주었는데도 그 중령이 청렴결백한 척 하거나 갖은 수단으로 긁어모은 돈을 혼자서만 냠냠하는 경우에는 종족으로부터 규탄되고 배척을 받는다. 심하면 자기 자리를 유지하지 못하고 만다.

이런 측면에서 볼 때 부정부패를 우리 식으로 해석하기가 곤란하지 않을까 하는 생각도 든다. 그렇다고 구조적 만성적인 부정부패를 기정사실이나 아프리카 식의 생활양식으로 수긍하여 체념할 수도 없지만…

라고스의 우리 대사관 관저에서 일하는 청소부는 월급을 타면 자기 부족의 일가친척과 친구들과 어울려서 그 돈을 다 쓰고 온다. 그 청소부만 그런게 아니다. 대도시에 오래 사는 사람들일수록 개인주의가 발달하는 경향이 있기는 하지만 아직도 부락 공동체의 생활 양식이 남아 있는 것이다.

전통적인 푸근한 인심이라고 해석할 수도 있다. 그러나 다 같이 가난의 사슬에 언제가지나 묶여 있는 결과를 낳기도 한다. 가난하게 살겠다고 한다면 문제는 간단하다. 그러나 아프리카 사람이라고 해서 가난하게 살기를 좋아하겠는가? 열대지방이니 콜라도 마셔야 하고 맥주도 좋아하고 쇠고기 맛도 아는데…

외국의 건설업체들이 도로공사를 할 때 몹시 애를 먹는 것이 바로 이 종족문제다. 종족 사이에, 같은 종족이라도 마을과 마을 사이에 보이지 않는 경계선이 있다. 경계선은 산이 될 수도 있고 작은 하천이 될 수도 있다. 그러나 지도에는 표시가 되지 않은 것이고, 대개는 그 선이 분명하지 않아 자기네끼리도 싸운다. 말로만 싸우는 것이면 다행이다. 칼과 총과 횃불을 들고 밤에 기습도 하고 상대방 마을 전체를 불태우고 수십 명씩 죽이기도 한다.

도로공사라면 여러 종족의 지역이나 여러 마을을 통과할 수밖에 없다. 중앙 정부로부터 허가를 받았으니 그냥 공사를 하면 그만이라고 생각했다가는 바보다. 원주민들의 이익을 위해서 공사를 하는데 왜 보상금을 주어야 하느냐고 질문하는 것은 어리석어도 한참 어리석다. 정부의 허가를 받았으니 원주민에게는 보상금을 요구할 권리가 없다고 생각하는 것은 더욱 어리석다.

시공업체는 공사기한을 지켜야 한다. 시한을 지키지 못하면 엄청난 액수의 벌금을 정부에 물어야 한다. 그러니까 공사를 시작하기 전에 반드시 부족장이나 마을의 대표와 비공식적인 협상을 해야 한다. 원주민들이 방해를 하면 공사를 제대로 진행시키기가 거의 불가능하기 때문이다.

그래서 공사를 딸 때 원주민 몫으로 일정한 액수의 한도를 미리 정해두는 것이 관례다.

180년간의 식민지 통치

시에라 레온에서 공식적으로 사용하는 공용어는 영어다. 그러나 일상생활에서는 영어 이외에도 18개 종족이 사용하는 토속어가 있다. 토속어는 주로 템네와 멘데라고 하는 두 계통으로 양분된다. 여기에 노예출신의 후손인 크레올(크리오)족의 크레올어(영어의 변형과 토속어가 혼합된 것)이 추가된다. 크레올족은 주로 프리타운 반도 일대에 몰려 살고, 비록 숫자는 적지만, 시에라 레온이 영국의 식민지로 편입되기 이전부터 사회 각계에서 큰 영향력을 발휘해 왔다.

그래서 영어가 공용어이긴 해도, 일상용어로는 크레올어가 널리 통용되고 있는 실정이다. 180년간에 걸친 영국 식민지 통치는 시에라 레온 사회에 정치, 경제, 사회 각방면에 엄청난 영향을 미쳤다. 그 공적과 악영향에 관해서는 아직도 논란이 계속되고 있다.

영국의 통치가 영어라는 공용어를 주고 18개 종족을 묶어서 시에라 레온이라는 단일국가를 만들었다. 식민지 시대에는 안정된 정부가 있어서 종족간의 유혈충돌이나 노예사냥을 금지했고 모든 사람이 법 앞에 평등하다는 것을 확립했다. 그렇게 식민지 시대의 공적을 주장하는 사람도 있다. 이러한 주장은 시에라 레온 뿐 아니라, 나이지리아, 가나, 남아공화국, 케냐, 탄자니아 등 영어사용 국가에서도 마찬가지다. 영어라는 공동의 의사소통 도구를 남긴 것에 대해서 아프리카 인들은 감사하는 생각이 있다. 프랑스의 지배를 받은 나라들도 사정은 비슷하다.

수십개 내지 수백개의 종족으로 구성된 나라들이 영어나 프랑스어라는 공용어가 없었다면, 종족별로 뿔뿔이 분열되어서 단일국가로 존립할 수가 없었을지도 모른다. 물론 영국과 프랑스가 의도적으로 혜택을 베풀기 위해서 영어와 프랑스어를 가르친 것은 결코 아니다. 식민지 지배를 효과적으로 수행하기 위해서 가르쳤고, 원주민 가운데 상류층은 식민지 정권에 협조하기 위해서, 일반 백성은 살아남기 위해서 배웠을 뿐이다.

한편, 반대 주장도 만만치는 않다.

식민지 정부는 시에라 레온인의 자치권을 인정하지 않았다. 전통적인 족장제도를 약화시키고, 토착적인 자치구조를 파괴했다. 종족간의 분열을 조장하여 자기네 통치에 유리하게 이용했다. 그런 반론이다.

통신망, 철도, 자동차 도로, 항구, 공항을 건설하고 전신전화선을 가설하여 사람과 물자, 그리고 아이디어와 정보가 폭넓게 이동하게 만든 것은 식민지정부의 공적이라고 하는 주장도 있다.

그러나 그런 모든 조치는 어디까지나 영국인이 자기네 이익을 최대한으로 도모하려는 목적에서 한 것이지 시에라 레온인을 도우려는 목적은 전혀 없었다. 만일 시에라 레온인이 혜택을 받았다고 한다면, 그

것은 우연히 생긴 부산물에 불과하다고 반론이 제기된다.

이 반론은, 일본제국이 한반도에 혜택을 준 것이 많다는 일본우익들의 발언을 상기할 때, 우리가 크게 참고할만한 부분이다. 강도단이 자기네의 대량약탈에 편리하도록 깔아놓은 도로와 철도 등이 원주민을 위한 복지시설 혜택이라고 주장한다면, 사람의 입을 가지고 서로 대화할 필요도 없지 않겠는가?

식민지 정부는 극소수의 시에라 레온인을 영국식으로 세뇌시키는 교육만 실시하고 대다수를 문맹상태에 저버렸다는 비판을 받는다. 사실 2차 대전 이전에 영국인들의 식민지 정부는 학교설립에 전혀 열성을 기울이지 않았다.

식민지의 유산 가운데 가장 개탄스럽고 또 가장 오랫동안 끈질기게 남은 것으로 거론되는 점은, 시에라 레온인이 서양의 생활과 가치관에 너무 물들었고 유럽의 상품과 서비스를 맹목적으로 선호하게 되었고, 그런 습성이 아직도 계속된다는 것이다. 아프리카의 것은 모두 나쁘고 열등하다. 유럽의 것은 뭐든지 좋고 더 우수하다. 그렇게 생각하는 사고방식이 문제라는 것이다.

180년간이나 식민지 통치를 받은 시에라 레온이 그런 문제를 안고 있다면, 일제시대 36년간을 거친 우리의 경우는 어떤가? (180년과 36년은 하늘과 땅 차이다!)

외국제 또는 미제라면 사족을 못 쓰고 매달리는 풍조가 우리 사회를 휩쓸던 때가 언제까지 지속되었던가? 아니, 그런 시절이 영영 과거의 역사 속에 묻혀버렸던가? 아직도 우리 사회는 그 외국 병에서 벗어나지 못하고 있는 것이 아닐까? BMW나 벤츠 승용차 따위가 뭐라고, 그런 차를 탄 사람을 막가파는 살해하는가? 그런 차를 탄 사람도, 막가파의 살인광들도 결국은 외국병의 환자가 아닌가?

게다가 어린아이 기저귀에서부터 신사복에 이르기까지, 오렌지주스에서 죠니워커 블루에 이르기까지 그 숱하게 쏟아져 들어오는 외제상품은 누가 소비하고 있는가? 벤츠, 볼보, BMW, 링컨 콘티넨탈을 사는 사람은 누구인가?

"지구촌"이나 "세계화"라는 말은 경제적으로 기술적으로 우월한 위치에 놓인 선진국들이 자기네 이익을 전세계적으로 확보, 확대하기 위해서 전략적으로 사용하는 말이다.

무한 자유경쟁을 하면 누가 이기는가?

지구촌이나 세계화는 그런 불평등 경쟁을 촉진하는 깃발이다. 물론 세계적인 추세는 어쩔 수 없다는 말이 나온다. 그런 면도 있다. 그러나 지구가 정말 하나의 지구촌 즉 마을로 변했다고 믿는다면 착각도 망국적 착각이다. 아무리 로케트가 화성, 목성에 간다고 해도 지구상의 무수한 지역에서는 소달구지를 끌고 있다. 선진국 시민들이 사랑하던 개나 고양이는 죽어서 무덤이 있지만, 후진국에서 굶어죽은 수백만 어린이는 무덤조차 없다.

무엇이 지구촌인가?

자유무역은 좋다. 우리도 외제물건을 좋은 것은 사다가 써야 한다. 그러나 정신은 차려야 하지 않겠는가? 식민지 시대의 나쁜 유산을 개탄하고 반성하자는 아프리카 인들의 목소리에도 귀를 기울여야 할 때다.

아프리카 지식인들을 만나면 자기네가 극도의 빈곤에서 허덕이는 원인 가운데 하나로 과거 장기간에 걸친 식민지 시대에 당한 조직적이고 악랄한 수탈을 서슴지 않고 든다. 4백년 전에 3천만명 이상의 노예가 아프리카에서 신대륙으로 잡혀간 것도 이유가 된다고 주장하는 사람도 적지 않다. 가장 유능한 노동력을 전부 빼앗겼기 때문에 경제기반을 건설할 수가 없었다는 것이다.

그러나 식민지 시대에는 그랬다고 쳐도 독립한지 50년 가까운 세월이 흘렀는데 원주민들은 무엇을 하고 있었던가? 천연자원도 많고 땅도 비옥한데 무슨 소린가? 그렇게 반문하면 양식 있는 지식인들은 쿠데타와 군사정권의 부정부패 그리고 무능을 지적하기도 한다.

우리도 만일 경제개발에 실패하여 지금도 극도의 빈곤을 겪고 있다면 지식층이 뭐라고 설명할까? 내 탓이오! 라고 가슴을 치기는 커녕 일제 시대를 여태껏 원망하고 있지는 않을까?

시에라 레온의 수도 프리타운(Freetown)은 자유의 마을이라는 뜻이다. 7-8개의 산봉우리를 등지고 갈색 지붕들로 뒤덮인 인구 백만명의 항구다. 도시(city)라고 부르는 것보다 마을(town)이라고 하는 편이 더 적합하다는 생각이 들었다. 시에라 레온은 영국이 처음부터 무력으로 점령한 식민지는 아니다.

지금 프리타운이 위치한 지역에 최초의 식민지가 건설되는데는 미국독립전쟁이 그 여파를 미쳤다. 다시 말하자면, 미국독립전쟁(영국 측에서 보면 반란) 당시 영국군 편에 서서 싸운 흑인노예들이 많았다. 이 노예들은 미국이 독립하자 발붙일 곳을 잃고 영국의 지배 아래 있던 캐나다의 노바 스코티아로 이주했다가 상당수가 영국으로 건너갔다. 그러나 기술도 지식도 없어 비참한 실업자 신세가 되고 말았다.

노예제도와 노예무역에 대해서 별로 관심이 없던 영국인들이 미국독립 직후인 1780년대부터 비로소 노예구제와 해방을 부르짖기 시작했다. 그랜빌 샤프가 선봉에 나섰다. 그러자 식물학자 헨리 스미스만 박사가 시에라 레온이 농업이민에 적한한 곳이라고 추천했다. 샤프는 영국정부에게 노바 스코티아에서 온 흑인들을 시에라 레온으로 보내는데 필요한 경비(1만5천 파운드)를 지원해 달라고 설득했다. 영국정부는 골칫덩어리로 지목되어온 그 흑인들을 영국 밖으로 내보내기로 작정하고는 샤프의 요청을 받아들였다.

1787년 4월8일 영국 군함편에 가난한 흑인들(해방된 노예들) 350명이 영국을 떠나 5월10일에 시에라 레온에 도착했다. 백인여자 60명도 강제로 이송되었다. 선장은 그 일대를 다스리는 왕인 톰과 해안토지 양도교섭을 벌였다.

왕은 59파운드 어치의 구슬, 철봉, 담배 그리고 럼주를 받고 폭 32킬로, 길이 16킬로미터의 해안선을 떼어 넘기는 조약에 서명했다. 그래서 이민자들이 본격적으로 마을을 형성하고 그랜빌 샤프의 은혜를 기리는 뜻에서 그랜빌 타운이라고 명명했다.

그러나 이 타운은 말라리아와 이질 등 질병으로 절반이 죽고 새로운 왕 지미가 습격해서 잿더미를 만들어 버리는 바람에 완전히 실패로 끝났다. 그러다가 몇 년 후 노바 스코티아의 흑인 1200명이 다시 건너와 마을을 재건한 뒤 자기네가 자유인이고 독립된 사회의 주인공이라는 의미에서 프리타운(자유의 마을)이라고 불렀다. 그후 노예출신의 후예들이 발전의 핵심을 이루었다. 식민지 경영을 맡았던 주식회사 "시에라 레온 회사"가 적자누적으로 두 손을 들고, 시에라 레온이 영국정부 소속으로 들어간 것은 1808년부터다. 영국정부는 마침 서부 아프리카에서 적절한 해군기지를 찾고있던 중이라서 기꺼이 인수했던 것이다.

프리타운의 상징물은 무엇일까?

그것은 대통령궁에서 20여 미터 떨어진 교차로에 자리잡은 코튼 트리(cotton tree)다. 나무의 나이가 몇백 년인지 아는 사람이 없다. 프리타운이 생기기 이전부터 거기 서 있었다. 그리고 그 나무 아래에서 오랫동안 노예매매가 벌어졌다. 10층 빌딩보다 더 높은 나무다. 우산처럼 퍼진 나뭇가지가 이루는 그늘은 웬만한 연못을 뒤덮을 것이다.

가지마다 매달린 수천 마리 박쥐가 낮에는 낮잠을 자다가 땅거미가 질 무렵이면 찌직 찌직 울면서 먹이를 찾아 일제히 날아오른다. 석양빛에 물든 하늘을 점점이 새까맣게 장식하는 박쥐떼의 모습은 그야말로 장관이다. 박쥐도 새로구나! 기이한 느낌이 든다.

서부 아프리카는 5월부터 10월까지가 우기지만 특히 7,8월에 집중적으로 폭우가 쏟아진다. 그런 줄 알면서도 96년 8월 중순에 프리타운에 도착했다. 나의 신임장 제정은 시에라 레온 외무부가 자기네 대통령 일정을 고려해서 일방적으로 정하는 날짜에 맞추어야 했던 것이다. 일주일 머무는 동안 신임장을 제정하던 날과 우리가 떠나던 날을 제외하고 내내 폭우가 쏟아졌다.

국립 박물관에 도착하자마자 거대한 물탱크를 뒤집어 놓은 듯 장대비가 마구 퍼붓는다. 의전관이 먼저 내리더니 사무실로 뛰어가서 한국 대사가 왔다고 알렸다. 키 큰 사내가 우산을 받쳐들고 차 옆으로 왔다. 덕분에 목 위쪽만 비를 피했다.

시에라 레온에는 유일한 박물관. 여기서 가장 가치 있다고 자랑하는 것은 "라우터 석판"(Ruiter stone)이다. 네덜란드 무장함대가 영국함대와 해전을 벌이던 17세기에 네덜란드 선장들이 심심파적으로 낙서를 한 석판이다. 그 당시 유럽인들이 프리타운에 있었다는 증거가 된다. "홀란드주와 웨스트 프리스란드주의 해군 부제독 M.A.라우터와 I.C.

메펠, 1664년, 이 석판은 마멸되는 것을 피하기 위해 킹 지미 시장의 최고수위 표시 바로 위쪽의 지하 2미터에 묻었다"는 기록이 있다. 부두 일대의 하수도 공사를 하다가 1923년에 우연히 발견된 것이다.

박물관에 전시된 것 가운데 그래도 나의 흥미를 끈 것은 각종 가면과 전통사제들의 의상이었다. 아직도 실질적인 영향을 미치고 있는 비밀결사 단체들이 그 가면과 의상을 사용하고 있다.

그리고 그리스 신화에 나오는 메두사처럼 기괴하고 무시무시한 머리 형상으로 물위로 솟는 "마미 와타"(Mammy Wata;물의 여신)는 너무나 특이했다. 뱀이나 사람의 모습으로 마음대로 변신하는데, 복을 내리기도 하고 재앙을 주기도 해서 대부분의 해안지방 사람들이 지금도 섬긴다고 한다.

비누처럼 부드러운 돌인 동석(凍石;soapstone)을 깎아서 조각한 "노몰리"(nomoli)도 특이하다. 1880년대에 세르보 섬에서 처음 발견되었고 그후 중부지방에서 대량으로 출토되었다.

사람 형상의 작은 돌인형인 노몰리가 초자연적인 힘을 가지고 있다고 멘데족은 믿고 전통적으로 숭배해 왔다. 노몰리를 밭에 묻으면 땅이 비옥해져서 풍년이 든다고 믿는다. 그리고 각자 수호신으로 집안에다가 모신다.

밭 한쪽에 임시로 만든 헛간에 노몰리를 모시기도 하는데, 이런 경우에는 정기적으로 밥을 바친다. 그리고 그 옆에 작은 채찍을 놓아둔다. 농부는 이 채찍으로 노몰리에게 형식적인 매질을 하면서 쌀의 수확을 증가시키라고 요구한다.

수호신도 때리면 사람의 말을 듣는다고 믿는 그 착상이 매우 인간적이다. 인간이 결코 신의 노예나 맹목적인 노리개가 아니라, 오히려 신이 인간의 복지를 위해 일하는 일꾼이라고 보는 관점은 샤머니즘이나 고등종교의 기복신앙보다 훨씬 떳떳하고 솔직한 것이 아닐까?

노몰리에게 밥을 바치는 행위를 원시적이고 미개한 미신이라고 볼지도 모른다. 그러나 그런 평가는 밥을 바치는 행위 속에 스며있는 상징성을 보지 못하기 때문에 나오는 어리석은 평가다.

구약시대에 야훼 신에게 바치는 소, 양, 염소, 비둘기 등이나 불상 앞에 바치는 공양은 무엇인가? 절대적이고 영원한 신이 그런 음식을 먹기라도 한단 말인가? 천지만물과 인간을 창조한 신에게 짐승 몇 마리나 곡식을 약간 바치는 것이 무슨 의미가 있는가? 존재하는 모든 것이 신의 것이라면 말이다.

양 한마리를 잡아서 바치는 것으로 배가 부르고 만족하는 그런 신이

시에라레온 Freetown의 국립박물관
"바이 부레" 조각 앞에서

44

라면 노몰리와 무엇이 다른가? 비록 양 한마리를 바치더라도 거기에는 상징성이 깃들어 있기 때문에, 신을 신으로 인정하고 섬기겠다는 인간의 의지가 표현되는 형식이기 때문에 가치가 있는 것이 아닌가?

물론 인간은 그런 의지를 표현하고 나서는 대개 엉뚱한 행동을 한다. 신의 계명이나 부처의 계율을 지키지 않고 잔인한 범죄에 빠진다. 그래서 성서에는 짐승이나 곡식을 바치는 제사보다도 순수한 마음을 바치는 제사를 신이 더 원한다고 하지 않았던가?

가장 정교하고 우수한 노몰리는 대부분이 이미 개인소장 또는 외국 박물관으로 빠져나갔다. 시에라 레온 정부는 진품 노몰리의 해외반출을 법으로 금지한다. 모조품도 박물관의 허가를 받아야만 가지고 나갈 수가 있다.

그러나 시장에는 노몰리가 많다. 장사꾼은 진짜라고 우기지만, 대부분이, 아니, 전부가 관광객의 주머니를 노리는 가짜라고 보면 된다. 진짜가 그런 시장바닥에서 돌아다닐 리가 없다.

박물관에는 도망간 노예를 잡아오면 사례금을 주겠다는 현상광고문도 전시되어 있다. 노예무역의 아픈 역사를 되살려 교훈을 주려는 의도일 것이다.

시에라 레온 역사상 가장 유명하고 또 그만큼 추앙 받는 왕 바이 부레(Bai Burreh)의 석상 옆에 서서 기념사진을 찍었다. 영국 총독이 전국의 가가호호에 가옥세를 부과하자, 바이 부레가 영국군과 대항해서 오랫동안 게릴라전을 폈다.

이것이 1898년의 "가옥세 전쟁"이다.

수백명의 관리, 상인, 선교사들이 칼과 몽둥이에 맞아 죽고, 게릴라

96명이 교수형을 당했다. 포로가 된 바이 부레는 황금해안(가나)로 끌려가 투옥되었다가 1905년 석방되어 고향으로 돌아가 영웅으로 죽었다.

바이 부레는 총알을 맞아도 구멍이 뚫리지 않는 옷감 즉 론코(ronko) 천으로 된 옷을 입었다. 똑같은 천으로 만든 옷을 지금도 북부지방의 카발라에 가면 살수가 있다.

총알이 튕겨나가는 옷이 정말 백년 전에 있었을까?

그것은 영국군의 최신식 연발총 앞에서도 용감하게 대항하는 바이 부레의 정신을 상징하는 이야기일 것이다. 이 옷 이야기는 동학혁명 때 동학군이 옷에 단 부적을 연상시킨다. 왜군의 총알을 맞아도 구멍이 뚫리지 않는다고 믿던 그 부적을 달고도 쓰러져간 동학군은 자기네 하늘에 도달했을 것이다.

한 시간 반에 걸쳐서 구경을 마치자 신기하게도 비가 멎었다. 호텔로 돌아가는 길에 국회의사당을 들렀다. 경비하는 경찰대장이 직접 나와서 안내했다. 이스라엘 건설회사가 지었다는데 내부는 영국의회를 그대로 모방한 것이었다.

마당 끝으로 다가서니 프리타운 시내가 한 눈에 들어왔다. 그리고 멀리 건너편 오레올산 꼭대기에 푸라 베이(Fourah Bay) 대학이 우뚝했다. 그 마당 끝에 초대 수상 밀톤 마르가이(Sir Milton Margai)의 무덤이 있다.

공예품 센터(킹 지미 시장)가 유명하다고 해서 찾아갔다가 실망했다. 살만 한 공예품은 보이지 않고, 철물, 목재, 생활용품의 잡동사니 시장에 불과했다. 그 옆에 하층민이 주로 이용하는 코너트 병원이 있는데 그 정문이 "노예의 문"이다. 해방된 노예들이 도착하면 그 문 뒤의

"왕의 정원"에 임시로 머물다가 수속이 끝나면 "자유의 마을"인 프리타운으로 들어왔다.

그래서 문에는 "여기는 영국의 용기와 자선에 의해 노예신분에서 해방된 아프리카 인들의 피난처이자 왕립병원이다, 1817년"이라는 문구가 새겨져 있다. 거기서 얼마 떨어지지 않은 곳에 "포르투갈 계단"이 있다.

로마의 휴일에 나오는 낭만적인 스페인 계단을 상상했다가 큰 코 다쳤다. 지도를 보지 않으면 그런 계단이 있는지 아는 사람도 별로 없다. 잡초가 무성하고 낡아빠진 계단이다. 실업자들이 아무 데서나 누워 낮잠을 잔다.

그나마 거기서 기념사진을 한장 찍으려 포즈를 취하는데 계단 저 밑에서 한 사내가 고함쳤다. 사진은 안 된다는 것이다. 내려다보니 항구에 낡아빠진 소형군함이 한척 정박중이다. 우리를 외국인 간첩으로 오인했을까?

1820년대에 흰 대리석으로 지은 최고재판소 건물은 거무튀튀하고 우중충하다. 몇 년 전에 불이 나서 그렇다. 언제 수리가 끝날지는 아무도 모른다. 영국의회가 노예무역 금지법을 1802년에 제정한 이래, 영국해군이 노예선의 선장과 선원들을 잡아다가 프리타운으로 끌고 와서 여기서 재판을 받게 했다. 수리만 잘 하면 멋진 건물인데 아깝다는 생각이 들었다.

다음 날은 가파른 산비탈 길을 따라 푸라 베이 대학교 캠퍼스까지 올라갔다. 꼭대기 못 미쳐서 차를 세우고 시내를 내려다보았다. 주택가, 항구, 공장지대 등이 한 눈에 들어왔다. 평화롭고 고요하다. 4-5년간 내전을 치르는 나라의 수도라고는 상상하기가 어려웠다. 비록 녹슨

양철지붕이지만, 멀리서 보니 머리를 마주댄 지붕들이 정답게도 느껴
졌다.

　방학중이라 학생들은 별로 보이지 않았다. 마침 여학생 넷이 한담을
즐기고 있었는데, 집사람이 말을 걸어 같이 사진을 찍었다. 20층 가까
운 강의실 빌딩 앞에 존 케네디 흉상이 받침대 위에 서 있다. 미국원조
로 지은 건물이라고 했다. 그 마당 한쪽에 구급차가 한대 멈추어 있다.
바퀴가 다 빠져나가고 차체에 녹이 슬었다. 유난히 내 시선을 끈 이유
는 그 차 옆구리에 태극기가 그려져 있었기 때문이다. 언젠가 우리 정
부가 원조한 차다.

　왜 폐차가 되었을까? 어쩌면 부품공급이 안 되어서 그럴 것이다. 고
철로 스크랩하지 않고 대학구내에 보존하는 것을 어떻게 보아야 할까?
한국의 이미지를 높혀주는 상징물일까? 그 평가가 쉽지 않아 내 머리
는 어지럽기만 했다.

　시내 한가운데 위치한 감옥을 지나서 호텔로 다시 돌아왔다. 그리고
호텔 바로 앞에 가로로 무한정 뻗어나가는 백사장에 나가 바람을 쏘였
다. 수십 킬로미터나 되는 럼리(Lumley) 해변의 모래는 곱기가 그지
없다. 물기를 머금은 모래를 밟으면 경쾌한 소리가 난다. 미끄럼을 지
치면 모래가 마치 노래를 하는 것 같다. 모래 뿐 아니라 바닷물도 깨끗
하고 경치가 서부 아프리카에서 제일이라는 평이 날 정도라서 이 해안
을 관광지로 개발하는 중이라고 한다.

　전에는 프랑스인들이 주로 많이 찾아와서 호황이었는데 내전 이후
발길이 끊어진 상태다. 시에라 레온 외무장관은 내게 관광산업에 투자
할 한국회사를 추천해 달라고도 했다. 대답이 궁했다. 그런 회사가 한

국에 있을지 의문이었다. 누가 럼리 해변의 아름다움을 알겠는가? 안다고 해도 누가 먼 미래를 내다보고 선뜻 거액을 투자하겠는가?

97년 1월초 두번째로 프리타운을 방문했다.

한달 전에 반란군 측과 평화협정에 정식으로 서명한 뒤라서 그런지 안도감, 자신감, 미래에 대한 기대 등이 만나는 관리들 표정마다 뚜렷했다. 내전으로 지방여행이 위험해서 그동안 프리타운을 벗어나지 못하고 있었지만, 최근에는 3-4백 킬로나 떨어진 지방도시에 3박4일로 다녀왔다고 외무차관이 말하기도 했다. 한인회 부회장도 가족을 데리고 지방도시에 가서 주말을 즐기고 왔다고 내게 말했다.

프리타운에 주재하는 10여개 대사관의 외교관들도 대체로 앞날을 조심스럽게 낙관하는 분위기였다. 지상에서 가장 가난한 나라가 풍부한 자원을 밑바탕으로 진정한 평화와 번영을 누릴 날을 나도 마음속으로 기원했다.

비밀결사의 왕국

시에라 레온에는 눈에 보이는 정부와 별도로 눈에 보이지 않는 왕국이 있다. 그리고 이 왕국이 일상생활의 모든 것을 실질적으로 지배하고 있다. 왕국이라고는 하지만 사실은 수많은 비밀결사 단체 "분두"로 구성된 조직망이다.

이 단체들에 관해서는 모든 것이 비밀에 휩싸여 있다. 외부인이 아무리 집요하게 질문을 해도 회원들은 모두 대답을 회피한다. 자기가 그런 조직의 회원이라는 사실조차 밝히지 않는다.

분두에 관한 책이나 자료는 거의 없다. 그나마 몇권 되지도 않지만, 분두와 관련된 서적이란 서적은 도서관에서 쥐도 새도 모르게 없어지기가 일쑤다. 분두 회원들이 자기네 비밀을 지키기 위해 열심히 자료를 제거하는 활동을 하는 것이다.

1898년 영국총독의 가옥세 부과에 대항해서 바이 부레 왕이 "가옥

시에라 레온 전통 옷감 염색 "바티크" "분두" 비밀조직

세 전쟁"을 일으켰을 때, 이 비밀결사 단체들이 적극적으로 왕을 지원했다. 최신 무기를 가진 영국군이 고전을 면치 못했음은 물론이다.

지역, 종족, 언어, 연령, 종교, 가문, 빈부를 초월해서 전국적으로 퍼져있고, 모든 마을에 침투해 있는 이 조직체를 통 털어 "분두"(Bundu)라고 부른다. 분두는 남자들의 조직인 "포로"(Poro)와 여자들의 조직인 "산데"(Sande)로 나뉘는데,"포로"가 압도적인 영향력을 발휘한다.

"포로" 조직은 시에라 레온뿐 아니라, 코트 디봐르의 세누포 지방등 다른 서부 아프리카 일대에서도 찾아볼 수 있다. 분두는 청소년기의 남녀에게 민요, 민담, 역사 등 전통적인 지식을 전수할 뿐 아니라, 성생활, 예의, 공동체 의식 등에 관해서도 교육한다. "포로"는 직업선택에 필요한 기술, 전통 의학, 정치와 행정도 가르치고, 일부 단체는 군사훈

련도 시킨다.

"산데"는 남편과 다른 남자들에 대한 예의, 여자들 사회에서 지켜야 할 규범, 가사운영, 육아법 등을 가르친다. 말하자면 분두는 민간 고등 교육기관의 역할을 하는 것이다. 같은 나이별로 그룹을 지어서 소년들은 건기에, 소녀들은 우기에 숲 속으로 들어가 일정 기간(수개월 내지 1년) 격리된 채 고된 훈련을 받는다. 남자의 할례식과 여자의 할례식 (클리토리스 제거수술)도 이때 받는다.

할례는 졸업식과 같다. 할례를 받아야 비로소 어른이 되는 것이다. 10대 때 이러한 통과의례를 거친 뒤에도 여러 단계의 훈련을 거쳐야만 완전한 회원이 된다. 회원은 그 긍지가 대단하다. 그리고 연대감과 상호협조의 정신이 강하다.

같은 연령의 회원 사이에는 평생 그 유대를 유지한다. 이러한 유대가 나중에 정치, 경제등 각분야에서 중요한 기능을 발휘한다.

출세를 하려면 분두의 회원이 되어야만 하는 것이다.

남자들의 비밀결사인 "포로"는 전통적인 왕들의 대관식과 장례식을 주관한다. 그리고 족장들의 권력남용과 횡포를 방지한다. 족장들 사이에 분쟁이 발생하면 그 중개자 역할도 한다.

그리고 관습법의 제정과 해석 뿐 아니라, 상거래를 통제하기도 한다. 일부 단체들은 마술을 적발하는 기술을 전수하기도 한다. 분데의 축제와 의식에는 각종 가면이 동원된다. 특히 여자들이 사용하는 검은 가면은 높다란 이마, 정교하게 땋은 머리카락, 뚜렷한 얼굴 윤곽, 굳게 다문 입, 그리고 아무 것도 보지 않는 것 같은 눈등 이상적인 여성의 미를 표현하고 있다.

물론 이 가면은 모두가 남자들이 조각한 것이다.

결국 눈에 보이지 않는 왕국 분두는 서양문명과 도시생활로 변해 가는 아프리카 사회에서 전통적 가치를 지키고 그 나름대로 질서를 유지하는 역할을 지금도 조직적으로 수행하고 있는 것이다. 아프리카적 기후와 생활양식에서 스스로 만들어낸 생활의 지혜라고나 할까?

클리토리스를 제거하는 여자의 할례식

동부 아프리카에서는 7-9세의 소녀의 클리토리스를 전부 제거한다. 서부에서는 7-8세 때 일부 또는 전부를 들어낸다. 마취도 하지 않은 채, 두 다리를 벌리게 하고는 칼(면도칼 또는 보통 칼)이나 사금파리로 적당히 해치운다. 그리고 화장지도 없으니 더러운 헝겊으로 피를 닦는다.

할례 후 출혈과다나 후유증으로 사망하는 경우도 적지 않다. 죽지는 않는다 해도, 성기가 기형이 되어 어른이 된 뒤에 성생활을 할 때 고통을 겪는가 하면, 세균 감염 등의 각종 부인병으로 평생 동안 고생한다.

시에라 레온에서는 여자의 90% 즉 약 2백만 명이 클리토리스 제거 수술을 받았다. 소말리아 98%(4백만),에티오피아 90%(2천4백만),수단 89%(9백만),코트 디봐르 60%(4백만),나이지리아 50%(3천만),케냐 50%(6백만)등 아프리카 여자 가운데 클리토리스의 완전 제거 또는 부분제거를 받는 숫자가 1억 천만 명이라는 추산이 발표된 적이 있다. 사하라 남쪽의 여자 인구를 2억 2천만 명으로 본다면 그 절반이 클리토리스 제거 수술을 받은 것이다.

최근에 국제 여성단체와 국제 기구를 중심으로 여자 할례 풍습의 근절을 위한 운동이 펼쳐지고 있다. 문제는 문제다. 심각한 문제인 것이다. 이러한 국제적인 운동이나 여자 할례 규탄에 대해서 토속의사(메디신 맨)나 무당들은 맹렬하게 반대한다.

그러면 여자 할례는 왜 하는가? 토속 의사들은 왜 할례의 실시를 고집하는가?

그것은 여자의 할례가 아프리카에 이슬람교가 들어오기 전부터 성행한 전통적인 미풍 양속이라는 것이다. 그리고 여자란 클리토리스를 제거하는 할례를 받아야만 지나치게 성욕을 느끼지 않고, 따라서 방종과 타락에 떨어지지 않기 때문이라고 한다. (그러나 사실은 할례를 실시하고 받는 사례금이 더 탐나니까 이런 주장을 하는 것은 아닐까?)

반대편에서는 이렇게 반론을 제기한다.

시에라 레온등 서부 아프리카에서는 남자도 할례를 받는다. 그것은 비밀 결사의 회원으로 가입한다는 의미도 있지만, 어른 대접을 받기 위해서 반드시 거쳐야 하는 통과의례이다. 다른 지역에서도 남자들이 할례를 받는다. 그런데 남자들은 할례를 받았는데도 불구하고 어른이 된 뒤에 왜 더욱 더 성욕을 느끼는가?

할례를 받고 나서도 창녀가 되거나 바람 피우는 여자가 많은 것은 무슨 까닭인가? 그러니까 성욕과 클리토리스는 아무런 상관관계도 없지 않은가?

문제는 여자의 할례를 보는 아프리카 인들의 의식구조에 있다.

할례를 받지 않은 여자를 사회에서 정상적인 여자로 안 보고 따돌리고 또 결혼상대로 인정하지 않는 것이 문제다. 여자는 순결하고 정숙해야 한다거나, 여자는 집밖으로 나가서 돌아다니면 안 된다고 하는 사고방식은 남자들의 이기주의에서 나왔을 것이다.

그러나 여자의 할례라는 이 악습이 여성의 인권을 내세우는 캠페인이나 미국이 내는 연간 1억불의 지원금으로 하루아침에 없어질 수는 없다. 오랜 시간이 걸릴 것이다. 여자의 할례 뿐 아니라, 이슬람 사회에서 여자들에게 챠도르를 의무적으로 쓰게 해서 눈만 내놓게 하는 규범도 결국은 여자와 섹스를 무조건 연결하는 사고 방식에서 나온 것이 아닐까?

그러나 다시 생각하면 섹스란 남자와 여자가 "같이" 하는 것이다.

그러니까 여자에게만 특정형식의 제한을 강요하는 것은 부당하다. 제한을 한다면 차라리 모든 남자의 성기에 십자군의 정조대를 채우고 그 열쇠를 각국의 보건부 장관이 관리(?)하는 것이 (실시가 불가능하겠지만) 더 효과적이지 않을까? (보건부 장관의 성기에도 정조대를 채운다? 그 열쇠는 누가 관리할 것인가? 장관의 부인이 관리한다?)

맨땅바닥이나 풀 위에서 어린 여자아이 또는 십대 소녀들의 가랑이를 벌려놓고 칼이나 사금파리로 그어대는 짓은 아무리 각민족의 전통을 존중해주고 싶어도 역시 매우 잔인하고 비인간적이라고 본다.

그것도 사하라 사막 남쪽 즉 검은 아프리카의 여자 가운데 절반인 1억씩이나! 1억이란 숫자가 애들 장난인가? 한국 여자들은 이런 의미에서 행복한 나라에 태어난 것을 신에게 감사해야 할 것이다. 여자의 할례는커녕, 남녀 7세 부동석이나 여자가 외출할 때는 장옷을 뒤집어써야 하는 제도가 아직도 남아 있다면 우리 나라의 용감하고 거친 여자들이 가만히 있을까?

상아 해안에는 코끼리가 없다

코트 디봐르는 프랑스어로 "상아의 해안"이라는 뜻이다. 영어로는 아이보리코스트, 독일어로는 엘펜바이퀴스테, 스페인어로는 코스타 데 마르필이다.

그러나 국제적으로 통용되는 공식명칭은 코트 디봐르다. 이 나라의 공용어가 프랑스어이기 때문이다. 인구 1300만명에, 면적은 남한의 세 배가 넘는다. 서부 아프리카에서는 가장 안정되고 발전 가능성이 높은 나라로 꼽힌다. 라이베리아, 기니, 말리, 부르키나파소, 가나 등 5개국으로 둘러싸여 있는데 코트 디봐르 인구의 4분의 1이 인근국가 출신의 이민이다. 대서양의 해안선은 5백 킬로미터나 된다. 최근에 해안 지역에서 석유가 나기 시작해서 한껏 개발의 꿈에 부풀어 있기도 하다.

1960년에 독립한 이래, 우푸웨 봐니 대통령이 33년간 집권하여 정치적 안정을 유지했고, 아프리카 신생국 가운데 쿠데타 경험이 전혀 없

코트 디봐르 전통적 축제

다는 기록을 세웠다.

　다른 아프리카 국가들과 달리 코트 디봐르는 군대가 7천명밖에 안 되고 그 존재가 미미하다. 프랑스군 6백명이 주둔하여 쿠데타의 위험을 사전에 예방해 준다. 그러니까 국가예산에서 차지하는 국방비 부담이 크게 문제가 되지 않을 정도다. 경제발전에 재원과 인력을 집중할 여건에 놓여 있는 것이다.

　그래서 코트 디봐르를 "아프리카의 기적"이라고 한다. 1995년과 1996년의 연간 경제성장률을 계속해서 7-8%를 기록했다. 1997년에는 10% 성장을 내다보고 있다. 현재의 대통령 코낭 베디에는 외국인 투자유치에 최대의 역점을 두고 있다. 그래서 치안 안전에 각별한 노력을 기울인다. 코트 디봐르를 "친절과 환영의 나라"라고 부르기도 한다. 관광을 주요산업으로 부각시키려는 노력에 걸맞는 별명이다. 연간 50만명의 관광객을 유치하겠다고 목표를 세워두고 있지만, 그 목표가 달성될지는 미지수다. 관광자원 개발, 관광지의 도로 정비 등 해결할 문제가 하나 둘이 아니기 때문이다. 어쨌든 우푸웨 봐니는 1993년에 사망했지만, 그 후광은 아직도 이 나라 전체를 뒤덮고 있다. 현재의 코낭베디에 대통령도 우푸웨 봐니의 후광으로 정권을 인수했고, 그 후광으로 건재한다. 그러나 해결이 쉽지 않은 문제들도 있다.

아비쟝을 중심으로 하는 수도권에서는 빈부격차가 너무나 심하게 드러난다. 남부의 크리스트교와 북부의 이슬람으로 크게 나뉘어 지지하는 정당이 다르다. 북부지역에는 대량 영양실조의 현상이 있다. 최대 종족인 아칸, 그리고 만데, 세누포, 크루 등 60여개 종족간의 갈등도 있다. 외국인 숫자가 전체 인구의 25%나 된다는 것도 문제다. 주로 이웃 나라인 부르키나파소, 말리, 기니로부터 건너와 주저앉은 사람들이다. 여기에 경제력을 주로 장악한 프랑스 인들과 12만명의 레바논 인들이 있다. 게다가 우푸웨 봐니 이후의 정치불안도 당분간 잠재하고 있다.

연간 수출액의 6배나 되는 과도한 외채 200억불도 골칫덩어리다. 아프리카에서 나이지리아(외채 280억불) 다음으로 외채가 가장 많은 나라인 것이다. 매년 10억불 이상이 이자로 나간다. 물론 최근에 개발한 석유와 천연가스로 악성외채를 갚기 시작하기는 했다.

그러면 왜 이 지역을 상아해안이라고 불렀던가?

과거에는 바닷가에 코끼리 떼가 엄청나게 많았던가? 그렇지는 않다. 북부 지방에 아직도 코끼리가 비교적 많다고는 하지만, 해안지방에 어슬렁거리는 코끼리는 없다. 아마도 예전에 이 일대에서 상아의 거래가 번창했기 때문에 그런 명칭이 생겼을 것이다. 지금도 아비쟝은 상아제품의 거래가 많다. 가격은 비싼 편이지만. 우리 교민은 250명 가량 되는데 사진관을 경영하는 사람이 30여명이고, 한국식당이 5군데다.

제 *2*장

지옥의 노예들

아프리카의 파리 아비쟝

벨뷰항공편으로 9시 10분에 라고스를 떠나 1시간 20분만에 아비쟝 공항에 내렸다. 라고스와 시차가 한시간 있으니까 도착 시간은 아비쟝 시간으로는 9시 반이었다. 연중 기온이 27-31도인 아비쟝은 33도를 오르내리는 라고스보다 약간 덜 덥다는 느낌이었다. 항구라서 역시 습기가 많아 기온에 비해 한층 무더운 날씨지만, 라고스 쪽이 습도가 더 심하다는 감촉이었다.

세네갈이 목적지인 벨뷰 항공기에서 아비쟝에 내린 손님은 서넛뿐이었는데, 입국카드를 써서 내고 밖으로 나온 뒤에 비로소 내가 국제선이 아니라 국내선 출구로 나온 것을 깨달았다. 대사관 직원이 마중을 나오기로 했는데 보이지 않았다. 어쩌면 국제선 도착 출구에서 기다리고 있을지 모른다고 예측했다. 그래서 시원치도 않은 프랑스어를 쥐어짜서 공항 입구를 지키는 무장군인에게 국제선 출구로 들어가게 해달라고 사정해 보았다. 그러나 무장군인은 딱 잘라 거절이었다.

어깨에 메는 가방을 달랑 아스팔트 위에 내려놓고 담배를 피워 물었다. 아비쟝이 소매치기로 유명하다는 말을 들었기에 약간 경계를 하면서 두리번거렸다. 그러나 그렇게 겁먹고 경계할 동네가 아니라는 생각이 금새 들었다.

허름한 차림의 아이들 대여섯명이 차례로 접근했다. 구두닦이였다. 고개를 가로 저었는데도 한참 지나서 또 다가왔다. 자세히 보니 구두닦이가 20여명이나 되었다. 구두를 닦는 일이 아비쟝에서 그토록 중요성을 띠는가? 아니면 아이들이 돈을 버는 방법 가운데 구두닦이가 가장 손쉬운 것인가?

반시간 가량 지나서 배대사가 직원 한명을 데리고 국내선 출구를 벗어나 밖으로 나오는 모습이 보였다. 역시 국제선 쪽에서 기다리다가 이상하다 싶어서 이쪽으로 왔다는 것이다. 국내선으로 나온 나도 잘못이지만, 나를 통과시킨 공항직원도 잘 한 일은 아니다. 어쨌든 예상외로 공항에서 만난 배대사와 반갑게 악수했다. 작년 3월 공관장 회의 때 서울에서 만나고 처음이니 얼마나 반가웠겠는가!

공항에서 시내 중심가 까지 30분.

시내로 가까이 갈수록, 라고스(인구 천만) 다음으로 아프리카에서 가장 큰 도시인 인구 3백만의 아비쟝(1950년대 초에는 인구 6만)을 왜 "아프리카의 파리"라고 부르는지 그 이유가 선명해졌다.

마음놓고 달려도 좋은 4차선 및 8차선 도로, 고속도로나 다름없는 순환도로, 자동전환 신호등, 가로등, 깨끗한 거리, 뉴욕의 맨하탄을 연상시키는 도심의 고층빌딩들, 시원하게 솟은 가로수, 빨간 지붕과 흰 벽의 주택가, 호수처럼 보이는 라군과 울창한 녹지대…

아비쟝의 항구지대

　겉모양만 보면 아프리카가 아니라 유럽의 어느 대도시에 들어선 기
분이 든다. 어느 도시와 비교가 될까? 어쩌면 파리가 아니라 벨기에의
수도 브뤼셀쯤 될 것이다. 아프리카에서도 정치와 경제운영을 제대로
한다면 얼마든지 아비쟝 같은 멋진 국제도시를 만들어 낼 수가 있다는
사실을 새삼스러운 시각으로 목격했다.

　이비스(IBIS) 호텔에 가방을 던져두고 곧장 대사관으로 갔다. 시내
중심가에 자리잡은 12층 빌딩의 8층 전체를 빌려서 우리 대사관으로
쓴다는데 상당히 옹색한 공간이라는 인상이었다. 그 빌딩에는 유럽의
다른 대사관도 둘이나 들어있다. 코트 디봐르의 중요성에 비추어 가까
운 장래에 우리 정부소유로 대사관을 번듯하게 마련해야 마땅하다는
생각이 뇌리를 스쳤다.

관저에서 맛있게 점심을 든 다음 오후 늦게 배대사와 윤 서기관과 시내 한 구석에 자리잡은 골프장으로 갔다. 나는 작년 8월부터 시작한 골프라서 골프를 친다기보다 골프장 구경이 목적이었다.

소문에 듣던 대로 그 골프장은 디자인이 훌륭해서 경관이 매우 아름다웠다. 개울, 연못, 벙커들이 만만치 않은 장애물로 구석구석에 버티고 있다. 국제적으로 이름난 골프장답게 꽤 까다롭고 어려운 코스지만, 칠 때마다 긴장감을 불러일으키고 많은 묘미를 준다는 말을 수긍하지 않을 수가 없었다.

그런데 웬 망고나무가 그리 많은지! 지천으로 떨어져 널린 망고 가운데 노랗게 잘 익은 것만 골라서 먹는 캐디들이 비록 한 코스 수고 비로 5천원 정도밖에 못 받지만 팔자는 좋은 녀석들로 보였다.

다음 날은 배대사가 내준 차를 타고 카톨릭 신자라는 운전사 보니와 함께 시내 곳곳을 둘러보았다. 먼저 달려간 곳이 국립박물관. 9시가 조금 지나자 장방형 단층건물의 문이 열린다. 손님은 나 혼자뿐이다. 입장료는 무료. 박물관이 영리를 추구하는 곳이 아니라 국민들에게 산 교육을 시키는 역사교실이라는 점을 무언으로 강조한다.

부족장의 취임식, 결혼식, 장례식 등에 사용하는 손바닥만한 크기의 순금가면, 순금팔지, 기타 장신구 40여점이 유난히 시선을 끈다. 정교한 그 솜씨가 놀랍다. 왕권을 상징하는 30센티미터 가량의 황금총, 채찍과 칼도 볼만 한 물건이다. 특히 채찍과 칼의 손잡이가 금박으로 입혀져 있는데 그 기술이 감탄스럽다.

왕이 앉는 난쟁이 의자는 금박을 입히지 않고 그냥 나무로 만든 것이다. 자세히 보니 등받이에 국화 무늬가 있다. 암스테르담 왕궁의 유리창 덧문에서 본 국화무늬와 똑같다. 국화 무늬가 일본 왕실만의 전용품은 결코 아니라는 점이 실증된 셈이다. 꽃은 꽃인데 오래 가는 꽃인 국화가 왕권의 장수를 상징하는 것이라고 해석하는 편이 옳을 것이다.

각종 저울추와 분동에 새긴 장식도 뛰어난 조각솜씨를 자랑한다. 사람 얼굴의 나무 마스크 30여개, 코끼리, 악어 등 짐승 마스크 10여개가 으시시한 분위기를 자아낸다. 한때 축제나 공식행사에서 대단한 위력을 발휘했을 거대한 마스크지만, 이제는 박물관 한 구석을 장식할 뿐이다. 시대가 변하면 마술이나 주술의 힘도 쇠퇴하는 것일까?

그렇지만 아무리 고층 빌딩이 치솟고 고속 도로망이 거미줄처럼 얽혀도 전통 신앙의 뿌리는 쉽게 잘리지 않는 법이다. 어디선가 지금도 마스크를 만들고 그 마스크의 신비한 힘을 믿는 사람들이 있을 것이다.

크고 작은 바가지 등 전통생활 도구들이 무척 친근감을 준다.

나무 숟가락들이 정교하다. 숟가락을 사용한다는 것은 국물이 있는 요리를 한다는 의미고, 국물의 맛을 아는 민족이라면 요리가 발달했다는 뜻이 아닐까? 일본인들에게 자기네 숟가락이 없다는 것은 요리에 관한 한 "국물문화"가 우리보다 미개하다는 증거가 아닐까? 그런 생각도 들었다.(하기야 국물문화를 뇌물풍토로 해석한다면 일본이 우리보다 뒤떨어졌다고는 절대로 말할 수가 없을 것이다)

대나무로 만든 긴 담뱃대도 우리 나라의 노인들이 사용하던 것과 비슷하다. 담배를 담는 대통에 사람 얼굴을 조각한 것이 특색이다. 수천점의 상아조각과 전통 악기들이 유명하다는데 전시되어 있지 않았다. 박물관 다른 건물에 있기는 있을 텐데 전시하지 않는데는 뭔가 곡절이 있을 법했다.

식민지 시대에 찍은 사진들은, 식민지를 거느려 보았던 프랑스인들이나 영국인들이 보면 향수를 느끼는지는 몰라도, 극동에서 온 내게는 그다지 흥미롭지 않았다.

한편 의문이 들었다.

이것이 코트 디봐르의 역사와 전통의 전부인가? 진짜 유물과 걸작품들은 다 어디로 갔는가? 파리를 비롯한 유럽의 각 도시로 건너갔는가? 약탈당하거나 또는 문화재의 가치에 눈뜨지 못한 사이에 헐값으로 팔려 갔는가?

우리도 일제시대에 철저히 약탈당했고, 절대 빈곤과 무지 탓에 수많은 문화재가 헐값으로 외국인 손에 넘어가지 않았던가? 지도자와 백성이 제 정신을 차리지 못하면, 결국 문화와 역사는 혹독한 수난을 당할 뿐이 아닌가? 그 상처는 세월로도 치유하기가 불가능한 것이 아닌가? 박물관을 나설 때 그런 의문에 대한 대답은 빈 메아리뿐이었다.

세계 최대의 성바오로 성당

성바오로 대성당은 초현대적 건물이다. 멀리서 바라보면 성당 뒤쪽의 종탑(높이 70미터)이 두 팔을 벌린 사람(그리스도)의 형상이고, 위에서 내려다보면 성당 지붕이 하늘색의 거대한 삼각형을 그린다. 1980년 5월에 기공식 그리고 5년 뒤의 낙성식에 교황 요한 바오로 2세가 참석했다. 5천명을 수용하는 이 대성당은 세계에서 가장 큰 성당 가운데 하나로 손꼽힌다.

또한 이탈리아 건축가 알도 스피리토(Aldo Spirito)가 설계한 이 작품은 20세기 성당건축의 대표작으로 남을 것이라는 정평이 있다. 정면과 측면의 마당도 수천명이 모일 정도로 대단히 넓고 시원하다. 성당 내부의 스테인드 글래스 즉 다마스커스로 가는 도중 바오로가 회개하는 장면, 성바오로의 생애, 식민지 시대의 수도인 그랑 바쌈에 서양인 선교사 2명이 최초로 상륙하는 장면 등은 사실주의 수법으로 아프리카

코트디봐르, 아비량 성바오로 대성당

정신을 잘 살린 아름다운 작품이다.

제대 앞에 무릎을 꿇고 잠시 고개를 숙였다. 내가 무슨 기도를 했을까? 그건 비밀이다. 옆마당을 가로질러 문화관으로 들어갔다. 2층 명상의 방에 서너 명이 아침부터 명상에 잠겨 있다. 진지하고 엄숙한 표정이다.

그런데 벽에 걸린 세계 각국 아이들의 사진 액자 7개가 발길을 끈다. 저쪽 끝에 걸린 사진이 나의 시선을 고정시킨다. 설날에 때때옷을 입고 연날리기를 하는 우리 나라 남녀 아이들의 모습이다. 어디서 구했을까? 아비쟝의 아이들 또는 어른들이 저 사진을 보면서 한국을 어떻게 상상할까?

뜻하지 않은 장소에 걸린 우리 아이들의 사진에 나도 모르게 가슴속이 따뜻해졌다. 사랑과 상호이해와 평화는 인위적인 홍보나 억지로 불어대는 나팔로 이루어지는 것이 결코 아니다.

시내에서 3킬로미터 떨어진 방코 국립공원으로 차를 몰았다. 아비쟝을 벗어나자마자 가난한 사람들의 마을이 나타난다. 양철지붕, 폐타이어 무더기… 타임머신을 타고 50년대 말의 서울 변두리에 들어선 느낌이다.

공원 근처부터 풀밭에 빨래를 운동장만 하게 널어놓은 장면이 보인다. 고압선 아래에도 빨래가 즐비하다. 맨흙 바닥이 아닌 곳은 어디나 빨래가 널려 있다. 빨랫줄을 살 돈마저 없는가?

공원 입구 바로 왼쪽에 그리 크지 않은 물웅덩이(사실은 강물의 지류)가 있는데 거기 물보다도 고기가 많다는 식으로 빨래하는 사람들이 바글바글해서 물이 안 보일 지경이다.

아비쟝의 관광명물로 치는 "방코 빨래터"(현지어로는 파니코 fanico)다. 물이 매우 더럽다. 옷이 깨끗해지기는커녕 오히려 그 물에 담그면 더 더러워질 것 같다. 그래도 모두들 열심히 빨래를 한다. 그리고 물이 뚝뚝 떨어지는 빨랫감 보따리를 머리에 이고 물에서 나와 걸어간다.

수돗물 혜택을 못 받는 사람들이 모인 것일까? 세탁기는 물론 없을 테고… 아니면 관광객들에게 일부러 구경거리를 제공하려고 그러는 것인가? 사진을 찍자 건달들이 다가와 돈을 내라고 한다. 카메라 한대당 2불. 운전사 보니는 나를 가리키면서 한국대사에게 무슨 돈을 요구하느냐고 소리쳐 녀석들을 쫓아버렸다.

30 평방 킬로의 방코(Banco)국립공원으로 차를 몰고 들어갔다.

길은 2차선의 비포장 외줄기. 대나무 숲이 양쪽에 무성하다. 아무도 없다. 가도 가도 고요한 숲이다. 더위를 말끔히 잊게 해 주는 숲. 그러나 하도 적적해서 한 10분간 달리다가 차의 머리를 다시 입구로 돌렸다.

빨래터에서 종탑만 보이던 근처의 하늘의 문 마리아 성당에 잠시 들렀다. 제대 뒤의 스테인드 글라스를 향해 카메라 셔터를 눌렀다. 셔터 소리가 어찌나 크게 울리는지 나도 놀랐다. 기도하던 아가씨가 고개를 돌린다. 미안해서 급히 밖으로 나왔다.

번화가 한복판에 자리잡은 중앙시장은 거대한 건물을 중심으로 형성되어 활기에 넘쳤다. 그 동네 일대가 전부 상점으로 가득차 있다. 식료품에서 가방, 자전거, 텔레비전, 컴퓨터에 이르기까지 없는 물건이 없다. 승용차와 버스로 차도가 복잡하고 오가는 인파도 만만치 않다.

거기 인접한 공예품시장에는 목각, 상아제품, 청동제품 ,전통옷감 등이 많고 물건도 그럴듯한 수준이지만, 관광객들을 주로 노리는 탓인지 값이 비싸다는 것이 문제다. 아비쟝에서 동쪽으로 20분 차를 달리면 그랑 바쌈(Grand-Bassam)이다.

바쌈은 "해안정착지"라는 의미인데 유럽인들이 19세기 초 여기에 처음 정착했기 때문에 그 명칭이 나왔다. 프랑스 식민지 시대에는 7년간(1893-1900) 최초의 수도가 되었다.

황열병의 유행으로 수도의 지위를 하루아침에 잃었지만, 그후 60여년 간 코트 디봐르 최대의 항구로 번성했다. 그러나 1950년 브리디 운하의 개통으로 부에와 아비쟝이 항구로 등장하는 바람에 몰락하고 말았다.

그랑 바쌈 바로 못 미처 길 양쪽에 공예품 가게가 2백여개 늘어서 있다. 역시 관광명소라는데 손님이 별로 없다. 어슬렁거리면서 가게 안을 기웃기웃했는데 사고 싶은 물건이 별로 눈에 띄지 않는다. 목각들이 다른 데서 보는 것과 똑같아 특색이 없다. 말하자면 관광객을 위해서 천편일률적으로 대량 제조한 것이다.

뭔가 좀 팔아줄까 생각도 했지만 손에 잡히는 것이 없다. 만도린 같이 생긴 현악기 둘을 흥정하다가 운전사가 값이 너무 비싸다고 사지 말라고 하는 바람에 손을 놓아버렸다.

그랑 바쌈에 들어서자 마침 수업을 마치고 집으로 돌아가는 수백명의 남녀 학생이 길 양쪽으로 몰려서 걸어갔다. 옷차림도 깨끗하고 표정이 밝다. 어쩌면 코트 디봐르의 미래는 10대 또는 20대의 학생들 어깨에 달려 있을 것이다.

점심을 먹으려고 중국식당을 찾았으나 그랑 바쌈에는 한군데도 없다는 대답이다. 골동품 가게에 들러 구경하다가 노예를 잡아 말에 싣고 가는 기마상 두개(흙으로 빚어 구운 것)가 마음에 들어 값을 물었더니 놀랍게도 하나에 150불을 주인녀석이 부른다. 무거워서 그냥 줘도 가져갈까 망설일 판인데… 미련 없이 가게문을 곧장 나왔다.

점심은 아비쟝 시내로 다시 돌아와 코리아 하우스에서 먹었다. 거기서 10년 전에 나이지리아에서 살다가 아비쟝으로 이사 온 교민 박영규 씨를 만났다. 사진관을 두개나 경영하면서 작년 말까지 아비쟝 교민회장을 지냈다고 한다.

내가 나이지리아 대사라는 것을 알고는 반갑다면서 육개장 값을 내주었다. 그래서 본의 아니게 민폐를 끼치게 되었다. 나이지리아라는 공통 분모가 푸근한 인심을 발동시킨 것이다. 그 마음씨가 고마웠다.

자녀 교육이 화제로 올랐다. 아비쟝에서 아이들을 키울 바에는 영어와 프랑스어는 물론이고 특히 우리말을 철저히 가르쳐야만 그 아이들이 앞으로 어디 가나 제 구실을 할 수 있다고 내가 강조했다. 박씨는 두 말 없이 동감이라고 대답했다.

다음에 찾아간 곳은 동물원. 규모가 그리 크지는 않지만 머리 식히면서 그늘 아래 산책하기에 딱 좋은 코스다. 사자 5-6 마리, 코끼리 4 마리, 하마 3 마리, 악어 20여 마리, 원숭이 100여 마리, 거대한 바다거북이 10여마리, 꽃사슴 3마리…

시내 중심가를 바라보는 평지에 대통령궁이 자리잡고 있다. 파리의 샹젤리제 거리에 프랑스 대통령궁이 있는 것과 마찬가지다. 사진 촬영은 금지. 마당에 코트 디봐르의 삼색기가 피라미드 형태로 군집해서 휘날린다. 앞길은 숱한 차량이 자유롭게 지나간다. 흰 제복의 경호원이 띄엄띄엄 눈에 띨 뿐, 삼엄한 경비라는 인상은 주지 않는다. 평화스럽다. 그리고 시민들과 가까운 거리에 있는 대통령궁이 매우 친근감을 불러일으킨다.

다음 날 아침 공항으로 갈 때 다시금 대통령궁 앞길을 지나갔는데 전통의상 차림의 사람들이 수백명 길에 모여 있었다. 북을 치고 춤을 추는 사람도 적지 않았다. 외교단 등이 대통령에게 신년 하례식을 거행하는 날이라서 전국 각지에서 몰려든 사람들이 축하하는 모임이라고 했다. 경찰이 동원되어 감시하지도 않는다. 관리들이 강제로 집합시킨 군중으로는 보이지 않았다. 그럴 필요도 없는 나라다.

아비쟝에서 제일 크다는 프랑세즈 서점에 들어갔다. 3층 건물에 프랑스어 책이 가득 하다. 작은 도서관 같다. 손님들도 어깨가 서로 부딪칠 정도로 붐볐다.

거기서 아프리카인 또는 코트 디봐르인이 쓴 책을 찾기란 바다에서 바늘을 건지는 것과 같았다. 그만큼 프랑스 문화가 압도적이다. 아니, 압도적이라기 보다 다른 것은 보이지 않고 오로지 프랑스 책뿐이다. 교과서 코너에도 프랑스에서 수입한 책이 전부다. 이런 풍토에서 코트 디봐르의 전통문화가 숨을 쉴 수가 있겠는가? 마음이 무척 무거워졌다.

코트 디봐르인이 아무리 파리쟝처럼 프랑스어를 능숙하게 구사한들, 프랑스인이 될 수는 없지 않은가? 설령 프랑스 국적을 딴다고 해도 역시 코트 디봐르인은 진짜 프랑스인이 되지 못 한다. 자기 문화, 자기 언어를 잃는다면, 바다 위에 떠서 표류하는 낙엽에 불과하다.

그렇다면 해외에서 사는 우리 교민들은 어떤가? 아니, 국내에 사는 우리들은 우리의 문화와 언어를 발전시키는데 얼마나 열성을 기울이는가? 아비쟝의 프랑세즈 서점은 그런 문제를 반추하게 만드는 작은 거울이었다.

황금의 나라 가나

식민지 시대에 "황금해안"이라고 불리던 가나는 지금도 금을 많이 생산하고 있다. 인구는 천 5백만 명. 면적은 한반도보다 조금 크다. 남쪽으로 약 5백 킬로미터의 해안선이 대서양을 달린다.

코코아와 금의 수출로 한때는 아프리카에서 가장 잘 사는 나라였지만, 지금은 연간수출 총액의 4배에 이르는 외채 45억불로 어려움을 겪고 있다. 가나에는 4만년 전부터 원주민이 거주했다.

이 지역에서 기원전 1700년경 꽃피웠던 "킨탐포 문화"(Kintampo Culture)의 실체도 고고학적으로 확인되었다. 그러나 그 주민의 정체는 밝혀지지 않았다. 킨탐포 유물이 발굴된 곳에서 가까운 "하니(Hani)" 마을의 아칸족은 자기네 조상들이 평지의 땅굴에서 솟아 나왔다고 아직도 믿는다. 이 아칸족의 설화는 제주도 삼성혈의 설화를 연상시킨다. 하여간 가나의 원주민의 유래에 관하여 막연하게 뭔가를 시사해 줄뿐이다.

가나라는 명칭은 현재의 가나 국경선 북쪽 즉 오늘날의 모리타니아를 중심으로 광대한 지역에 걸쳐서 4세기부터 11세기까지 8백년 동안 번성했던 고대 가나제국에서 나온 것이다. 가나제국은 소금광산과 금광을 지배하고, 남쪽의 밀림지대와 사하라 북쪽지대를 연결하는 교역의 이권을 독점하면서 강력한 상업제국을 건설했다. 그러나 이슬람으로 개종한 유목민족이 성전(지하드)을 일으켜 침입하는 바람에 멸망하고 말았다.

물론 가나제국의 폐허를 딛고 더욱 강력한 말리 제국이 출현했지만, 가나제국이든 말리제국이든 현재의 가나 공화국하고는 역사적인 연관성이 전혀 없는 것이다. 어쨌든 오늘날의 가나를 구성하는 75개 종족 가운데 최대의 종족인 아칸족은 기원전 1세기경에 해안지방인 오핀(Ofin)에 정착하여 인근 종족을 지배하기 시작했다. 15세기에 포르투갈 인들이 이 해안에 처음 나타났을 때는 아칸족이 이미 "아카메스"와 "아한타"라는 두개의 왕국을 이루고 있었다.

포르투갈, 네델란드, 영국, 스웨덴 등이 밀려와서 해안지방에 성을 축조하고 세력을 넓혀가기는 했지만, 가나가 하루아침에 식민지로 전락한 것은 아니다. 서기 1700년경에 일어난 아산티 왕국이 영국과 네 차례에 걸쳐서 전쟁을 치른 뒤 최종적으로 멸망한 것은 1901년이었다. 그때부터 가나 전체가 영국의 식민지 및 보호령으로 변했다.(해안의 "황금해안" 지방은 1874년부터 식민지였다)

2차대전 이후 아프리카 대륙이 오랜 식민지 시대를 청산하고 각지역이 홀로서기를 시작할 무렵, 사하라 사막 이남에서 1957년 3월에 가나가 최초로 독립국가가 되었다. 식민지 시대의 명칭 "황금해안" 대신 가

나라고 국호를 정한 것은 아마도 고대 가나 제국의 번영을 꿈꾸었기 때문일 것이다.

그러나 정치적인 독립이 곧 국가의 번영과 민생복지로 직결되는 것은 아니었다. 독립 당시만 해도 세계에서 최대의 코코아 수출국이고 전 세계 금 생산량의 10분의 1이 가나에서 생산되었다. 지금도 가나는 세계 최대의 코코아 생산지다.

그러나 초대 대통령 엔크루마(Kwame Nkrumah)가 사회주의와 범아프리카 주의를 내걸고 야심적인 정책을 폈다. 결과는 참담한 실패. 쿠데타의 악순환, 총체적인 부패, 유능한 인재와 기술자들의 해외탈출, 그리고 경제파탄…

지금 가나는 30년간의 정치, 경제, 사회적 경련과 절대빈곤에서 서서히 깨어나고 있다. 미래는 불투명하다. 자유와 정의는 아직도 꿈이다. 엔크루마가 만일 독립 직후부터 민주주의와 번영의 첫 단추를 제대로 끼웠더라면…

사람이란 한번 태어나서 언젠가는 죽는 것처럼, 권력도 잡을 때가 있으면 놓아야 할 때가 있는 법이다. 그리고 권력은 잡고 있는 동안보다도 놓은 뒤에 받을 평가가 더 중요한 법이다. 그런 단순한 원리를 엔크루마 "박사"가 정말 몰랐을까? 그리고 엔크루마의 어리석음 또는 실책이 다른 나라에서는 반복되지 않는다고 누가 장담하겠는가?

1979년 쿠데타 이래 계속 집권해온 제리 롤링스(Jerry Rawlings) 대통령이 1996년 12월 총선에서 재선되었다. 1992년부터 복수 정당제와 자유언론이 부활한 가나는 이제 자유와 번영을 향해 조심스럽게 걸음마를 하고 있다.

서부 아프리카에서 미래의 전망이 가장 밝은 나라를 친다면 아마 코

트 디봐르와 가나를 꼽을 것이다. 외국인들이 투자대상으로 가장 먼저
고려하는 나라들이다.

　그러나 아프리카에서는 내일 무슨 일이 벌어질지 예측할 수가 없다.
앞길이 얼마나 멀지, 얼마나 험난할지는 아무도 모른다.

　라고스에서 비행기를 타면 가나의 수도 아크라(인구 150만)까지 불
과 40분 밖에 걸리지 않는다. 그러나 96년 11월 16일(토요일) 내가 아
크라에 갔을 때는 비행기를 이용하지 않고,4백킬로미터 가까운 거리를
차로 달렸다.

　나이지리아에 인접한 베넹(베닌) 공화국과 토고 공화국을 거쳐서 서
부 아프리카의 3개국을 자동차로 둘러볼 작정이었기 때문이다.　내 차
에 마침 나이지리아를 방문한 맏딸 고운이가 탔고, 민 행정관 가족이
다른 차로 뒤를 따랐다.

　도로 사정은 염려했던 것보다 그리 나쁘지 않았다. 점심 먹는 시간
을 포함해서 대개 6시간이면 된다고 보아 가벼운 마음으로 아침 7시에
라고스 대사관을 출발했다.　그러나 아프리카에서는 매사가 다 모험이
다. 예상하지 않은 일이 불쑥 불쑥 터지기 일쑤니까.

　토고 국경을 넘자 민 행정관의 현대차가 고장을 일으켜 속도를 내지
못하게 되었다. 그나마 5-6분 달리다가 1-2분 쉬면서라도 차가 달려주
니 다행이었다. 결국 아크라에 도착한 것은 오후 6시. 시차 한시간을
더하면 꼬박 12시간이 걸렸다. 그나마도 천만 다행이었다.

　만일 차가 중간에 완전히 정지해버렸다면… 아프리카에서 견인차를
부르기는 불가능하다. 그리고 다음 날 차가 있는 곳으로 다시 간다고
해도, 그 차가 거기 그대로 있으라는 법도 없다. 있다고 해도 성한 모습

일 리는 없다. 누군가가 거의 해체해서 뼈대만 남길 것이 뻔하다. 불개미 떼가 짐승시체를 뜯어먹듯이… 길에서 그렇게 완전히 해체되고 녹슨 차를 여러 대 보지 않았던가?

우리 대사관에서 예약해준 가나의 샹그릴라 호텔에서 짐을 풀었다. 방갈로 식으로 지은 호텔은 깨끗하고 친절하고, 수영장, 테니스장 등 시설도 좋았다. 비행기 소리가 들리기에 마중 나온 직원에게 물으니 공항이 바로 10분 거리라고 한다. 그러니까 공항이 시내 중심가에서 그리 멀지 않은 것이다. 그날 저녁에는 백대사가 고맙게도 관저에 푸짐한 음식을 마련해 주어서 맘껏 즐겼다. 그리고 다음 날부터 구경에 나섰다.

인구 150만 명인 아크라는 원래 16세기 초 나이지리아에서 이주해온 "가"(Ga)족이 건설한 마을에서 발전한 것이다. 7개 구역으로 나뉘어져 있던 아크라는 각 구역의 족장들끼리 세력다툼을 벌였다. 패배한 추장이 "아크라는 적군 앞에서 영원히 분열할 것"이라는 저주를 남겼다.

그 저주 때문인지는 몰라도, 아크라에 그후 포르투갈, 네덜란드, 스웨덴, 영국 등이 각각 자기네 요새를 건설했는데도 이를 막지 못했다. 네덜란드인의 어서 요새는 감옥으로, 영국인의 제임스 요새는 등대로, 스웨덴인의 크리스챤스보르그 요새는 대통령궁으로 현재도 사용하고 있다.

독립광장(일명 검은 별 광장) 한 가운데에 흰 대리석의 개선문이 우뚝 서 있다. 20미터 높이인 그 문 위에 검은 별이 박히고, 그 밑에 "1957년, 자유와 정의"라고 새겨져 있다. 왜 검은 별인가? 검은 색에서 긍지를 느끼는가? 아산티왕의 깃발이 노란색, 검은색, 초록색의 삼색기인데, 아마도 거기서 검은 색을 따왔을 것이다. 어쨌든 검은 별은 신생 독립국 가나를 상징한다.

그 개선문은 아무리 보아도 파리의 개선문을 모방하려고 한 것 같은 데 역시 초라하다는 느낌을 지울 수가 없다. 평양의 개선문도, 비록 사진으로만 보았지만, 초라하기는 마찬가지가 아닐까? 초라할 뿐 아니라 코믹하기도 하다.

파리의 개선문은 물론 프랑스식 허영의 산물이다. 그러나 로마문명을 바탕으로 하는 유럽에는 그나마 세울만한 이유가 있었고, 또 유럽 풍토에는, 파리라는 도시의 주변 풍광에는 그런 대로 어울린다.

그런데 아프리카에 무슨 개선문인가? 평양에 무슨 대리석 개선문인가? 어느 나라를 쳐부수고 어느 장군 또는 황제가 개선했다는 말인가? 개선문을 세운 초대 대통령 크와메 엥크루마 박사는 가나인들에게 자유와 정의를 주었던가? 개선문이 빤히 바라다 보이는 곳에 위치한 대통령궁의 주인은 지금 자유와 정의를 목표로 삼고 있는가? 아니면, 자유와 정의란 실현될 수 없는 영원한 꿈에 불과한가?

아크라에서는 단순히 성(the Castle)이라고 부르는 예전의 스웨덴 요새 크리스챤보르그를 보고 싶다고 하자 백대사 차의 운전사가 검은 별 광장에서 바로 보이는 흰색 건물을 향해 곧장 차를 몰았다.

정문 앞에서 기관총을 든 군인 둘이 가로막는다. 자동차 번호판을 보고 대사 차라는 것을 확인하고는 우리더러 면담약속이 되어 있느냐고 묻는다. 면담이라니? 그제야 거기가 관광지인 성이 아니라 대통령궁으로 사용되고 있다는 사실을 깨닫고 황급히 차를 돌렸다.

하마터면 기관총 세례를 받았을지도 모른다. 그럴 리야 없겠지만…

　그때 마침 전통 의상 차림의 가나인 3-40명이 궁 안으로 몰려들어갔다. 각 종족의 지도자들이었다. 너도나도 족장 권한의 상징인 지팡이를 짚었고, 지팡이 꼭대기에는 자기네 종족을 상징하는 조각이 달려 있다. 길 한 구석에서는 한 사내가 지팡이에다가 그 조각을 끼워 맞추느라고 땀을 빼고 있었다. 아마 전통지도자들이 단체로 대통령을 만나는 시간인 모양이었다.

　그런데 한국대사 차가 느닷없이 나타나 정문을 향해 용감하게 돌진했다니! 돈키호테가 창을 꼬나들고 풍차를 향해 돌진하던 모습과 무엇이 다른가? 그러나 나는 돈키호테가 결코 아니었다. 그럴 생각도 전혀 없었다. 돈키호테가 있었다면 그것은 아크라 사정을 뻔히 아는 바로 현지인 운전사가 아니겠는가!

　가나 국립박물관은 내용과 진열 면에서 서부 아프리카 최고의 명성을 유지한다. 물론 서부 아프리카의 박물관 가운데 제일 먼저 설립된 것이기도 하다. 반드시 한번은 구경할 가치가 있는 곳이다.

　왕과 추장의 각종 의자와 지팡이, 칼, 북, 전통의상, 전통옷감, 구석기 시대 이래의 유적발굴품, 재래식 제철소의 모형 등이 특히 볼만하다. 나이지리아의 옛왕국 이페(Ife)의 청동조각들을 수십점 모아놓았는데 모두 우수한 걸작들이다.

　카메라는 입구에서 보관하니까 촬영이 불가능했다. 제철소 모형을 찍고 싶었는데… 그리고 박물관 전체를 소개하는 책자나 제대로 된 그림엽서가 전혀 없는 것도 유감이었다. 루브르나 대영박물관 등의 기념품 판매소에 그렇게도 넘치는 각종 책자, 그림엽서와 포스터 등이 무슨 효과를 발휘하는지 이 나라 사람들은 생각도 해보지 않았단 말인가?

영국문화원 길 건너편에 1500석의 국립극장이 생긴 것은 불과 4년 전(1992년)이다. 중국의 건설회사가 짓고 그 안에 기념으로 중국식 정원을 만들어 놓았다. 규모는 아주 작지만 구름다리가 연못 위로 걸쳐지고 대나무가 자라는 실내정원이다. 아크라 시내의 유일한 극장인 그 건물의 건축비는 1500만불 인데 1996년부터 10년간 상환조건이다.

예고도 없이 찾아갔기 때문에 처음에는 내부관람을 거부당했으나, 멀리서 온 외교관이라고 설명하자 안내인을 붙여주었다. 전속 무용단이 땀을 흘리면서 열심히 연습 중이었다. 넓은 홀 한쪽에 높이 2미터에 둘레가 두 아름이나 되는 남자북과 여자북 한 쌍이 탐스러웠다. 개관기념으로 조각가 봄마 아툼판(Bomma Atumpan;우리 식으로 말하면 인간문화재)이 특별히 만든 것이라고 한다.

세플릭스 세파(Seflix Sepha)가 대형 마호가니 통나무를 그대로 깎아서 만든 노예군상, 노예선 등도 걸작품이다. 그리고 별로 눈에 띄지 않는 2층 구석의 커다란 목제 실로폰도 호기심을 끌었다. 두드리면 무슨 소리가 날까? 백성들의 신음소리? 아니면, 일부 권력자와 부유층의 아이들이 행복에 겨워 내지르는 서양식 함성일까? 어쩌면 두드리는 손의 감각에 따라 기기묘묘한 소리가 울려 퍼질 것이다. 그 소리에 감동하는 사람도 있는가 하면, 소리 자체를 듣지 못하는 사람도 많을 것이다.

시내에서 가장 활기찬 구역은 뭐니 뭐니해도 중앙시장이다. 최고 재판소와 국회의사당 근처에 위치한 이 시장은 샌들, 가면, 켄테라고 하는 전통옷감, 가죽제품, 청동제품 등이 유명하다. 그러나 전통옷감은 3백 달러 전후로 비싼 편이다.

길가에 앉아서 땅콩, 성냥, 담배, 비닐가방 등을 파는 여자들도 숱하게 많다. 수십 미터 이어지는 회색 시멘트벽에는 "소변금지"라는 페인트 글씨가 줄줄이 늘어서 있다. 대낮이라서 대담하게 벽을 향해 실례하는 사람은 못 보았지만, 아마 어두워지면 적당히 일을 보는 모양이다.

시장을 관통하는 도로는 언제나 차가 밀려 있다. 그러니 급하면 차에서 내려 실례하는 사람이 없겠는가? 공중변소가 전혀 눈에 띄지 않으니… 페인트 글씨가 무슨 힘이 있겠는가? 소변 금지라고 더덕더덕 보기 싫게 벽을 더럽힐 것이 아니라 군데군데 공중변소를 만들고 공중변소가 있는 곳을 가르쳐 주는 안내표시를 하는 것이 올바른 행정이 아닐까?

하기야 인구 천만이 넘는다는 서울에 공중변소가 몇 개나 되는지 상상해 보면, 아크라 시청을 탓할 일은 아니라는 생각도 들었다. 목각이든 청동제품이든 각종 공예품을 싸게 사려면 국회 바로 길 건너편의 국립문화센터로 가야 한다. 조각과 그림을 전시한다는 센터는 폐관 중이었다.

센터에서 해안선 쪽으로 커다란 운동장이 있는데, 해안 쪽은 쓰레기장이고, 센터 쪽으로 붙어서 공예품 가게가 3백여 개나 몰려있다. 전통 옷감을 비롯해서 목제, 청동제 제품이 그렇게 많을 수가 없다.

관심 있게 예리한 시선으로 살피면서 물건을 잘 고르면, 그리고 흥정을 야무지게만 하면, 아주 좋은 물건을 정말 싸게 살 수 있다. 나는 건성으로 둘러보는 척하다가 왕의 행차장면(등장인물 20명)을 조각한 목제 탁자를 하나 골랐다. 150 달러 부르는 것을 50 달러로 끝내는데 반시간이나 걸렸다. 탁자 길이가 1미터가 넘어서 자동차 트렁크에 들어가지 않는 바람에 뒷좌석에 겨우 실었다.

라고스로 돌아오는 길에 좌석이 불편하기는 했어도 만족할만한 물건
이었다.

중심가에서 15킬로 북쪽의 레곤(Legon) 마을에도 가서 가나대학교
를 둘러보았다. (가나 전체에 대학교는 3개뿐이다) 흰 벽에 붉은 기와
를 얹은 장방형의 2층 강의실들을 보면 마치 영국의 대학 구내에 들어
선 느낌이다. 너무나 조용하다. 그도 그럴 것이 원래 가나대학은 독립
전인 1948년 런던대학교의 자매학교인 황금해안대학으로 출발했던 것
이다. 전교생이 기숙사 생활이다.
구내서점에는 책이 많다. 영국 책들을 런던에서 사는 것보다 훨씬
더 싸게 특별가격으로 판다. 학생들이 가난하기 때문일 것이다. 싼 맛
에 뭐 한다고, 40 달러 짜리 연극사전을 10 달러에 샀다. 공짜로 얻은
것 같아 기분이 좋았다.(사실은 동행한 백대사가 내 대신 계산을 했으
니 공짜는 공짜였다)
한편 아무리 책값이 싸다고 해도 학생들이 선뜻 손을 내밀어 10-20
달러 짜리 책을 살 수 있을지는 의문이었다. 전문서적 코너는 빈약하게
보였다. 그리고 대학의 식물원이 매우 잘 되어 있다고 하는데 시간이
없어서 아쉽게도 구경하지 못 했다.
아크라 시내 여러 곳에 결핵을 퇴치하자는 대형 포스터가 붙어 있
다. 의아한 생각이 들었다. 결핵환자가 그렇게도 많은가? 그리고 대통
령 선거가 한달도 안 남은 탓인지 후보자 포스터가 어디나 붙어 있다.
1992년부터 복수정당제와 자유언론이 부활한 가나는 이제 자유를 향
해 걸음마를 하고 있는 중이다.
아크라 거리는 청결하다. 신호등도 잘 되어 있고 질서가 있다. 달리

는 차들도 깨끗하다. 네 거리에서 차가 정지하면 바퀴의자를 탄 거지들이 가끔 손을 내민다. 그러나 그 숫자는 미미하다. 한두 가지 물건을 들고 다니며 길에서 파는 행상도 별로 눈에 띄지 않는다.

라고스의 시내의 최악의 상태에 익은 눈으로 바라볼 때는 같은 아프리카 지역의 도시인 아크라 풍경이 신기하기만 했다. 하늘과 땅 차이다. 내 차를 운전하는 나이지리아인 삼손은 아크라가 부러워서 죽을 지경이라고 씩씩 숨을 몰아쉰다. 자기 나라 지도층에 대한 원한과 증오가 뒤섞인 채 내뿜는 뜨거운 숨결이다. 그 검은 얼굴과 눈동자가 내 눈에는 슬프고 애처롭게만 보였다.

나라를 파탄의 밑바닥까지 끌고 내려가고 혼자만 잘 사는 지도자들… 인종과 피부와 언어의 차이를 떠나서, 누군들 그런 쓰레기 인간들이 밉지 않겠는가? 그렇다고 해서 가나와 아크라가 천국은 아니다. 장기집권, 고질적인 부패 등 문제가 많다.

밤이 깊어 가는 동안, 샹그릴라 호텔의 바에서 맥주를 마시며 수영장 수면에 어리는 불빛을 바라본다. 아크라의 가나맥주 주식회사(서부 아프리카에서는 최초로 1932년에 설립)가 생산하는 맥주 ABC와 CLUB은 우리 나라 맥주 맛에 조금도 뒤지지 않는다.

새도 벌레들도 다 잠이 들었다. 문득 묘한 생각이 스쳤다.

내가 아크라까지 오다니… 그래, 아크라다. 서부 아프리카의 해안선 한 구석이다. 여기도 대서양 연안이다. 유럽, 아프리카, 북미, 그리고 남미 등 네개의 대륙을 껴안은 바다 대서양… 아크라의 미래는 무엇일까? 그리고 가나는 어디로 가고 있는가? 엥크루마의 개선문에 새겨진 자유와 정의가 문자 그대로 정착할 날은 언제인가? 엥크루마도 실현하지 못한 그 자유와 정의가…

민족주의자 엥크루마의 묘지

가나 공화국은 식민지 아프리카에서 최초로 독립한 나라다. 1960년 초부터 범아프리카주의와 민족주의의 선봉으로 유명하던 엥크루마가 제일 먼저 머리에 떠오른다. 아프리카에 민족주의가 있는가? 탈 식민지 운동의 원동력을 민족주의라고 부를 수가 있는가?

물론 민족주의라는 말을 사하라 이남에 적용하기는 어렵다. 각국이 단일민족으로 구성된 것이 아니라, 수십개 내지 수백개 종족(언어와 풍속과 문화가 서로 다르기 때문에 아프리카의 종족은 민족이라고 보아야 한다)의 혼합체이기 때문이다.

가나도 예외는 아니다. "가나인" 또는 "가나 국민"은 있지만, "가나 민족"은 없다. 가나 뿐 아니라 아프리카의 다른 나라들도 대개 같은 형편이다. 그래도 가나 최초의 대통령인 엥크루마의 정치운동을 민족주의라고 일반적으로 부른다.

수도 아크라 시의 중심부에 거대한 광장이 있다. 그 왼쪽이 국회 건물이고 맞은편 평지에 엥크루마의 묘지가 자리잡고 있다.

그 묘지는 단순한 묘지라고 하기보다는 축구장만큼 큰 공원이다.

우리는 외교관 신분이라서 입장료를 면제받았다. 마침 관광버스를 타고 온 다른 외국인들은 500원씩 내고 들어갔다. 중앙에 우뚝 선 엥크루마의 청동입상 좌우로 장방형 분수가 설치되고 그 분수 물 안에 피리 부는 사람들의 실물대 청동상이 20여 개 늘어선다. 그리고 청동입상 뒤로 검은 대리석관이 놓이고 10여 미터의 대리석 석탑이 관을 보호한다. 최근 가나를 다녀간 말레이지아 수상의 작은 화환이 무덤 가에 비스듬히 놓여있다.

대리석관 뒤쪽에는 기념관. 엔크루마에 관한 저서들, 그리고 주요장면을 보여주는 사진이 사면을 채운다. 주은래와 모택동과 같이 찍은 사진도 있다. 흐루시쵸프, 케네디, 네루… 모두 이 세상에는 없는 인물들이다.

그 사진들을 쳐다볼 때는 타임머신을 타고 60년대로 돌아간 듯 착각을 일으킬 지경이었다. 그리고 한가지 부러웠다. 서울 한복판에는 초대 대통령 기념관이 없지 않은가? 밉든 곱든 초대 대통령은 초대 대통령이고, 공화국 창설의 역사다. 엔크루마도 장기집권하고 쫓겨날 때는 국민들의 신망을 완전히 잃었던 인물이다. 그런데도 수도 한복판에 묘지와 기념관이 있다.

어느 쪽의 역사의식이 옳은가? 역사 바로 세우기란 무엇인가? 아니, 무엇이어야 하는가? 자기 마음에 안 드는 것은 모조리 때려부수는 것이 역사를 바로 세우는 것인가?

영화 십계에서 이집트의 파라오 왕이 외친다. 모든 건물과 기둥에서 모세의 이름을 지워버리라고. 그것은 역사의 파괴다. 금, 코코아, 보크사이트, 망간, 다이아몬드, 목재등이 풍부한 가나는 찬란한 미래의 꿈을 안고 독립했다. 당시 아프리카의 모든 식민지들이 선망의 눈으로 바라보던 떠오르는 별이었다.

국내의 압도적인 지지는 물론이고 국제적으로도 존경받던 초대 대통령 엥크루마가 범아프리카주의와 비동맹주의를 주창해서 대단한 호응을 받았다.

엥크루마는 야심적인 국가건설 사업을 시작했다.

아크라 동쪽의 항구인 테마를 산업기지로 전환시켰다. 볼타강을 막아 거대한 아코솜보 댐(길이 675미터, 높이 125미터)과 수력발전소(발전량 92만 킬로와트)를 만들었다. 그 댐 덕분에 전세계에서 가장 큰 인공호수인 길이 400킬로미터의 볼타호(저수량 1500억 입방미터)가 탄생했다.

전국적으로 아스팔트 도로가 뻗었다(가나의 포장도로는 지금도 좋은 편이다). 그러나 너무 의욕에 찬 과시용 프로젝트가 화근이 되었다. OAU 본부를 유치하려다 실패한 국제회의장, 검은별 광장과 대형 스타디움, 정부청사 등이 재정적자를 매년 누적시켰다. 그리고 수억 파운드의 외채를 지고 말았다.

60년대 중반 코코아의 국제시세가 폭락하자 가나의 장미빛 꿈은 물거품이 되었다. 거품 경제가 파탄을 맞은 것이다. 게다가 엥크루마는 자기의 카리스마를 너무나도 과신한 나머지 일당 독재를 실시했다.

파업을 무력으로 강경진압했다. 예비체포법을 제정해서 정적을 탄압했다. 대통령 친위대를 창설하여 독재 권력을 더욱 강화했다. 결국은 일반 국민은 물론이고 노동자, 지식인 그리고 군부마저도 엥크루마를

가나의 수도 아크라에 있는 엥크루마 묘지

불신하게 되었다.

농업기반을 다지는 정책을 도외시해서 이미 농민들이 등을 돌린지 오래였다. 드디어 북경 방문중인 1966년에 쿠데타가 일어나 엥크루마의 9년 집권이 막을 내렸다. 엥크루마는 조국으로 돌아가지 못하고 6년 후 망명지 코나크리(기니의 수도)에서 눈을 감았다.

그 무덤이 아크라 시내 한복판에 자리잡고 있는 것이다. 석관을 열대의 햇빛으로부터 보호해주는 그늘은 살아있는 상록수가 아니라 대리석 석탑이 제공해 주고 있다. 민심을 등진 독재자에게는 생명이 없다는 것을 상징한다고나 할까?

황금의자 전쟁

5백년 전부터 포르투갈 인들이 엘도라도(황금의 나라)를 찾아서
바다로 진출했다는 이야기를 어린 시절 역사책에서 읽은 이후
나는 세계지도를 펴놓고 공상에 잠기고는 했다. 그리고 서부 아프리카
의 황금해안이라는 지명을 발견하고는 그곳이 바로 엘도라도가 아닐까
생각했다. 호기심이란 끈질긴 괴물이다. 내가 어른이 되어서 그 황금해
안을 찾아가게 되다니!

1996년 11월 중순 나이지리아의 라고스에서 차를 몰고 황금해안으
로 달렸다. 2차선 도로는 시속 100 킬로미터로 달릴만 했고 오가는 차
량도 그리 많지는 않았다. 광활한 평야지대에 야자나무 숲들이 이어졌
다. 3-40미터를 넘는 거목들이 우뚝 우뚝 솟아 기괴한 감을 던졌다.

베넹(베닌) 공화국과 토고 공화국의 국경선을 통과하여 가나의 수도
아크라에 들어갔다. 드디어 황금해안에 도착한 것이다. 대서양의 물결

은 따뜻하고 한없이 평화스러웠다. 그리고 석양에 물든 파도가 모두 찬란한 황금으로 착각되기도 했다. 코트 디봐르에서 나이지리아에 이르는 해안을 현재 기니만 이라고 부른다. 그러나 과거에는 황금해안이라고 했다.

이 황금해안이라는 명칭은 가나 자체를 가리키는 옛 지명이기도 하다. 그 명칭은 가나에서 엄청난 양의 금이 생산되고 거래되었기 때문이다. 11세기 아랍인 학자 엘 바크리는 이 지역의 왕들이 "황금 기둥에 자기 말을 매어둔다"고 기록했다. 독립 당시만 해도 가나는 전세계 금 생산량의 10분의 1을 생산했다.

그런데 인류문명이 탄생한 이래 누구나 탐을 내어온 황금이 이 지역에서 대량생산된다는 사실은 강력한 왕국의 출현을 예고하고 있었다. 코트 디봐르와 가나를 합친 지역 즉 한반도의 두배 반에 해당하는 광대한 영토를 지배하는 아산티왕국이 1690경 건설되어 1902년에 멸망할 때까지 2백년간 군림했다. 그리고 이 왕국은 50년에 걸쳐서 영국군과 4번이나 대규모 전쟁을 치룰만큼 세력이 단단했다. 그러나 황금은 원주민의 행복을 약속하는 신의 축복이라기보다 백인들의 탐욕을 자극하여 정복을 부추기는 재앙의 원인이었다. 나이지리아에서 생산되는 연간 백 5십억 달러의 원유가 국민들의 눈물과 배고픔을 씻어가지 못하는 것과 마찬가지다. 어쩌면 아름답고 가장 단단한 상아를 가진 코끼리가 바로 그 상아 때문에 멸종의 위기를 맞고 있는 것과도 같다.

어쨌든 이 아산티 왕국에는 가장 신성한 보물이 있었다. 아니, 지금도 전해 내려오고 있다. 그것이 바로 "황금의자(시카 과코피)"다.

이 의자는 왕이 앉는 옥좌가 아니라, 왕국 자체와 동일시되는 상징물이다. 현직의 왕도 이 의자에 앉을 수가 없고, 황금의자가 오히려 다른 의자 위에 항상 놓여있는 것이다. 왜냐하면 역대 왕들의 혼백이 거기 깃들어 있다고 믿기 때문이다.

황금의자는 건국신화와 관련되어 왕의 권위와 왕국의 단결을 또한 상징한다. 초대 대왕인 오세이 투투(Osei Tutu)가 1690년경 나라를 건설하고 수도를 정할 때, 대왕의 자문원로이자 토속신앙의 대사제인 오콤포 아노키에(Okomfo Anokye)가 두 지역에다가 쿰(kum)이라는 나무를 각각 심었는데 그 가운데 하나가 싹이 텄다. 그래서 그 지역을 수도로 정하고 명칭을 쿠마시(Kumasi, 쿰+아시 즉 쿰나무 주변이라는 뜻)라고 했다.

그리고 대사제가 하늘을 향해 기도했다. 그러자 구름을 뚫고 하늘에서 황금의자가 투투 대왕의 머리 위로 내려온 것이다. 다시 말하면, 왕국이 탄생하고 왕권의 상징이 생긴 것이다.

황금의자가 하늘에서 내려왔다는 것은 모세가 시나이 산에서 십계석판을 받았다고 하는 것이나, 마호메트가 황금글씨로 쓰여진 코란을 가브리엘 대천사에게서 받았다고 하는 것을 연상시킨다. 근대로 오면 모르몬교에서 말하듯 조셉 스미스가 모르몬경전을 역시 가브리엘 대천사에게서 받았다고 주장하는 것도 같은 맥락에서 음미해볼 수가 있을 것이다.

기록의 사실 여부를 떠나서, 권력이나 신성함이 하늘에서 내려왔다는 주장 또는 그 신앙이 핵심 부분이다. 아산티 왕국에는 순금으로 만든 의자가 과거에나 지금이나 단 하나 밖에 없다. 순금이야 얼마든지 나지만, 또 다른 황금의자는 만들지 못하도록 금지되어 있는 것이다.

쿠마시는 가나의 수도 아크라에서 서북쪽 3백 킬로미터 지점(도로사정이 좋아서 자동차로 약 4시간 걸림)에 있는 교통의 요충이다. 이

쿠마시의 왕궁(만히야궁)과 도시 전체가 제4차 영국 아산티 전쟁 때(1874년) 철저히 약탈당한 뒤에 폭파되어 버렸다. 3일간 비가 내렸으나 불길은 꺼지지 않았다.

불타는 로마를 바라보며 네로가 시를 읊었듯이(그 영화장면이 역사적 사실은 결코 아니지만),정복군의 사령관은 빅토리아 여왕을 찬미하는 노래를 불렀을까? 그리고 거기 영국군이 주둔하는 요새가 설치되었다. 사령관인 가네트 월즐리경(중장)은 젊은 왕 프렘페 1세를 체포하여 인도양의 세이셸 섬으로 귀양보냈다. 영국이 아산티왕국의 자유를 빼앗고 황금해안 전체를 노예로 삼았다고 "18세기 및 19세기의 쿠마시"의 저자(A. A. Anti)는 기록하고 있다.

그후 황금해안의 총독으로 새로 부임한 프레데릭 미첼 호지슨이 아산티 왕국의 자존심을 깡그리 짓밟아버릴 목적에서 황금의자를 가져오라고 명령하고는 아산테왕과 그 신하들이 보는 앞에서 그 의자에 앉으려고 했다. 만일 일본총독이 조선왕조 역대 왕들의 신주를 발로 짓밟으려고 했다면, 영국총독의 행동은 그것과 다름이 없었을 것이다.

왕국 전체가 분노했다. 비록 정복당한 신세이기는 했지만 아산티의 모든 전사들이 무기를 들고 영국군 요새를 습격했다. 영국총독은 겨우 목숨을 건져서 달아났고, 요새 안의 영국군은 고립되었다. 결국 바덴 파우웰 소령(보이스카우트의 창시자)의 구원부대가 쿠마시로 쳐들어와 영국군을 구출하고 도시를 다시금 폐허로 만들었다.

바덴 파우웰은 전세계의 보이스카우트가 지금도 창시자로서 존경하겠지만, 아산티 왕국의 후예들에게는 단순한 침략군의 부대장일 뿐이다. 영국군은 황금의자를 전리품으로 가져다가 대영 박물관에 안치했다. 그러나 아산티의 수비대가 불타는 왕궁 속에 가짜 황금의자를 만들어 놓고 진짜는 숨겼다는 사실을 20년간이나 몰랐다. 프렘페 1세가 귀양살이에서 돌아오자 황금의자가 다시 나타났다. 그러나 영국군은 진짜 황금의자를 내놓으라고 요구하지는 않았다. 전에 한번 뜨거운 꼴을 당했기 때문이다.

이 황금의자는 새로운 왕의 즉위식 때에만 공개된다. 최근에는 프렘페 2세가 사망하고 오툼포 오포쿠 와레 2세가 즉위할 때인 1970년에 공개되었다. 물론 사진촬영은 금지다. 쿠마시의 프렘페 2세 박물관에 황금의자 사진이 걸려있지만, 그 사진마저 촬영이 금지되어 있다. 안내하는 여자에게 왜 사진을 못 찍게 하느냐고 묻자, 그 의자에는 아산티 민족 전체의 영혼(sunsun;순순)이 깃들어 있기 때문이라고 했다.

그러나 사진의 사진도 안 된다는 것에는 고개가 갸우뚱거렸다. 영국군이 가져간 가짜 의자의 모조품도 전시되어 있는데 그것도 사진을 못 찍게 하니 더욱 이해가 안 되었다.

아산티에서는 태어날 때부터 죽을 때까지 각자 자기의 나무의자를 하나씩 가지고 산다. 사람이 죽으면 그 의자를 검게 칠한 뒤에 집안의 사당에 모신다. 의자에 죽은 자의 영혼이 깃들어 있다고 믿는 신앙 때문이다. 의자와 사람이 동일시되는 것이다.

이것은 모든 나무에 정령이 깃들어 있다고 믿는 신앙과 통한다. 그래서 나무를 베기 전에 일정한 예식을 반드시 거행해야만 한다. 나무로 가구를 만들거나 집을 지을 때도 나무의 정령에게 제사를 지낸다. 우리의 토속신앙에서 굿이나 푸닥거리를 하는 것과 비슷하다고 하겠다.

대가 이어져 내려오는 아산티 왕조의 왕(아산테헤네)은 공화국으로 변한 가나에서 정치적 실권을 행사하지 못한다. 그러나 노랑, 검정, 초록의 삼색기를 사용하면서 정신적인 지도자로 여전히 군림한다. 1970

년에 아산테헤네로 즉위한 와레 2세는 이탈리아주재 가나 대사를 역임하기도 했다.

인구 70여만 명이 거주하는 오늘날의 쿠마시에는 네거리마다 신호등이 있고 차량이 넘친다. 시민들의 질서의식도 상당한 수준이고, 거리가 매우 깨끗한 것이 인상적이었다.

사자 5마리, 원숭이 20마리, 침팬지와 악어 각각 2마리, 우리에 갇히지 않은 공작새 10여마리 등이 있는 소규모 동물원도 볼만하다. 동물원 입구에 들어서자 30미터가 넘는 대여섯 그루 거목에 검은 열매가 다닥다닥 달려있는 것이 이상했다. 솔개 두 마리가 공중에서 선회하자 무수한 열매가 갑자기 살아서 움직였다. 대낮에 박쥐 떼가 하늘을 덮었다. 나무에 달려 있던 것은 열매가 아니라 박쥐였다. 투명하게 비치는 박쥐 날개와 검은 쥐모양의 몸통이 신기하기만 했다.

쿠마시의 중앙시장은 서아프리카에서 가장 큰 시장이다. 갈색 양철 지붕이 끝없이 머리를 잇는다. 없는 물건이 없다. 대단히 활기에 넘치고 복잡하다. 특산물인 퀸테 직물이나 공예품 코너를 찾으려면 안내를 자청하는 아이들을 앞세워야 한다. 박물관 건너편 대학병원 구내의 땅바닥에 오콤포 아노키에 대사제의 칼이 지금도 꽂혀 있다. 황금의자 다음으로 신성한 이 칼은 날에 녹이 슬어 있다. 이 칼은 대사제 오콤포가 1700년경 쿠마시를 왕도로 정한 직후에 거기 꽂아놓은 것이라고 한다. 그리고 누구라도 그 칼을 빼어내면 아산티 왕국이 멸망한다는 설화가 전해오고 있다. 언젠가 불도저로 그 칼을 밀었는데도 칼이 꿈쩍도 하지 않았다고 쿠마시 사람들은 하늘에 걸고 맹세한다.

아무도 그 칼을 빼지 않았다. 그런데도 왕국은 멸망했다.

예전에 쿠마시 성내에서는 "죽음의 북"이 울리는 소리에 맞추어 포로들의 목을 잘라 그 피를 신들에게 제물로 바치는 잔인한 행사가 너무 자주 있었다. 또 아산티 왕국은 노예사냥을 계속했다.

　그래서 인도주의에 입각하여 영국군이 왕국을 정복했다는 말도 있다. 그러나 전세계에 식민지를 건설하고 해가 지지 않는 제국을 자랑하던 정복자 영국군이 인도주의를 내세우는 것은 철면피한 주장이다. 총칼과 대포로 정복하면 그냥 정복이지 무슨 얼어죽을 인도주의인가? 영국군이 노린 것은 바로 황금이 아니겠는가?

　황금해안과 황금의자…

　황금이란 스스로 지킬 힘과 지혜가 없을 때에는 자멸을 초래하는 화근이 되는 것은 아닐까? 너무나 단순한 역사의 교훈이다. 그러나 이 교훈을 우리는 얼마나 자주 잊어버리거나 외면하는가!

　내가 어려서부터 꿈꾸던 황금해안은 그런 황금의 해안은 아니다. 남에게 약탈당하지도 않고 영원히 참된 가치를 지닌 황금은 과연 무엇인가? 대서양의 물결은 염화시중의 미소만 띄우고 있었다.

(좌) 아산티 옛 왕국의 왕 오툼푸오 오포쿠 와레2세(황금으로 정장)
(우) 가나의 쿠마시 황금의자 박물관

노예들의 감옥 엘미나성

사람이 사람을 사냥해다가 노예로 팔아먹다니! 그것도 2백년 동안에 2천 5백만 내지는 4천만 명이나! 누가 팔고 누가 샀는가? 그러나 노예무역은 동서 아프리카의 역사에 엄연히 존재했다. 그것도 무역은 무역이었다. 돈벌이가 아주 잘 되는 장사였다. 당시 노예는 상품일 뿐 아니라, 요즈음의 달러, 마르크, 엔화 등과 같이 국제통화였으니까 말이다.

그리고 노예들을 보관하던 창고 즉 요새와 성들도 있었다. 멀리서 보면 그림처럼 아름다운 성이지만 사실은 노예창고였다니!

노예란 인간이 사회라는 것을 만들 때부터 있었다고 본다. 자기가 하기 싫은 일을 남에게 시키려는 심리와 본능에서, 그리고 그런 일을 남에게 시킬 수 있는 힘을 가진 개인 또는 집단이 출현했기 때문에 생긴 제도다.

현대에 이르러 기계의 노예, 시간의 노예, 돈의 노예, 쾌락의 노예, 마약의 노예 등 상징적으로 표현하기도 하지만, 강제성과 신분적 제약의 차원을 떠나면, 그 의미는 별로 달라진 것이 없다고 하겠다.

노예제도란 노예가 필요한 세력이 옹호하고 그것이 필요 없는 세력이 반대했다. 미국의 남북전쟁이 그렇고, 영국이 세계의 제해권을 독점했을 때 그 폐지를 주장하고 강제로 실시한 것은 인도주의나 박애주의 때문이 아니라, 증기기관의 발명 등으로 이미 산업혁명이 일어나 노예의 필요성이 없어졌기 때문이다.

증기기관은 고사하고 전기와 원자력까지 나온 20세기에 지상에 설치한 나치독일이나 소련등 공산국가들의 강제수용소는(아무리 정치적 색채가 있다 해도) 다른 형태의 노예제도이므로 결코 합리화될 수가 없다.

그런데 서아프리카에서 1650년경부터 2백여년에 걸쳐 노예를 대량으로 사냥하고 매매하던 노예무역(노예들이 주도하는 무역이 아니라 노예가 인간상품으로 거래되는 무역이니 오해 없기를!)이 성행했다.

물론 잔지바르(현재의 탄자니아)를 중심으로 동부 아프리카에서도 노예무역이 이어졌다. 흑인이 흑인을 노예로 팔았다. 서부에서는 백인이, 동부에서는 아랍인과 인도인들이 노예를 샀다. 인류역사상 매우 특이한 현상이었다.

자기에게 필요한 노동력을 보충하기 위해 노예를 잡아온 것이 아니라, 다른 사람에게 팔아 넘기기 위해서, 즉 자본주의식으로 말하자면, 이익추구를 목적으로 해서 노예를 대량으로 잡아다가 도매금으로 넘긴 것이다.

그리고 그 상품을 선적하기 전에 일시적으로 보관하는 창고로 서아

가나의 노예성 엘미나 내부
정면 건물이 성주(총독)의
집무실

프리카 해안지대의 요새와 성을 이용한 것이다.

그 대표적인 예가 엘미나 성이다.

엘미나는 가나의 수도 아크라에서 서쪽으로 150 킬로미터 떨어진 바닷가에 위치한 성. 포르투갈 인들이 16세기초에 건설한 것이다. (이 근처 해안에는 유럽인이 만든 성과 요새가 29개나 밀집해 있다!)

엘미나라는 명칭은 광산을 의미하는 포르투갈어 미나에서 왔다. 가나의 해안지대(황금해안)에서는 역시 그 당시에도 금광이 제일 유명했기 때문이다. 내가 엘미나를 방문한 것은 96년 11월 중순 월요일 오전.

때 마침 생선시장이 열려 조각배가 들어오고 수천 명의 인파가 북적대고 있었다. 시장과 성을 잇는 부분이 도로공사로 막혀 땀을 뻘뻘 흘리면서 10분 가량 걸어갔다. 모래사장 한가운데가 뚝 끊긴 바위지대 위에 하얀 성이 우뚝 솟았다.

깃발이 바람에 나부낀다. 포르투갈 기인가? 그렇다면 노예로 잡혀갈 위험이 있지 않은가? 그러나 다행히도 가나 국기가 펄럭이고 있었다. 시대가 바뀐 것이다.

들어올리고 내리는 작은 다리를 건너고 두 겹의 해자(垓字)를 지나서 성으로 들어갔다. 해자에는 물이 마르고 맨바닥이 보였다. 안뜰에 들어서자 바로 오른쪽에 해골이 그려진 문이 보인다. 반항하는 노예와 포로가 된 해적들을 가두던 방이다. 한번 들어가면 살아서는 나오지 못하던 골방이다. 마구 후려쳐서 넣으면 30명은 들어갈듯 했다.

죄수들을 철저하게 굶겨 죽였다는 설명이다. 그래서 그 문을 "돌아오지 않는 문"(No return door)라고 한다. 문간에서 기웃거리던 내가 안내인에게 한마디 농담을 던졌다.

"난 아직 들어가지 않았으니 안전합니다."

입구 정면 1층이 남자노예 수용소. 그리고 그 왼쪽으로 여자노예 수용소가 이어진다. 말이 수용소지 장방형 석실은 문자 그대로 창고다. 꽉꽉 밀어서 가득 채우면 1천명이 들어간다.

거기 일단 들어가면, 범선에 실려서 중남미로 끌려가기 전까지는, 쇠고랑을 차고 앉아있는 것이다. 대소변이든 식사든 거기서 다 해결한다. 여자 노예 수용소 가운데 한 방에는 2층에 위치한 총독 사무실로 통하는 나무계단이 있다. 그 계단을 통해서 여자노예가 매일 밤 한 명씩 총독의 침실로 인도되었다. 섹스의 노리개로 이용된 것이다.

당시에는 총독이든 누구든 부부동반으로 아프리카에서 근무한 사람은 하나도 없다.(그렇다고 해서 요즈음 부부동반으로 아프리카에서 근무하는 사람이 예전의 총독보다 더 행복하다는 말은 결코 아니다.)

어쨌든 아무리 인간 상품이라 해도 역시 여자 노예는 여자이기 때문에 특별한 대우를 받았다. 그리고 임신을 하면 총독이 석방했다. 화대를 주는 대신에 자유를 주었다? 그러므로 총독은 관대하다? 그런 말은 아니다. 인권이니 성희롱이니 하는 말이 역사에 등장하기 이전의 일이다.

여자 노예들에게 눈독을 들인 것이 어찌 총독 한 사람 뿐이겠는가? 수백 명의 수비대원도 혈기 왕성한 사내들이 아니었던가? 그러면 총독의 사생아들은 그후 어떻게 되었는가?

여자수용소 안마당에 포르투갈 인들이 파놓은 음료수 저장용 지하 석실이 있다. 2백명이 6개월간 사용할 수 있는 물이 거기 저장되었다고 한다. 지금도 물이 고여 있다. 요새나 성을 안전하게 지키려면 대포와 탄약과 병사들이 가장 중요하다. 그러나 포위 또는 장기전의 경우, 역시 중요한 것은 식량과 물이다. 물이 떨어지면 두 손을 들 수밖에 없다. 그래서 성을 쌓으면 동시에 우물을 파거나 물을 저장하는 석실을 지하에 만든 것이다.

임진왜란 때 왜군에게 행주산성이 포위되었다. 성안에 물이 떨어졌다는 것을 감추기 위해 권율 장군이 어떤 위계(僞計)를 썼던가? 멀리서 왜군이 바라보는 동안, 쌀가루로 말을 목욕시켰던 것이다. 왜군은 행주산성에 아직 물이 풍부하다고 믿고 스스로 물러갔다. 위계가 성공한 것이다.

예전에는 성벽 바로 밑까지 캬라벨이라는 대형 범선이 들어왔다. 그래서 허리를 깊숙이 굽혀야 한 명씩 간신히 통과하는 통로로 남녀노예를 끌어내어 선적했다.

거기 "돌아오지 않는 문"이 또 하나 있었다. 아프리카를 떠나면 다시는 살아서 돌아오지 못한다. 그 사실을 노예들은 알고 있었다. 그래서 울부짖었다. 몸부림도 쳤다. 문자 그대로 미쳐버린 노예는 바다에 처넣었다.

그러나 쇠고랑에 찬 몸이 아무리 발버둥친들 무슨 소용인가? 운명을 한탄한다고 해서 자유가 오는가? 자유란 잃어버리기 전에 스스로 지켜야만 하는 것이 아닌가? 마당 한가운데에 포르투갈 인들이 지은 카톨릭 성당이 반대편 건물에 연결되어 있다. 그후 성을 점령한 네덜란드인(개신교도)들은 그 성당을 노예 경매장으로 사용했다. 그리고 네덜란드인은 그 성을 차지하고 있어야 경제적인 실익이 없다는 계산에서 19세기에 영국에게 팔아 넘겼다.

성루에는 구석구석에 대포들이 배치되어 있다. 서쪽 성루의 대포 가운데 셋은 엘미나 마을을 향해서 입을 열고 있다. 주민들에게 겁주기 위해 일부러 그렇게 배치했을 것이다. 그리고 바다를 향한 나머지 대포들은 적의 함선 또는 해적선을 겨냥했을 것이다.

대포는 녹이 슬대로 슬어서 일부분은 부스러져 버렸다. 겨우 형태만 남았다. 대포 자체마저 시간 앞에 무너지는 시체인 판에, 그 대포로 권력과 부귀를 "영원히" 지키려던 왕과 총독과 귀족들의 만용과 자부심은 이제 얼마나 찬란한 폐허인가! 성당 옆에도 물을 저장하는 지하석실이 있다. 네덜란드인들은 성을 점령한 뒤 포르투갈 인들이 만든 지하석실의 물을 마시지 않았다. 거기 포르투갈 인들이 독약을 풀었을지도 모른다고 의심했다. 대포가 정의를 대변하는 시대였으니까, 믿을 놈이 하나도 없었을 것이다.

그래서 새로 지하석실을 팠는데, 거기 저장한 물은 포르투갈 인들의 석실보다 세배나 많았다. 역시 지금도 거기 물이 고여있다. 물론 지금은 두 석실의 물을 아무도 마시지 않는다. 독약을 의심해서가 아니다. 그럴 필요가 없다. 수도관이 들어갔기 때문이다. 시대가 변한 것이다.

총독의 집무실, 식당, 침실 등이 모두 텅 비었다. 아무 것도 없다. 나무 바닥에 발걸음 옮기는 소리만 메아리쳤다. 바다를 향하는 성루 꼭대기에 위치한 총독의 침실은 열린 덧문으로 불어오는 대서양의 바람 덕분에 서늘했다.

아! 총독이 반반하게 생긴 흑인여자 노예를 매일 밤 불러들여 여기서…

노예에게 사랑을 요구할 수가 있을까? 하기야 총독이 여자 노예에게 사랑이라는 사치한 정을 기대했을 리가 없을 것이다. 욕정을 배설하는 하수도 정도로 보았을 것이다. 노예를 사람이 아니라 일종의 장난감으로 여겼을 것이다. 1회용 화장지처럼…

그러면 오늘날 자진해서 몸을 파는 여자들은 무엇인가? 현금을 노리는 자발적인 노예인가? 흑인 여자들은 자기 목숨을 건지기 위해서, 또는 자유를 얻기 위해서 총독의 침대에 몸을 던졌다. 현대의 창녀보다는 훨씬 고상한 여자들이 아니었을까? 그 침실 반대편 성루에는 패망한 쿠마시의 아산티 왕국의 왕 프렘페 1세가 갇혔던 방이 있다. 영국군에게 이끌려서 나폴레옹처럼 외로운 섬으로 유배당하기 전에 한동안 거기 갇혀 있었다.

유물이라고는 단 한 점도 없는 텅 빈 방. 벽에 프렘페 1세의 사진이 걸려 있을 뿐이다. 왕은 대서양의 파도소리를 들으면서 무슨 생각을 했을까? 백제가 멸망하고 나서 중국으로 끌려가던 의자왕은 무슨 생각을 했을까? 망한 나라의 왕이란 다 똑같은 신세가 아닌가? 살아 있어도 이미 죽은목숨…

그렇다면 현대의 독재자들은 무엇인가? 쿠데타로 정권을 잡기는 했어도, 떵떵거리고 살아 있기는 해도, 아무 가치도 없는, 이미 죽은 목숨들이 아닐까? 그림처럼 아름답게 멀리 사라지는 해안선을 바라보면서 공상의 구름 속을 헤맸다. 야자나무 숲 위로 흰 갈매기떼가 날아오른다.

아! 왕이든 황제든 독재자든, 결국은 저 갈매기 한 마리의 자유도 누리지 못하고 말지 않았던가? 무수한 사람의 목을 날릴 수는 있었을지 몰라도, 자기 자신의 자유만은 영구히 확보하지 못한 가련한 인간들…

지상에서 잠시, 기껏해야 몇 년 또는 수십년, 최고 권력자의 자리를 유지했다는 것이 2-3백만 년의 인류 역사에서, 또 앞으로도 이어질 수백 만년의 세월 속에서 무슨 의미를 그 개인에게 부여한단 말인가?

얼마나 어리석은 쇼인가? 만물의 영장이라는 인간이 고작 이런 쇼밖에는 살아 생전에 못한단 말인가? 갈매기의 한가로움, 그 자유, 그리고 아무런 불만 없이 자연스럽게 맞이하는 그 죽음이, 국가원수의 자리보다, 대형 백과사전의 모든 지식보다, 노벨상보다 더 위대하고 더 가치가 있지 않겠는가?

이웃을 자기 몸같이 사랑하라? 좋다. 그러나 노예는 사람이 아니다! 상품이다! 전리품이다! 사도 바오로도 노예를 신약성서에서 인정하지 않았던가!

19세기 중엽 마지막 노예선이 떠날 때까지 서아프리카에서 천 3백 내지 2천만만 명(아프리카 전체로는 2천 5백 내지 4천만 명)의 노예가 화물로 실려나갔다. 목적지에 도착하기도 전에 전염병과 굶주림과 매질로 죽은 자가 백만 명이 넘는다. 목을 매거나 바다에 투신하거나 해서 자살한 노예들도 헤아릴 수 없이 많았다. 노예는 대부분이 16세에서 45세 사이의 건강한 흑인 남녀였다. 그러나 어린아이들도 끌려갔다.

노예무역에 대한 역사적 평가는 신랄하다.

유럽인들이 아프리카의 자원만 약탈해 간 것이 아니라, 아프리카의 발전을 위해서 가장 필요했던 인적 자원을 송두리째 긁어갔다는 지적이 있다. 노예로 끌려간 사람들은 가장 건장한 체격이었다. 그래서 아프리카가 오늘날도 그 후유증에 시달린다는 분석도 있다.

슬픈 역사다. 그러나 역사란 반드시 늘 슬픈 눈으로만 바라볼 것이 아니다. 로마제국 말기에 게르만 민족의 대이동이 일어나 중세유럽의 역사가 바뀌고, 프랑스, 독일, 네델란드, 영국, 스페인등 새로운 왕국들이 등장했다. 당시 야만인으로 불리던 게르만족은 아시아의 훈족에게 내몰리는 신세였다.

서아프리카의 노예무역도 어떤 의미에서는 민족 대이동이었다. 자발적으로 그런 것은 아니지만, 자기네 고유문화유산을 간직한 채 신대륙으로 건너간 것이다. 그리고 재즈, 흑인영가, 삼바춤 등을 만들어 냈다. 재즈가 온 세상을 풍미했다. 앞으로 무슨 음악과 춤이 서아프리카의 유산에서 탄생할는지는 아무도 모른다.

노예를 매매하고 사용하던 주인들은 다 사라졌어도 노예의 후예들은 새로운 민족을 만들어내고 있다. 슬픈 것이 역사지만 역사란 슬프게만 바라볼 것이 결코 아니다. 엘미나성은 오늘도 가나 사람들에게 자유가 얼마나 귀중한 것인지 말없이 가르치고 있다.

제3장

기이한 서아프리카 문화

"로메의 부적시장에는
각종 만병통치약과
한 개에 2달러짜리 원숭이 해골도
판매되고 있다"

독일영사가 삼킨 토고

가나 공화국 바로 밑에 불과 56 킬로미터의 해안선을 가진 토고는 가로 백 킬로, 세로 6백 킬로미터의 길쭉한 사각형처럼 생긴 나라다. 면적은 남한의 절반보다 약간 크다.

북부의 산악지대, 중부의 사바나(초원지대), 남부 해안의 산림지대로 구성되어 있는데, 남북으로 뻗어 내린 아타코라 산맥의 산들은 1천 미터 가량 높다. 그런데 인구는 희박해서 겨우 4백만 명. 이 가운데 약 20%가 수도인 로메(50만 명)등 도시에 몰려서 산다.

역사적으로 종족들의 이동과 교류가 많은 지역이라서 현재 40여 개 종족이 50개의 언어를 사용하면서 살고 있다. 공용어는 프랑스어. 그러나 이웃 나라와 무역하는 사람들은 영어도 곧잘 한다.

주요 종족은 에웨(Ewe)로 전체 인구의 3분의 1, 템카비예(Temkabye)가 3분의 1, 그램(Gouram)이 5분의 1이다. 인구증가율이 2.7%로 높은 편이이다. 인구 전체의 절반이 20세 미만이라는 것도 특징이다. 아이들을 무척 좋아하고 또 재산의 일부로 생각하기 때문에 일부다처제가 아직도 널리 성행한다.

종교적인 면에서는 카톨릭이 60만, 1천년 전에 가장 먼저 전파된 이슬람이 40만, 개신교가 20만 명이다. 그러나 주민의 대부분은 최고신 마우(Mawu)를 비롯하여 무수한 신으로 구성된 전통적 정령신앙 (animism)을 지킨다. 이 정령신앙이 부두(Voodoo)교의 형태로 깊이 뿌리를 내리고 있다.

기후는 건기와 우기로 나뉘는데 연중 두 번 서로 교차한다. 다시 말하면, 11월 중순부터 3월까지가 건기라 비가 오지 않고, 3월부터 7월 말까지 천둥과 번개가 치고 집중폭우가 내리는 우기다. 8월부터 9월까지 다시 건기, 그리고 9월말부터 11월 중순까지 비가 내리는 우기가 이어진다.

평균 기온은 27도지만, 수도인 로메는 29도까지 올라간다. 가장 더운 달은 3월이고 가장 서늘한(?) 달은 8월이다. 그러나 북부지방으로 가면 최고기온이 40도까지도 올라간다.

더운 나라이기 때문에 전통적으로 집을 지을 때 지혜를 발휘하여 짚을 섞은 흙(cob이라고 부른다)으로 흙벽을 쌓고 초가지붕을 덮는다. 그러면 실내온도가 19-26도로 일정하게 유지된다. 시멘트 집의 실내온도가 33-34도로 올라가는데 비해서 매우 서늘한 편이다. 그러나 도시에서는 전통가옥을 구경하기 어렵고 대부분이 시멘트 집이나 빌딩이다. 그래서 별 수 없이 에어컨 신세를 져야 한다. 에어컨이 없거나, 있어도 전기가 나가면 한증막 신세를 각오해야 한다.

토고라는 말의 유래는 무엇인가? 에웨족의 말로 토(to)는 물이고,

고(go)는 강둑이다. 그러니까 토고는 "물 근처"라는 의미다. 해안지방에 처음 정착하여 형성된 나라이기 때문에 토고라는 명칭이 붙었을 것이다.

16세기까지의 토고 역사는 구체적으로 알려진 것이 별로 없다. 최대 종족인 에웨족이 정착한 때도 16세기 말경으로 보고 있는 정도다. 유럽인들이 밀려오기 시작했을 때 여기 대항할 수 있는 강력한 통일왕국은 없었다.

제일 먼저 포르투갈 인들이 15세기에 토고해안에 나타났다. 해안에 적절한 항구가 없을 뿐 아니라 배를 대기도 어려워서 그리 주목하지 않았다. 그러다가 17세기에 이웃 나라 베넹(베닌)을 기지로 노예무역이 번창하자 토고해안도 무역기지가 되었다.

내륙지방은 노예사냥터로 변했고, 노예사냥꾼들은 노예를 "흑단"나무(ebony wood)라고 불렀다. 만주에서 중국인, 조선인, 서양 포로를 상대로 잔혹한 생체실험을 일삼던 일본제국의 731부대는 실험대상인 살아있는 인간을 "통나무(마루타)"라고 불렀다. 공통점이 있다. 일본군의 짓은 아프리카의 노예사냥꾼에게서 한 수 배운 것이었을까?

포르투갈인 다음에 등장한 것이 가나의 아크라에 기지를 둔 스웨덴인들이다. 그리고 18세기 말부터 19세기 초까지 해방노예들과 포르투갈인 후손으로 구성된 "브라질 자치구역"이 자리잡았다.

이 자치구역 출신인 "데 수사"가 베닌으로 건너가 노예무역과 브라질의 담배 및 럼주 수입으로 엄청난 재산을 모으고 왕과 다름없는 독재권력을 휘둘렀다. 또한 이 자치구역 사람들의 중개로 카톨릭 선교사들이 처음 진출했다. 개신교는 시에라 레온의 프리타운에 있던 선교사들(영국성공회와 감독교회)이 1842년 건너왔다.

19세기 중엽에 노예무역이 폐지될 무렵을 전후해서 영국, 독일, 프랑스 인들이 차례로 진출했다. 토고는 1884년에 독일의 보호령이 되고 다음 해 베를린 회의(아프리카 분할을 공식화한 국제회의)에서 프랑스가 독일의 기득권을 인정했다.

그런데 독일이 토고를 보호령으로 만든 소위 "조약문서"라는 것이 요즈음 표현대로 하자면 "웃기는 것"이었다. 물론 대포와 군함이 지배하던 당시에는 아무도 이 문서를 우습게 여기지 못했다.

튀니지아 주재 독일 영사 구스타프 나흐티갈(Gustav Nachtigal)이 1884년 7월4일 상륙해서 "토고"라는 작은 어촌으로 갔다. 거기서 토고의 왕을 만난 것이 아니라, 왕의 지팡이를 들고 다니는 신하 플라코(Placko)와 잠시 의견을 교환했다. 플라코는 "토고의 왕 엠라파(Mlapa)는 독일황제 폐하의 보호를 요청한다"는 영어문서 맨 밑에 "X"라고 서명했다. 까막눈이었기 때문에 "X"라고 끄적거린 것이다. 이것이 토고를 독일 보호령으로 확정했다는 문서다.

토고가 보호령이 되었다고 쳐도, 조약 문에 나오는 그 토고는 원래가 작은 어촌에 불과했다. 그러나 야심이 많은 나흐티갈 영사는 문서에 "X" 사인을 받은 다음 날부터 원래의 어촌 토고를 토고빌(Togoville)이라고 개명하고, 그 나라 전체를 토고라고 불렀다.

왕의 지팡이를 들고 다니던 플라코는 독일영사의 사기 때문에 자기도 모르는 사이에 토고 전체를 팔아먹은 아프리카판 이완용이 되고 말았다.

그후 독일은 4년만에 토고 전체를 군사적으로 완전히 장악하고, 로메 항구를 건설해서 수도로 삼았다. 내륙의 기름야자, 코코아, 목화, 철광석 등을 로메 항구로 신속하게 실어내기 위해 4개선의 철로를 깔았

아프리카를 달리는 철도

다. 베를린까지 통신이 가능한 고성능 방송센터도 세웠다. 당시 기준으로는 놀라운 실적이다.

그러나 1차 대전에서 토고를 지키던 독일군(독일인 지휘관 10여 명에 원주민 경찰 5백 명)은 영국과 프랑스의 연합군에게 패배했다. 1919년부터 영국이 서쪽의 3분의 1을, 프랑스가 나머지 3분의 2를 각각 통치하기 시작했다. 그 경계선에 걸쳐 살던 많은 종족, 특히 에웨족이 둘로 갈라져서 지금도 문제가 되고 있다.

결국 1960년 가나와 토고가 독립할 때, 영국이 통치하던 토고의 서쪽 3분의 1은 국민투표를 거쳐 가나공화국으로 흡수되고 말았다. 독립 후 경제가 어렵고 대통령이 독재자로 변신하는가 하면, 남부와 북부의 대립으로 내전직전까지 치달았다.

1963년에 쿠데타. 아프리카에서 최초로 일어난 쿠데타였다. 민간정부가 들어섰으나, 4년 후인 1967년에 두 번째 쿠데타. 이번에는 31세의 군사지도자 에야데마(Etienne Eyadema) 중령이 정권을 잡았다. 그리고 1당 체제 아래 30년간을 버티어 왔다. 1995년에는 수도 로메에서 4일간 시가전이 벌어져 5백 명이 죽기도 했다. 1993년에 대통령선거가 실시되었다. 30년만에 치른 선거. 물론 에야데마가 당선. 국내외 관측자들은 부정선거라고 본다. 한편 94년의 국회의원 선거는 비교적 공정했다고 평가한다.

어쨌든 번영과 발전의 꿈을 안고 독립한 토고는 밝은 미래를 자신있게 제시할 형편이 아니다. 외채도 연간 수출액의 4배나 되는 12억불에 이른다. 독립 이전에는 안전하고 안정된 지역으로 좋게 평판이 나있던 토고가 독재, 쿠데타, 유혈 시가전 등으로 망가지고 말았다.

누구를 위한 독립이었던가? 식민지 총독의 자리를 이어받은 독재자의 권력을 위해서? 쿠데타의 지휘관을 위해서? 국민의 행복과 인권은 어디로 실종되었는가?

서아프리카 최대의 부적 시장 로메

총알을 맞아도 부적을 몸에 지닌 사람은 죽지 않고, 오히려 총알이 튕겨 나간다고 믿는 사람들이 있었다. 지금도 있다. 아니, 많다. 서아프리카 일대에 많다는 말이다. 그러나 아프리카에만 많을까?

조선조 때 우리 동학군들도 총알을 무력화시킨다고 하는 부적을 몸에 지니고 싸웠다. 그리고 죽었다. 우리 주변에는 지금도 각종 부적이 사용되고 있다.

부적이란 무엇인가? 정말 효험이 있는 것인가? 멋진 연애편지로 애인의 마음을 사로잡으려고 할 때, 그 편지 자체가 부적은 아닐까? 선물, 뇌물, 답례품 등도 결국은 상대방의 환심을 사려고 하는 현대판 부적은 아닐까?

정답은 물론 없을 것이다.

최대의 부적 시장 토고의 로메

그러나 서부 아프리카에서 가장 규모가 크다는 부적시장을 한번쯤은 구경해 볼만하지 않을까? 도대체 어떤 곳인데 그토록 유명한가?

50만 명이 몰려 사는 토고의 수도 로메는 가나와 토고 국경선에 닿아 있는 항구도시다. 로메라는 명칭의 유래는 에웨족이 이곳이 처음 정착할 때 알로에가 많다고 해서 지명을 "알로메"라고 한 것이 줄어서 로메가 된 것이다.

해안선을 따라 누런 모래사장이 폭넓게 뻗고, 모래사장과 2차선 아스팔트길 사이에 야자숲이 계속 이어지면서 그림엽서 같은 풍경을 보여준다. 평화롭고 낭만적이고 아름답다. 모래도 아주 곱다.

그러나 야자나무 그늘 아래서 늘어지게 누워있는 사람들은 팔자가 상팔자가 아니라, 12억 달러(연간수출액의 4배)의 외채를 짊어진 나라의 빈곤과 실업을 소리 없이 메아리치게 하고 있다.

116

하루 묵는데 110 달러에서 2백 달러나 하는 최고급 팜 비치 호텔은 토고인 들에게 환상의 빌딩이다. 대서양의 파도가 제법 높아서 그런지 주말인데도 바닷물에 들어가 수영하는 사람이 거의 없다. 모래찜질이나 일광욕을 즐기는 관광객도 보이지 않는다. 쓸쓸한 해변이다.

서아프리카 각지의 직물을 독점적으로 거래하여 거금을 벌고 벤츠를 타고 다닌다는 "벤츠 아줌마"들이 진을 친 중앙시장은 팜 비치 호텔에서 5분 걸어가면 나온다. 대통령궁도 중앙시장 반대편으로 10분 거리에 위치한다. 시내에서 가장 높은 2월2일 빌딩(36층)도 대통령궁 근처에 있다. 집권여당의 본부(북한이 조각해서 1977년 선물한 군복차림의 에야데마 청동상이 마당에 우뚝 서있다)도 그 빌딩 바로 건너편이다. 손바닥만한 지역에 주요건물이 다 몰려있는 것이다.

그런데 서아프리카에서 가장 큰 부적 시장은 중심가에서 베닌 쪽으로 차를 20분쯤 달려야 나온다. 해안선을 끼고 가다가 사라카와 호텔(일본인 이름이 아니라 토고의 지명을 딴 것)에서 왼쪽으로 꺾어져 들어가면 곧 비포장도로와 만난다. 먼지가 날리든 좌석이 출렁이든 개의치 않고, 노천 장바닥을 거쳐 원두막 같은 집이 늘어선 골목을 지나면 넓은 마당이 트인다. 그리고 놀란다.

거기가 바로 "아코데쎄와" 부적시장이다.

2백 평 가량 되는 맨땅바닥을 가운데 두고 초라한 가게들이 다닥다닥 붙어서 사면을 포위한다. 가게 안쪽보다 더 길게 바깥으로 뻗은 좌판은 으시시하기 짝이 없다.

박쥐, 악어, 원숭이, 침팬지, 각종 새들이 허연 해골을 드러낸다. 털이 붙은 각종 짐승가죽들과 2미터가 넘는 마른 구렁이도 널려 있다. 이

빨이나 발톱은 물론이고 동물의 다리도 장작처럼 쌓여 있다.

목각 인형이 늘어서는가 하면, 목판 밑에서는 나무를 깎아만든 남자 성기들이 열병식을 하고 있다. 유들유들하게 생긴 사내가 잽싸게 나서더니 영어로 무조건 설명을 시작한다.

"아프리카 최대의 부적시장에 오신 것을 환영합니다. 여기 있는 물건으로 말할 것 같으면…"

거기 있는 뼈나 가죽을 갈아서 약으로 복용하면 만병통치에다가 모든 소원이 성취된다는 말이다. 믿거나 말거나 떠들어대는 소리다. 그러나 설명하는 자세가 너무나 진지하다. 단단히 믿는다는 태도다.

하기야 그 시장은 너무나 유명해서 서아프리카 일대는 물론이고 멀리 가봉과 자이르에서도 손님들이 몰려든다. 우리 일행은 셋씩 나뉘어서 각각 다른 가게 안으로 들어갔다.

안에는 영어를 못하는 전통신앙 사제가 목각으로 만든 신 앞에서 종을 세번 치고는 기도문을 외운다. (물론 안내자가 영어로 해석해 준다.) 그리고 반들반들 윤기가 흐르는 타원형 흑단 나무 조각을 내놓는다. 손바닥 절반 만한 크기다. 그 나무 조각으로 이마에 가로로 두 번 긋고 콧날을 따라 세로로 한번 그으면 기억력이 비상하게 좋아진다고 한다.

안내인에게 내가 질문했다.

"당신은 여기 살면서 저걸로 여러번 머리에 선을 그었을 텐데, 그렇다면 나보다 당신 머리가 더 좋을까?"

그러자 녀석이 우물우물 꼬리를 뺀다.

이어서 열쇠고리처럼 생긴 교통안전 부적, 그리고 손톱 만한 나무 조각인 사랑의 부적을 내놓는다. 사랑의 부적에 향수 일곱 방울을 떨어뜨린 뒤, 자기가 좋아하는 사람의 이름을 세번 부르면, 그 사람이 자기를 곧 사랑하게 된다.

다만, 사랑이 이루어지면, 상대방에게 부적의 비밀을 절대로 밝히지 말아야 한다고 한다. 사제는 손님의 이름을 신상 앞에서 세 번 부르고 그 물건들을 내준다. 그러면 손님은 두 손을 벌려 "나는 이 물건들을 받습니다"라고 세 번 소리치고 받는다. 내가 그렇게 하고 나서 물건을 받고는 장난 삼아 카톨릭에서 하는 십자성호를 그었더니, 전통사제가 멋쩍은지 입을 크게 벌려 웃었다.

어떠한 독약을 마셔도, 독사에 물려도 해를 입지 않게 해준다는 목걸이도 있다. 그 목걸이에 달린 동전 크기 만한 주머니에는 20여 가지 독물을 갈아서 만든 가루가 들었다고 한다.

정말이냐?

무조건 믿어라!

고대에 화폐로 사용한 적이 있는 카우리 조가비도 판다. 조가비를 다섯 번 던져서 세 번 위로 젖혀지면 행운이 온다는 말이다.

조가비가 위로 젖혀진다?

사람이 물에 빠져 죽은 경우, 여자는 얼굴이 하늘을 향해 누워 있고, 남자는 엎어져 있다고 한다. 그러면 행운을 점치는 카우리 조가비는 여자를 상징하는가? 그 질문에 전통사제는 아무런 대답도 하지 못했다.

말라비틀어진 괴상한 나무 막대기도 판다. 그 막대기를 물에 넣고 끓인 뒤 즙을 마시면 만병통치라는 장담이다.

나무 이름이 뭐냐?

알 필요 없다!

만병통치가 확실하냐?

믿으면 효과가 있고, 안 믿으면 약효가 없다.

똥막대기 같은 수작 집어쳐라!

그게 아니다. 정력도 세진다.

그래? 당신 애가 몇인데?

애는 없다.

저런! 난 그런 거 안 마셔도 애가 셋이나 된다. 한국사람은 하루 세 끼 밥 잘 먹으면 정력 따위 걱정할 게 없다. 알았나?

교통안전 부적과 사랑의 부적은 일본의 신사에서도 얼마든지 판다. 우리 나라 점장이들도 부적을 판다. 로메의 부적시장도 돈을 받고 팔기는 마찬가지다. 문제는 가격이다. 한 개에 10 달러를 부르기에 세 개에 10달러를 내겠다고 우겼다. 결국 사진 석 장 찍은 값을 포함하여 15달러에 낙찰.

손바닥만한 원숭이 해골은 한 개에 2 달러다.

교통안전 부적이 만일 효과가 없는 경우에는 항의하러 오겠다고 으름장도 놓았다. 그런 부적이 정말 효험이 있다면, 아프리카든 일본이든 교통사고가 하나도 없어야 할 것 아니냐? 누구나 차에 그런 부적을 달게 될 테니까!

사랑? 그게 어디 부적 따위로 해결할 문제인가? 그러나 문제는 그런 부적의 효험을 진심으로 믿는 사람들이 있다는 데 있다. 믿는 건 자유다. 토속신앙도 신앙이라고 친다면 말릴 재간은 없다. 말려봤자다.

토고인의 대부분이 아직도 토속신앙을 생활화하고 부적을 열심히 구한다. 크리스챤과 이슬람도 토속신앙을 일부 흡수하고 있다. 한편 토속신앙의 사제들과 부적이 그 효험을 믿는 사람들에게, 비록 일시적이고 연약하기는 하지만, 어느 정도 심리적인 위로와 안정감을 줄 수 있다고 볼 때, 미신이라고 단칼에 매도할 일만은 아닌 듯 하다.

기성 종교가 미처 못 해주는 역할을 대신하는 것은 아닐까?

언어가 전혀 다른 종족(사실은 민족)들이 작게는 수십개에서 많으면 4-5백개나 모여 한 나라를 이루고 사는 아프리카의 지리적, 역사적, 문화적 특성에서 토속사제와 부적의 존재이유를 발견할 수도 있을 것이다.

별나라 왕복 로케트와 인터넷이 현실화된 21세기 문턱에서, 서양에서는 점성술과 노스트라다무스의 예언이, 동양에서는 점, 사주, 부적 등이, 동서양을 막론하고 종말론이 일반사회에 널리 퍼져 있는 판에, 아프리카의 부적시장을 비웃기만 할 수가 있을까?

우주의 비밀을 모두 파헤친다고 해도 인간은 인간 자신을 끝까지 이해할 수가 없는 것인가? 사람이란 참으로 묘하고도 정말로 웃기는 동물이다.

로메 동쪽에 위치한 토고빌의 대성당은 기둥에 묶여 불타 죽은 아프리카인 순교자들의 유해를 모신 곳이다. 1980년대 초 바다 위를 걸어가는 성모 마리아를 보았다고 주장하는 사람들이 많아서 성모에게 봉헌한 소성당도 있다. 그리고 교황 요한 바오로 2세가 1986년에 이 대성당을 방문했다.

로메 근처의 아네호라는 마을은 부두교의 중심지로서 전통사제들의 권위가 매우 높은데, 그 제사와 정기적인 축제행사가 또한 유명하다.

여자로만 구성된 기병대 아마존군단

토고와 나이지리아 사이에 해안선 약 백 킬로미터를 가진 베넹 공화국(영어로는 베닌)은 면적이 남한보다 약간 크다. 공용어는 프랑스어. 인구는 고작 6백만 명. 수도는 포르토노보이다. 그러나 베넹의 최대 도시이자 사실상의 수도는 인구 50만의 코토누다. 코토누에 대통령궁을 비롯한 정부건물이 모여 있는 것이다. 각국 대사관도 물론 코토누에 있다.

식민지 시대의 명칭은 다호메이(Dahomey)였다. 폰(Fon)족이 세웠던 예전의 단호메이(Dan-Homey) 왕국에서 유래한 이름이었다. 1960년 독립할 때는 다호메이 공화국이었는데 그후 무슨 이유인지는 몰라도 베넹(베닌)으로 바뀌었다.

묘하게도 나이지리아 남부에서 번성하던 옛 왕국 베닌의 명칭을 이 나라가 독립 후 자기네 국호로 삼은 것이다. 현재 나이지리아의 36개주 가운데 하나인 에도주의 수도가 베닌 시티(인구 30만)이고 거기 전통지도자인 오바의 왕궁도 있다. 그래서 나이지리아 사람들은 베넹 공화국이 자기네 역사와 전혀 무관한 남의 명칭을 도용했다고 비아냥거리기도 한다.

단호메이 왕국은 코토누 북쪽 백 킬로 지점의 아보메이(Abomey)를 왕도로 삼았고, 1885년에 브라질로 마지막 노예 선이 떠날 때까지 약 3백년간 이 지역을 아프리카 최대의 노예무역 시장으로 만들었다.

베닌만 일대가 예전에는 "노예해안"으로 불릴 정도였다.

여기서 브라질 사람인 "데 수사"가 1818년부터 악명 높은 지배자, 사실상 왕과 다름없는 독재자로 장기간 군림했다. "데 수사"는 브루스 채트윈(Bruce Chatwin)의 소설 "우이다의 총독"과 워너 허조그(Werner Herzog)의 영화 "코브라 베르데"(Cobra Verde)에서 주인공인 총독으로 등장한다.

그리고 소총과 활로 무장한 1만 명의 남자군대와 6천명의 여자군대를 창설하여 노예무역을 독점했다. 이 6천명의 여자 기병대가 서양인들 사이에는 "아마존" 군단으로 알려졌다. 그리고 활을 잘 쏘기 위해서 한쪽 유방을 잘라버린다는 소문도 널리 퍼졌다. (물론 그 소문은 근거가 없다.)

당시 노예는 유럽인들에게서 무기와 화약을 사기 위해 필요한 지불수단(요즈음 식으로 표현하면 달러, 마크, 파운드, 엔화 등)이었다. 1만 6천명의 상비군을 유지하려면 얼마나 많은 노예를 사냥해야 했을지 상상하기도 어렵다. 남자군단보다 무기도 좋고 더 용감했다는 아마존 군단이 우이다 항구를 점령하는 장면도 역시 상상하기 어렵다.

1863년에 포르토노보가 프랑스 보호령이 되었다. 그러나 1890년에 베닌 전체를 식민지로 만들려고 덤비는 프랑스군 앞에서 다호메이 왕국의 마지막 왕 베한진(Behanzin)은 당당하게 대항했다.

"너희가 전쟁을 원한다면, 우리는 싸울 준비가 되어 있다. 백년이 걸린다 해도 우리는 이 왕국의 2만 명 병사들이 전멸할 때까지 싸울 것이다." 그런 최후통첩을 프랑스 사령관에게 보낸 왕이다. 아마존 군단마저 총동원해서 여러 차례 격전을 치렀다.

그러나 1만여 명의 전사자를 내고 패배했다. 왕도가 함락된 이후에도 2년간 게릴라전을 펴다가 왕은 배신을 당해 체포되어 남태평양의 마르티니크섬으로 유배되었다. 1894년의 일이다.(같은 해에 우리 나라에서는 동학혁명이 일어나고 청일전쟁이 벌어졌다. 조선왕조의 정규군대는 왜 일본군과 한판 붙지도 못한 채 동학 농민군만 토벌하려고 했을까?)

그후 60여 년이 지나서 베넹(베닌)은 식민지 시대를 청산하고 1960년에 독립했다. 천연자원이 거의 없는 신생국은 기름을 짜는 야자수 농장에 국가경제를 주로 의존했다. 그러나 북부, 동남부, 서남부등으로 나뉜 세 명의 민간 지도자의 대립으로 정치불안이 계속되었다. 지역감정과 대립이란 어디나 있는 것이다.

드디어 군사 쿠데타를 맞았다. 쿠데타가 또 쿠데타를 부르는 악순환이 계속되었다. 12년 동안에 정권이 9번이나 바뀌었다. 그러다가 1972년 케레쿠(Kerekou)가 마지막 쿠데타를 일으켜 20년간의 장기집권 체제로 들어갔다. 사회주의자인 케레쿠는 1975년에 국호를 다호메이에서 베넹(베닌)으로 바꾸어 버렸다. 새로운 공화국의 실권자가 자기라는 것을 과시하려는 꿍꿍이속도 있었을 것이다.

그러나 사회주의 모델의 경제는 실패했다. 종주국인 프랑스는 경제 원조의 조건으로 사회주의 포기를 내세웠다. 결국은 압력에 못 이겨서 정당설립의 자유가 허용되고 1991년에 대통령선거가 실시되었다. 케레쿠는 소글로(Nicephore Soglo)에게 패배해서 정권을 넘겼다.

그러다가 1996년 선거에서는 케레쿠가 다시 집권했다. 민주주의와 시장경제 체제로 전환한지 10년도 안 되는 베넹(베닌)은 아직도 빈곤에서 벗어나지 못하고 있다. 외채만 해도 16억불이나 된다. 미래는 밝지가 않다.

부두(Voodoo)교의 중심지 우이다와 코토누

광란의 춤, 기괴한 주술, 그리고 피의 제사로 대변되는 부두교. 카리브해와 중남미 일대에서 번성하는 이 토속신앙은 그 발상지가 서아프리카이고 특히 베넹(베닌) 공화국이 그 중심지다. 수백 년 전에 팔려간 흑인노예들이 토속신앙을 지니고 대서양을 건너가서 지금까지 끈질기게 유지해온 것이다.

크리스챤 문화의 홍수 속에서도 자기네 고유신앙을 지켜온 그 힘은 어디서 나온 것일까? 부두교의 발상지는 오늘날 어떤 모습일까?

그런 생각에 젖어 베넹의 해안선을 바라다보았다. 바닷가에 울창하게 이어지는 야자나무 숲은 열대의 태양 아래 싱싱한 초록색을 자랑하지만, 아무런 대답을 주지 않았다. 나이지리아에서 베넹 국경을 넘어 서쪽으로 한시간 달리면 우이다(Ouidah)항구가 나온다.

우이다는 그랑 포포(Grand Popo), 포르토 노보(Porto Novo)와 더

불어 과거에 노예무역의 중심항구로서 악명이 높고 활기찬 곳이었다. 그러나 지금은 매우 한적한 어촌에 불과하다. 역사에는 밀물과 썰물이 있는 법이다.

중심가의 사방 1 킬로미터 범위 내에 포르투갈 요새(박물관), 영국 및 프랑스 요새의 터, 구렁이 신전, 브라질 저택, 카톨릭 선교본부 등이 몰려있다. 특히 박물관은 이 지역에 아직도 서부 아프리카 해안지대에서 성행하는 부두교가 예전에 노예무역 항로를 따라 하이티, 큐바, 브라질로 뻗어나간 과정과 부적 및 주술행사 등을 자세하게 보여주고 있다.

부두(voodoo, vodu, vodun, voudou, vudu 등으로 표기)는 엄밀한 의미에서 종교가 아니다. 최소한 아프리카에서는 종교라는 개념으로 사용하지 않는다. 토고와 베넹 사람들이 말하는 부두는 정령, 신령, 영매를 의미한다. 부두 사제(남녀)는 부두의 영향을 쉽게 받거나 부두에게 신들린 사람이다. 그리고 부적은 부두의 신성한 힘을 간직한 각종 물건이다.

베넹의 폰(Fon)족과 토고의 에웨(Ewe)족 그리고 해안지방의 여러 부족들은 세상을 창조한 최고의 신 마우(Mawu)를 믿기는 한다. 그렇지만 이 최고신을 섬기는 신전은 짓지 않는다. 최고신은 너무나 높은 곳에 있어서 인간사회의 일에 관여하지 않는다고 여기기 때문이다.

오히려 자연의 힘이나 조상과 동일시되는 각종 부두에게 신전을 지어바치고 제물을 봉헌한다. 우이다 사람들이 특별히 섬기는 부두 "당베"(Dangbe)를 상징하는 것은 뱀, 무지개, 연기, 흐르는 물, 넘실대는 풀밭 등이다.

특히 과거의 아보메이 왕국에서는 이 당베를 "다"(Da)라고 불렀고,

뱀의 신전 내부

자기 꼬리를 물고 있는 뱀으로 표현했다. 자기 꼬리를 문 뱀은 영원성의 상징이다. 토고 및 베넹 전역에서 섬기는 "부쿠"(Buku)는 하늘의 부두고, "소"(So)는 천둥의 부두다.

"사파타"(Sapata)는 대지의 부두, 따라서 질병을 다스리기 때문에 사파타의 사제들은 전통적인 의사의 역할도 한다.

"후"(Hu)는 바다와 물의 부두다. 그래서 "후"의 딸 "아블레케테"(Avlekete)를 코토누 항구와 인근지역에서 섬긴다. 대형 남자 성기로 표현되는 "레그바"(Legba)는 사기꾼으로서 선과 악의 두 가지 요소를 다 갖추고 있다. 그래서 어떤 집안에 재앙을 내리는가 하면 복을 주기도 한다. 레그바의 신전은 마을입구, 시장, 들판, 교차로등 어디에서나 볼 수가 있다. 이외에도 무수한 부두가 있다.

그런데 대부분의 부두는 자연계 안에서 자기 거처를 정하고 있다. 특히 이로코(Iroko) 나무에서 주로 산다고 한다. 부두교 신자들은 이

128

나무에서 최초의 남녀들이 지상으로 내려와 인류가 시작했다고 믿는다. 우리 토속신앙에서 말하는 서낭당과 당산나무도 같은 맥락이 아닐까 하는 생각도 든다.

한편 사도 성베드로를 남자성기의 부두 "레그바"와 동일시하고, 아일랜드 출신의 성패트릭(파트리치우스)을 뱀의 부두 "당베"와 같다고 믿는 점이 흥미롭다. 카톨릭의 교리가 토착신앙과 혼합된 형태라고 본다.

토고와 베넹의 부두는 나이지리아 요루바족의 "오리사"(orisa), 그리고 가나 서쪽 및 코트 디봐르의 아칸족이 믿는 부두와 유사한데, 이것은 과거에 민족이동과 왕국의 팽창에 그 원인이 있다고 설명한다.

서아프리카의 부두교는 브라질, 큐바, 하이티로 고스란히 전승되었다. 특히 하이티의 노예는 대부분이 베넹 해안에서 끌려간 사람들이므로, 지금도 많은 부두의 명칭을 똑같이 사용하는데, 예외가 있다면 최고신 "마우"를 프랑스어를 따라 "봉디우"(Bondieu)라고 하는 정도이다.

부두를 조직화, 체계화된 종교라고 부르기는 어렵겠지만, 소박한 민간신앙임에는 틀림없다. 그리스 로마 신화에서 말하는 제우스, 아폴로, 바쿠스, 아테네, 다이아나, 뮤즈등이 서아프리카에서 말하는 부두와 무엇이 다른가? 우리가 말하는 달걀귀신, 몽달귀신, 산신령 등과 무엇이 다른가?

우이다의 한쪽 구석에는 "신성한 크파쎄 숲"이 있다. 14세기의 추장 크파쎄(Kpasse)가 적군으로부터 몸을 숨기기 위해 이로코 나무로 변했다는 전설이 전해 내려온다. 아폴로에게 잡히지 않으려고 달아나던 다프네가 월계수로 변했다는 그리스 신화를 연상시키는 이야기다.

그 이로코 나무 아래 부두교 신도들이 오늘도 제물을 바치고 있다.

우이다에서 나이지리아 국경 쪽으로 30분 달리면 코토누다. 거기서 나이지리아 국경까지는 45분 더 가야 한다. 코토누의 중심가는 온통 오토바이 물결이다. 자전거 비슷한 모토바이크(번호판도 없다)에서 고성능 혼다까지 문자 그대로 "마구" 질주한다. 승용차보다 오토바이가 세배 가량 많다는 사실에 놀라지 않을 수가 없다.

그리고 그 배기통에서 거의 예외없이 시커먼 연기가 뿜어나오는데 다시금 놀란다. 공기가 탁하다. 순간적으로 앞차가 보이지 않을 때도 있다. 자전거를 탄 사람은 구경하기 힘들다.

아무리 가난한 나라라고 해도, 역시 수도는 수도구나 하는 생각이 떠오른다. 돈과 권력이 수도권으로 집중되어 있는 것이다. 또 다른 엉뚱한 생각이 떠오른다. 이 나라에 그토록 무수한 부두가 있고 또 사람들이 섬긴다면, 분명히 오토바이의 부두도 있어야 하지 않을까? 오토바이의 부두는 "바이"일까? 자동차의 부두는 "카"일까? 오토바이와 자동차를 전통적인 부두보다 더 열심히 섬기고 아끼니까 분명히 거기 걸맞는 부두의 명칭이 있어야 할 것이다.

그러면 그런 부두를 섬기는 사제들은 누구인가?

아니, 현대에 가장 강력한 힘을 가진 부두는 돈이고 권력이다. 돈의 부두는 "골드", 권력의 부두는 "건(gun)"일까? 그리고 머니와 건에게 제사를 지내는 사제는… 독재자와 그에게 아첨하는 신하들… 그런 독재자와 신하들이 아프리카에만 있을까?

자동차로 통과하는 국경지대 모습

산이 하나도 보이지 않는 들판에 널리 퍼져있는 나이지리아의 라고스 시내를 자동차로 벗어나는데 1시간 가량이 걸린다. 그리고 서쪽으로 반시간 달리면 노예무역항으로 유명하던 바다그리가 나온다. 그 마을을 지나자 곧 나이지리아와 베넹의 국경선에 이른다.

국경선 못 미쳐서 검문소가 열 개쯤 이어서 나타난다. 검문소라고 해서 별다른 시설을 해 놓은 곳은 아니다. 쇠못을 박은 긴 철판 또는 나무판을 적당한 간격으로 엇비슷하게 길바닥에 깔아놓고 일방통행으로 만든 것이 고작이다. 커다란 돌로 차단하거나, 아니면, 긴 막대기 하나로 차단하는 경우도 적지 않다.

명목은 밀수방지에 강도체포라고 한다. 그러나 사실은 오가는 차로부터 보이지 않는 세금(통행료)을 걷는 것이 주목적이다. 그런 통행료 징수가 불법이라고 누구나 알면서도 공공연하고 주고받는다. 물론 외교관 차에 대해서는 그런 짓을 하지 않는다.

이러한 검문소 문제가 1996년 아부자에서 개최된 서부 아프리카 경제공동체(ECOWAS) 정상회의에서 거론되었다. 가나의 롤링스 대통령은 검문소가 너무 많으니까 최소한으로 줄이자고 제안했다. 자유로운 무역거래가 방해된다는 것이다. 나도 그 정상회의 개막식에 참석해서 그 연설을 들었다. 검문소의 통행료 징수를 국가원수가 개막연설에서 거론할 정도라면 얼마나 한심한 상태일까? 그런 생각이 들기도 했다.

나이지리아 쪽의 국경선 일대는 한마디로 무질서하기 짝이 없다. 문자 그대로 지저분하고 소란하고 누구나 제 멋대로 돌아다니는 시장바닥이다. 쌀, 과일, 물, 라디오, 선풍기 등 거래되지 않는 물건이 없다. 거지들도 적지 않다.

단층 블록건물인 세관과 세관원들 모습도 꾀죄죄하고 초라하기 짝이 없다. 차량을 통과시키는 두 길목에서는 긴 막대기에 줄을 매서 잡아당겼다 내렸다 한다. 장사꾼들의 달구지나 자전거 또는 머리에 잔뜩 보따리를 인 아줌마들도 세관원에게 나이라 지폐(우리 돈으로 치면 2백원짜리) 한두 장 집어주면 무사통과다. 주는 사람이나 받는 세관원이나 태연한 표정이다. 오랜 전통(?)을 자랑하는 관습인 모양이다.

건물 여기 저기 "사진촬영 금지"라고 적혀 있다. 사진을 찍을 만한 가치도 없는 풍경이다. 그러나 천하가 다 아는 사실이라 해도 사진에 찍히면 곤란하다는 솔직한 고백일 것이다.

"금연" 표시도 보인다. 베란다에 그런 표시를 한 이유는 알다가도 모를 일이다. 실내금연이라면 이해가 간다. 그러나 세관 안에는 자기네밖에 없다. 바깥에서 금연을 하란 말인가?

온 천지 사방에서 전세계의 각종 담배를 팔고 있다. 그리고 거침없이 누구나 담배를 피우고 꽁초를 아무 데나 버린다. 금연표시를 하는 사람 따로, 담배 피우는 사람 따로 이다. 세관원들 자신도 태연하게 피운다.

보이지 않는 국경선 이쪽과 저쪽의 풍경이 매우 다르다. 그리고 대조적이다. 나이지리아 쪽보다는 베넹 쪽이 훨씬 깨끗하고 조용하고 질서가 있어 보였다. 베넹 쪽은 통행료를 공공연하게 주고받지 않았다.(베넹과 토고, 토고와 가나 국경은 양쪽이 질서정연한 편이었다)

국경을 넘으면 베넹의 해변을 따라 야자수 농장이 수십 킬로미터나 뻗는다. 군데군데 초가집들이 몰려 있다. 줄을 맞추어 심은 야자수 사이로 묘지도 보이고 대형 십자가도 보인다.

뜨거운 열대의 태양 아래 잠든 사람의 영혼은 정말 안식을 누릴 수가 있을까? 가난은 죽음 너머로 침입해서 영혼을 괴롭히지 못할 것이다. 살아 생전에는 검은 얼굴이었다 해도, 죽은 뒤에는 영혼마저 검은 색은 결코 아닐 것이다. 저 세상에서는 흑인도 백인도 황인종도 없을 것이다.

그러면 영혼은 모두 무색 투명할까?

귤을 잔뜩 실은 트럭이 앞에서 달린다. 그 귤 더미 위에 팔자 좋게 비스듬히 누운 녀석이 우리 차를 향해서 손을 흔든다. 비록 몸은 검지만, 녀석의 몸에서는 향기로운 귤 냄새가 날 것이다.

제 **4**장

아프리카의 희망 나이지리아

> **＂**나이지리아는 3백여 개의 서로 다른
> 종족이 섞여 살고 있고
> 문맹률이 60% 에 이르며,
> 기관총으로 무장한 떼강도들이 많아
> 아프리카에서 가장 위험한 곳으로
> 국제적인 악명이 높다**＂**

올림픽 축구 금메달 국가

나이지리아는 애틀랜타 올림픽에서 축구로 금메달을 땄다. 그때 전국민이 축제를 벌였다. 라고스를 비롯한 웬만한 도시에서는 불꽃놀이가 요란했다. 밤새도록 자동차들이 요란한 경적을 울리며 밤거리를 질주했다. 종족과 언어를 초월해서 모든 사람들이 나이지리아 인 이라는 자부심을 느낀 날이었다.

그러나 나이지리아를 자세히 들여다보면 엄청난 모순을 느끼지 않을 수가 없다. 축구와 공용어인 영어를 제외하면 전국민을 한 덩어리로 묶어줄 수단이 없는 것이다. 아프리카 전체인구 7억 5천만 명 가운데 1억 2천만 명이 나이지리아에 몰려 산다. 아프리카 대륙의 53개국가 중에서 인구 1억이 넘는 나라는 나이지리아 하나 뿐이다.

말하자면 이 나라는 아프리카 대륙에서 중국과 같은 위치를 차지한다.

아칸족 여인

　북쪽의 하우사 — 플라니족, 동남쪽의 이보족(독립직후인 1967년에 비아프라 내전을 일으킨 종족), 서남쪽의 요루바족으로 크게 종족이 나뉘지만, 3대 주요종족 이외에도 나이지리아에는 250여 종족이 산다.

　사용하는 언어도 최소한 400 종류나 되어 전세계에서 가장 많은 언어를 가진 나라다. 그만큼 복잡하다. 3대 주요종족의 언어도 전혀 서로 통하지가 않아 영어를 공용어로 쓸 수밖에 없다. 같은 종족끼리 대화하는 경우를 제외하면, 일상용어도, 신문도, 텔레비전과 라디오 방송도, 학교교육도, 출판도 모두 영어로 한다.

　그러나 문맹률이 50%에 이른다. 최근에는 대학졸업자의 영어실력이 수준미달이라고 우려하는 소리가 높다. 나이지리아는 1970년대까지 서부 아프리카에서 문학의 주류를 이루었다. 국제적으로 저명한 희곡작가 월레 소잉카(Wole Soyinka)는 1986년에 아프리카에서 최초로 노벨 문학상을 수상했다. 소설가 벤 오크리(Ben Okri)는 영국의 가장 저명한 문학상인 부커상(Booker Prize)를 받았다. 소잉카만큼 유명한 치누아 아체베(Chinua Achebe)의 소설은 지금도 널리 읽히고 있다.

서쪽으로 베닌, 북쪽으로 니제르, 챠드, 동쪽으로 카메룬과 국경을 이루고, 남쪽으로 천킬로미터의 대서양 해안선을 가진 나이지리아는 36개 주와 8천 개 가량의 지방자치제로 구성된다.

면적은 92만 평방 킬로미터로 우리가 사는 남한의 약 9배나 된다. 원래 수도는 아프리카 최대의 항구인 라고스(Lagos;인구 천만)였다. 그러나 30년간 군사독재를 펴오는 북부의 하우사족 중심의 정권이 중부지방에 아부자(Abuza;인구 30만)라는 도시를 새로 건설하고 수도를 옮겼다.

중앙정부 조직이 1996년 말까지 모두 신수도로 이전하여 라고스는 경제중심지 역할만 한다. 그러나 외국대사관은 거의 전부가 아직도 라고스에 위치한다.

라고스에서 아부자까지는 국내선 비행기로 1시간 걸리는데, 벨뷰, ADC, 카보 에어, 나이지리아 에어 등 항공사의 비행기가 20년 가까이 낡은데다가 정비불량으로 1년에 평균 2대씩 떨어지는 바람에 누구나 타기를 꺼려한다.

지난 20년간 45대가 추락했고, 최근에도 2대가 추락해서 수백 명이 죽었다. 그러나 긴요한 용무가 있어서 아부자로 올라가야만 하는 경우에는 다른 선택의 여지가 없다.

　자동차 도로는 1970년대 석유 붐이 일었을 때 7만 킬로미터가 포장되었다. 7만 킬로미터의 포장도로라면 세계적인 수준이다. 그러나 그 이후 도로보수가 전혀 없어 지금은 상태가 엉망이다. 걸핏하면 패인 데가 나타나서 맘놓고 달리기 어렵고, 무장강도의 위협 때문에 안전도 보장이 안 된다. 밤에 차를 몰고 다닌다는 것은 목숨을 건 도박이다.

　남북을 연결하는 철도가 영국 식민지 시절에 부설되어 있기는 하지만, 열차가 달리지 않은 지도 20년이 넘었다. 열대성 기후라서 연평균 기온이 31-34도지만, 북부지방은 낮에 45도 이상 기온이 올라가기도 한다. 비가 많이 오고 전체적으로 습도가 매우 높다. 비옥한 농토가 광활해서 과거에는 식량을 자급자족했는데, 이보족 지역인 동남부에서 석유가 터진 이후 농업정책이 실종해서 지금은 식량을 수입한다.

　나이지리아산 원유(보니 오일)는 유황성분이 적어서 최고급으로 친다. 원유수출만 해도 연간 150억불 가량 들어온다. 그러나 무능과 부패로 나라 전체가 30년 가까이 계속해서 하락추세다. 전세계 180여개 국가 중에서 두 번째로 가난한 나라로 분류된다.

　하루에 45만 배럴을 처리할 수 있다는 정유공장 4개가 25만 배럴도 정제하지 못한다. 정비에 필요한 예산이 어디론가 증발해 버리기 때문이다. 설령 25만 배럴을 정제한다고 해도 1일 총수요 천 8백만 리터에서 7백만 리터가 부족이다.

　그 결과 원유를 팔아서 휘발유를 탱커로 수입(1996년 수입액은 4억불)한다. 해마다 두세 차례 라고스를 비롯한 전국 주요도시에서는 휘발유 품귀현상이 일어난다. 그나마 몇 개 안 되는 주유소 앞에 심하면 10킬로미터나 차가 줄지어 기다린다. 주유소 일대의 교통이 마비되는 것은 물론이다. 꼬박 밤을 새워야 겨우 차에 휘발유를 넣는 경우도 많다. 3일간을 기다린 사람들도 적지 않다.

1리터당 11 나이라(110원) 하는 휘발유가 암시장에 가면 50 나이라(500원)가 된다. 나이지리아 국내에서 휘발유가 너무 싸니까 대형 유조차가 베넹이나 토고 등 인근국가로 휘발유를 밀반출해서 판다. 한탕만 뛰어도 몇 달치 수입과 맞먹는 거액을 벌 수 있는 것이다.

그러니까 나이지리아 국내에서는 휘발유가 더욱 모자라게 된다. 정부에서 아무리 단속을 지시해 봤자 길에서 유조차를 적발해야 할 경찰과 군인들이 뇌물을 받고 통과시키는 데야 속수무책이다.

1997년 3월 중순부터 한달 가까이 휘발유 품귀현상이 계속되자, 나이지리아의 자동차들이 이웃나라 베넹 공화국으로 건너가 휘발유를 채우고 오는 기현상도 벌어졌다. 베넹 공화국에서 파는 휘발유는 나이지리아 유조차가 불법으로 운반해서 넘긴 것이다.

나이지리아는 다른 아프리카 지역에 비해서 가장 오래되고 또 가장 복잡한 역사의 땅이다. 기원전 3세기부터 철기를 사용하는 "노크(Nok)문명"이 북부의 죠스(Jos)일대를 중심으로 천년간 계속되면서 매우 정교하고 예술성이 높은 토기제품을 유물로 남겼다. 이 문명이 왜 갑자기 소멸했는지는 지금도 고고학계의 수수께끼다.

9세기에 들어서서는 광물자원이 풍부한 남쪽의 요루바족과 이보족이 각각 고도로 발달된 왕정 체제(19세기 말엽까지 이어진 베닌 왕국 등)를 구축했다. 그리고 같은 무렵에 북부에서는 보르노(Borno) 제국이 일어나고 이어서 하우사족의 여러 도시국가가 출현했다.

서양세력 가운데 폴투갈인들이 콜롬부스가 미 대륙에 도착하기 20년 전인 1472년에 최초로 베닌왕국에 와서 후추, 상아, 기타 진기한 물품 등을 사가기 시작했다. 그리고 2백년 뒤인 1660년대에는 노예무역

거대한 강이라는 의미를 가진 니제르강

이 본격화되면서 해안지방의 라고스, 와리, 칼라바르, 보니 등이 항구 도시로 발달했다.

노예 무역을 무력으로 폐지시킨 영국이 라고스 섬을 점령한 것은 1861년. 노예 다음에 새로운 수출상품으로 부각된 것은 야자열매의 기름이었다. 나이지리아라는 보호령이 설치된 것은 1914년이다. 그런데 나이지리아라는 명칭은 당시 영국총독 루거드(Lugard)경의 부인이 나이지리아를 Y자 형태로 흐르는 니제르(Niger)강의 이름에서 따온 것이다.

그러니까 나이지리아는 니제르강이 흐르는 나라라는 뜻이다.

원래 니제르(niger)는 "검다"는 의미의 라틴어 형용사다. 여기서 흑인을 의미하는 니그로가 나왔다. 그러나 니제르강의 니제르는 라틴어에서 온 것이 아니다. 원주민들의 언어로 "거대한 강"이라는 의미를 가진 단어다. 니제르강은 말하자면 "검은 강"이 아니라 우리 식의 "한강" 인 셈이다.

루거드 총독은 전통적인 족장들의 권력체제를 인정하고 또 이용하는 "간접통치"를 한 것으로 유명하다. 그래서 지금도 나이지리아에는 그 족장들의 수많은 후예가 "전통지도자" 또는 "왕"으로 불리운다.

물론 실권은 없지만 과거의 예식은 고수한다. 즉위식도 있고 옥좌도 있다. 이 제도가 사실은 오늘날의 나이지리아가 직접 민주주의를 발전시키는데 적지 않은 장애요인으로 작용하기도 한다. 전통지도자들이 기회 있을 때마다 은근히 영향력을 발휘하려고 하기 때문이다.

특히 요루바족 가운데서는 세습제인 오요의 알라핀, 이페의 오니 등은 아직도 영향력이 크다. 종족의 정신적 지도자인 것이다. 1960년 10월1일에 독립한 이래 3대 주요 부족간의 알력과 갈등으로 혼란기에 접어들었다. 1966년의 쿠데타를 거쳐 1967년 비아프라 내전으로 발전하여 군인 10만 명이 죽고 이보족 2백만 명이 주로 정부군의 봉쇄작전의 결과 극심한 기아로 희생당했다.

그후 1979년부터 4년간 지속된 제2공화국의 민간정부를 제외하면 쿠데타와 암살로 군사독재가 계속되었다. 1993년에 대통령선거에서 당선된 모슈드 아비올라(Moshoud Abiola)는 군사지도자의 당선무효 선언과 함께 반역죄로 몰려 투옥되었다가 1998년에 옥사했다. 그보다 한달 먼저 군사독재자가 갑자기 사망했다. 그래서 과도정부 아래 대통령 선거가 실시되어 1999년 5월에 민간정부가 들어설 수 있었다.

인간이 만든 지옥도

1 인당 국민소득이 한때 천 달러 수준까지 올라갔으나 계속 하락해서 지금은 200 달러 미만이다. 화폐가치도 2백배나 추락하여 1나이라당 2불 하던 것이 지금은 거꾸로 1불당 백 나이라이다.

우리 나라는 나이지리아와 1980년에 국교를 수립함과 동시에 대사관을 라고스에 설치했다. 나이지리아는 대사관을 1987년 서울에 설치했다. 우리는 나이지리아에서 원유를 8억 달러 수입하고, 섬유제품, 자동차, 전자제품 등을 1억 5천만 달러 수출한다. 아프리카 국가 가운데 남아공 다음으로 우리와 무역이 가장 많은 나라다. 이곳에 사는 교민은 120명 정도인데 주로 라고스에 몰려있다.

최근에는 오고니(Ogoni)족 문제가 터졌다. 동남쪽 항구 포타코트(Port Harcourt) 근처에 사는 50만 인구의 오고니족 토지에 석유가 대량으로 매장되어 있고, 그 원유를 다국적 회사인 쉘(Shell)이 채굴하

144

는데, 오고니족이 쉘에게 환경보호 및 오고니족의 복지를 위해서 이익
의 일부를 제공하라는 운동을 일으켰다. 오고니족의 토지에서 채굴된
원유는 20년간 3천억불 즉 나이지리아 원유수출대금 전체의 80%였
다. 1990년에는 불도저가 한 마을을 밀어버릴 때 80명이 학살당하기도
했다.

그런데 그 운동의 지도자이자 저명한 작가 겸 언론인인 켄 사로위와
(Ken Saro-Wiwa)등 9명을 나이지리아 정부가 다른 오고니족 피살사
건의 책임을 뒤집어 씌워서 처형해 버렸다. 최악의 상태인 나이지리아
인권문제의 상징으로 부각된 사건이다.

나이지리아인은 다른 나라 사람에 비해서 키가 크고 체력이 강한 편
이다. 그리고 대부분이 거만하다는 인상을 줄 정도로 자존심이 강하다.
"나이지리아는 위대한 나라"라는 말을 자주 한다. 유엔안보리의 상임
이사국이 되어야 한다고 주장하기도 한다. 그러나 나이지리아의 대표
적인 소설가 치누아 아체베는 이렇게 평가한다.

"나이지리아 지도자들의 말을 들어 보라. 그러면 우리 나라는 위대
한 나라라고 늘 큰 소리를 칠 것이다. 그러나 나이지리아는 결코 위대
한 나라가 아니다. 전세계에서 가장 무질서한 나라에 속한다. 태양 아
래 가장 부패하고 가장 무신경하고 가장 무능한 나라에 속하는 것이다.
더럽고, 무감각하고, 소란하고, 자기과시가 심하고, 부정직하고, 천박
한 나라다. 한마디로 지구상에서 가장 불쾌한 나라다…"

노벨 문학상 수상자인 월레 소잉카는 "지난 25년간 각종 사회개혁운
동에 참여도 하고 그 전개과정을 목격하기도 했는데, 지금 생각해 보면
나의 세대는 낭비된 세대라고 말할 수밖에 없다"고 최근에 탄식했다.

나이지리아에서 3개월만 살아보면 아체베의 말이 결코 과장이 아니

라고스 국립TV방송국 직원들과 함께(좌측 끝은 김의식 심의관)

라는 것을 깨달을 것이다. 원유, 천연가스, 철광석, 석탄, 주석, 천연고무, 코코아, 야자등 자원이 풍부하다. 값싼 노동력이 그 어느 나라보다도 많다. 영어가 자유로운 고급인력도 많은 나라. 그리고 비옥한 토지가 광대한 나라. 덥기는 덥지만 비가 많이 오는 나라.

이런 나라가 왜 외채를 330억 달러나 지고, 1인당 국민소득이 아직도 2백 달러 선에 머물고 있는지 이해하기 힘들다. 차체가 다 삭아서 곧 무너져 내릴 것만 같은 미니버스가 롤즈 로이스와 나란히 달리는 풍경, 수십 층의 초현대식 빌딩 그늘에서 바나나 서너 뭉치를 놓고 파는 소녀, 집집마다 입구에 버티고 있는 사설 경호원 등은 아마도 부의 편중, 무능과 부패, 군사독재와 체념이 한 덩어리로 얽혀서 만들어낸 지상의 지옥도일 것이다.

역사적으로도 나이지리아는 서부 아프리카의 중심이었다. 나이지리아가 일어나야만 주변국가들이 홍성한다. 나이지리아는 잠자는 거인인가? 아니면 죽은 공룡인가? 나이지리아의 미래에 과연 희망이 있는가?

최근에 정부에서 2010년을 내다보는 청사진을 제시했다. 그러나 나이지리아인 자신들도 별로 믿는 사람이 없다. 정치쇼의 자료에 불과하다고 보는 것이다. 그렇다고 해서 정말 희망이 없는 것일까?

인구 천만 명의 도시 라고스

아프리카라고 하면, 밀림의 왕자, 정글북, 아웃 오브 아프리카 등에서 본대로 무시무시한 정글, 광대한 초원, 코끼리, 사자, 원숭이, 구렁이, 게다가 식인종 등을 상상한다. 그러나 막상 나이지리아에 와서 보니 "그게 아니올시다"이다.

인구 수백만 명의 대도시들이 여기저기 자리잡고 수십만 명의 중소도시는 헤아리기조차 어렵다. 고속도로도 있고 수십 층의 빌딩과 아파트들도 있다. 비행기도 날아다닌다. 국제공항도 전국에 세 군데나 있다.

한가지 여기서 볼 수 없는 것은 열차다. 과거에 철로가 사방으로 뻗었지만, 독립 이후에 관리가 엉망이라 폐쇄된 상태다. 사람과 화물의 대량운송을 위해서 가장 필요한 것이 바로 열차인데, 그 열차가 없는 것이다.

어쨌든 라고스는 상주인구가 8백만이고 유동인구를 합치면 천만이 넘는 아프리카 최대의 도시다. 서울과 규모가 같은 것이다. 거리에 굴러다니는 자동차의 숫자도 서울의 절반은 될 것이다.

바닷물에서도 번성하는 홍수림과 정글이 들어찬 늪지대였던 라고스는 원래가 가(GB)족이 처음 정착한 작은 어촌이었다. 1472년에 나타난 폴투갈인들이 "쿠라모의 호수(Lago de Curamo)"라고 불렀다. 호수(Lago)라는 말에서 라고스가 나온 것이다. 그후 16세기에 요루바족이 정착하여 라고스 일대는 베닌 왕국에 편입되었다. 19세기 초 영국과 프랑스 함대가 노예무역을 무력으로 금지할 때는 라고스 일대가 노예무역업자들의 피난처로 이용되었다. 드디어 영국함대가 1851년에 라고스를 포격하고 작은 섬들을 점령했다.

20세기에 들어서서 라고스는 상업의 중심지로 발달했다. 라고스와 북부의 카노(Kano)를 잇는 철도가 6년 공사 끝에 1912년 개통되어 도시는 한층 빠른 속도로 발전했다. 1991년에 신수도 아부자로 나이지리아 정부가 이전하기까지 라고스는 정치, 경제, 문화의 중심이었다.

언어와 풍속이 서로 다른 종족이 3백개 가량 된다. 그래서 영어를 공용어로 사용한다. 그러면 모든 국민이 다 영어를 하느냐? 그렇지는 않다. 문맹률이 50-60%나 된다. 정확한 비율은 물론 아니다.

여기는 통계다운 통계가 발표되지 않는다. 인구조사도 1991년에 했다는데 아직도 발표하지 않는다. 컴퓨터가 6년씩이나 고장일 리가 없는데 말이다. 통계를 발표하지 않는데도 정치적인 이유가 있다니 그 속은 알다가도 모를 일이다.

부족들의 역사, 식민지 시대, 그리고 독립후의 권력구조 변천을 모르고는 이 나라 사회에 대해서 단순논리로 이상론을 소리쳐 봐야 소용

라고스 시내 전경

없다.

　불편한 것도 한두 가지가 아니다. 그러나 여기는 흔히 하는 말이 있다. 하나도 인내, 둘도 인내, 죽어도 인내! 무조건 모든 것을 참고 지내라는 말이다. 처음에는 이해가 안 가지만 한참 지나면 고개가 절로 끄덕여진다.

　열대지방에서 가장 중요한 것은 물과 전기다. 그런데 전기가 하루에도 열 번 가까이 끊어진다. 수도도 꼭지만 틀면 물이 자동적으로 나오는 것이 아니다. 그래서 대사관에는 자가발전기가 있고, 지하수를 뽑아 정화하는 장치가 있어 별 걱정은 없다. 이것도 불과 5-6년 전에 완비한 것이다. 그 이전에 여기 근무한 사람들은 고생이 많았다. 녹슨 물탱크를 실은 트럭에서 물을 사먹어야 했다.

　지금도 나이지리아의 여러 지역에서는 수돗물이 나오지 않아 불평이

150

대단하다. 물이 없어서 나오지 않는 것이 아니다. 수도국도 있고 예산도 있다. 그러나 수십억원 짜리 기계설비가 하루 밤사이에 증발해 버리는 경우가 많다. 대통령이 수도시설 개통식을 할 때는 물이 나왔는데, 그 다음 날부터 물이 안 나오는 것이다. 도깨비 장난이란 이런 것이다.

전기가 자주 끊어지니까 가전제품의 수명이 매우 짧다. 장사꾼들에게는 더 없이 좋은 상황일지 모르나, 가난한 서민들에게는 정말로 죽을 맛이다. 텔레비전, 전축, 컴퓨터마다 축전기 장치(일반전기가 나가면 반시간 동안 자동으로 전기를 공급)를 달아야 하는데 그 값이 5백 달러나 된다. 이것도 서민들에게는 죽을 맛이다.

인터넷? 중계회사가 하나 있기는 하다. 그러나 연결이 제대로 되지 않는다. 연결되기를 기다리다 보면 짜증이 난다. 엄청난 인내심이 필요하다. 어쩌다가 연결이 된다 해도 중간에 자주 끊어진다. 불편하기 짝이 없다.

유럽이나 한국으로는 국제전화가 자동으로 잘 걸린다. 그러나 아프리카의 다른 나라에는 전화가 거의 연결이 되지 않는다. 이것도 일을 처리하는데는 정말 불편하고 죽을 맛이다. 이래저래 불편이 한두 가지가 아니다. 그렇다고 해서 정말 죽을 수도 없지 않은가!

빅토리아 섬과 라고스 섬의 고층빌딩 숲만 보면 라고스를 뉴욕으로 착각할 지경이다. 30페이지의 타블로이드판 영어 일간지가 12종, 뉴스위크 판형의 영어 주간지가 넷이나 쏟아져 나오는 것만 보면 문화수준이 대단하다고 생각할 수도 있다.

그리고 30여 킬로미터의 해안 고속도로도 장관이다. 아파파(Apapa) 부두 앞에 떠있는 수십만 톤급 선박들도 아름다운 경치의 일부를 이룬다. 백여 대의 요트가 정박한 마리나 클럽도 있다.

전 세계에서 생산되는 자동차 가운데 라고스 거리를 달리지 않는 것이 없다. 금요일 오후만 되면 차로 길이 막혀서 시내를 빠져나가는데 최소한 1시간 이상이 걸린다. 출퇴근 시간의 교통체증은 말도 못한다.

그러나 이것은 허상이다. 좋은 것이든 나쁜 것이든 온 세상의 모든 것이 한꺼번에 다 들어있다는 라고스의 허상이다. 이중구조가 만들어낸 신기루인 것이다. 껍데기는 다 있지만 알맹이가 없기 때문이다.

대사관에서 자동차로 15분 거리에 골프장 이코이 클럽이 있다. 식민지 시대인 1936년에 영국인들이 만든 것이다. 매년 나이지리아 골프선수권 대회가 여기서 열린다. 골프라고 해서 너무 사치스러운 운동이라고 생각할 필요는 없다.

여기서는 회원가입비 1천 달러만 내면, 칠 때마다 매번 그린피를 따로 내지 않고 나이지리아를 떠날 때까지 무기한 무료로 친다. 캐디에게 하루에 주는 팁은 공식가격이 우리 돈으로 8백원이다. 그러나 관행상 대개 2-3천원을 준다. 드는 비용은 그것이 전부다. 그러니까 한국 기준으로 보면 매우 서민적인 스포츠다. 물론 가입비 1천 달러나 하루에 지불할 캐디 비용이 달러로 월급을 받는 외국인에게는 별 게 아니지만, 나이지리아의 평범한 월급쟁이로서는 꿈과 같은 돈이다.

우리 대사관에서 그리 멀지 않은 곳에 오니칸 국립박물관이 있다. 2천 5백년 전 노크문명의 정수인 초기 테라코타들, 고도의 기술로 정교하게 주조한 이보-우쿠웨족의 청동조각, 그리스의 사실주의에 가까운 이페 지역과 오워지역의 후기 청동조각과 테라코타 반신상들, 세계적으로 유명한 베닌 청동작품들은 볼만하다. 서부 아프리카의 최대 걸작

나이지리아,
12세기 경에 만든
청동조각(국보)

품으로 꼽히는 베닌 청동조각 가운데 대부분이 백년 전 베닌 왕국이 영국군에게 멸망할 때 약탈당했다. 약탈된 문화재를 돌려달라고 베닌 출신들이 영국정부를 상대로 캠페인을 벌이고 있기는 하지만, 그 효과는 의심스럽다.

빅토리아 섬에는 남대문 시장과 비슷한 쟌카라(Jankara)시장이 있다. 없는 물건이 없다. 심지어는 마술적 효력을 기원하는 주물, 짐승가죽, 뼈가루 등도 판다. 시장풍경은 언제나 활기에 넘친다. 다만 소매치기나 강도를 언제나 조심해야 한다.

전통공예품을 파는 가게들이 집중된 장소는 시내에서 7킬로 가량 떨어진 레키(Lekki)시장이다. 주인이 물건값을 부르면 우선 3분의 1로

낮추어서 흥정을 시작하는 것이 관례다. 대개 3분의 1과 절반 사이에 서 가격이 낙착된다.

우리 대사관에서 빤히 바라다 보이는 바닷가 바비치(Bar Beach)는 한때 유명한 해수욕장이었다. 그러나 외국인 가운데 거기서 해수욕을 즐기는 사람은 거의 없다. 잡상인과 불량배들이 우글거리기 때문이다. 밤에는 특히 위험한 지역이다. 라고스는 국제항공 노선의 요충지다. 런 던, 파리, 암스텔담, 로마, 프랑크푸르트, 모스코 등 유럽의 웬만한 도 시로 직행하는 비행기가 각각 일주일에 두세 편이 있다. 아프리카 지역 에서는 카이로, 아디스 아바바, 나이로비, 킨샤샤(콩고), 하라레(짐배 브웨), 요한네스버그(남아공)로 가는 직행이 있다.

선수금만 챙기는 국제사기꾼(여기서는 형법 419조 위반이라고 해서 "419 사기"라고 부른다. 우리의 4.19 학생혁명을 의미하는 것은 아니 다.)이나 기관총으로 무장한 떼강도가 다른 나라에 비해서 많은 편이 다. 그래서 국제적으로 악명이 높다. 그래도 나이지리아인의 대부분은 순박하고 친절하고 양심적이다. 종족이 다양한 만큼 훌륭한 인물도 많 다.

1996년 7월 27일자 일간지 펀치(Punch)는 나이지리아 국내선의 여자승무원이 손님이 잊어버리고 간 가방을 발견하고 신고했다는 일면 머리기사를 실었다. 그 가방에는 10만 달러가 들어있었다. 월급이 백 달러 수준인 나라에서는 대단한 뉴스였다.

우리 나라에서 그런 분실물을 누군가 주웠다면 과연 신고하는 사람 이 있을까? 그 신문은 리더즈 다이제스트가 실시한 유럽인의 양심조사 결과를 아울러 소개했다. 50 달러가 든 지갑 200개를 유럽의 20개 도 시에 유실물인 것처럼 해서 뿌려보았더니… 116개가 고스란히 돌아왔다. 절반 가량을 유럽인이 꿀꺽한 것이다.

　유실물을 신고하지 않고 먹어치운 비율이 가장 높은 곳이 스위스 (80%)였고, 이탈리아가 50% 이상, 벨지움과 포르투갈이 50%, 영국, 독일, 프랑스, 네데란드, 스페인, 오스트리아가 50% 약간 미만, 스웨덴이 30%, 핀란드가 20%였다. 덴마크와 노르웨이는 가장 양심적이어서 100%가 신고되었다.

　그러나 권력을 쥔 지도층과 그 추종세력은 오로지 권력유지와 자기 자신의 배 채우기에만 몰두하고 있다. 국가의 발전과 국민의 복지는 안중에도 없지 않은가 의심이 들 정도다.

　아무리 자원이 풍부하고 국토가 비옥하다 해도 나라가 무너져서 바닥에 이르면 어떤 꼴이 되는지를 나이지리아는 보여주고 있다. 양심적이고 유능한 지도자가 얼마나 중요한지도 가르쳐준다. 라고스는 스스로 무너진 나라의 심장 또는 총칼 앞에서 목이 비틀린 닭과 같다고나 할까?

사람이 죽으면 화장해야 한다

1996년 9월 말에는 라고스에서 소규모 공장을 경영하던 윤사장이 사망했다. 사인은 간경화. 30대 초에 나이지리아로 건너와 10년간 혼자 살면서 비닐제품을 생산하는 회사를 일으킨 사람이다.

성품이 부드럽고 말이 별로 없는 사람이었다. 평소에는 어려운 교민들에게 도움을 많이 베풀었다. 회사에서 일하는 나이지리아 사람들에게도 후하게 잘 해 주었다고 한다.

부패와 폭력이 판치는 이 사회에서 외국인이 중소기업을 운영하려면 여간 속이 썩지 않았을 것이다. 밤마다 무장강도들의 습격을 걱정해야만 했다. 나이지리아의 경제 상태가 바닥 중의 바닥이니 제대로 돈벌이가 된 것도 아니다.

그런데 40대 초 한창 일할 나이에 타계하다니! 참으로 아깝고 안타까운 일이었다. 30여명의 교민들이 모여서 장례를 치렀다. 고인의 가족이 모두 부산에 사니까 교민들이 가족을 대신할 수밖에 없었다.

그런데 한가지 묘한 현상을 발견했다.

인구 천만이나 되는 아프리카 최대의 대도시 라고스에 화장터가 한 군데도 없는 것이다. 우리가 한국의 종합병원에서 흔히 보는 영안실도 없다. 시신을 냉동 보관하는 시설이 라고스 전체에 겨우 한 군데이고 그나마 2-3인용 뿐이다.

아마 그런 시설이 많다고 해도 산 사람 입에 거미줄 치지 않도록 하는데도 바쁜 이곳 사람들이 그것을 이용할 경제력이 없을 것이다. 필요성이 없거나 장사가 되지 않으니까 시설을 만들지 않았을 것이라고 추측한다.

그러면 시신을 어떻게 처리하는가?

공동묘지가 두 군데 있다는데 그것도 이미 초만원이라서 더 들어갈 자리가 없다고 한다. 그러니까 대개는 화장을 한다. 화장터가 없다면서 화장을 어떻게 하는가? 일단 관청에 가서 화장 허가를 받는다. 승용차를 개조한 검은 영구차에 관을 싣고 도심지에서 멀리 떨어진 관목숲("부쉬"라고 부른다)으로 간다. 피라미드형으로 허리 높이까지 장작을 쌓는다. 그리고 그 위에 관을 올려놓는다. 관과 장작더미에 휘발유나 중유를 뿌린다. 불을 붙인다.

5시간 정도가 지나면 끝난다. 그러면 불꺼진 잿더미를 뒤져서 유해를 골라내 작은 상자에 담는다. 이것이 일반적인 화장 방법이다.

이 모든 일을 교민들이 했다.

그리고 그 유해 상자를 대사관 강당에 모시고 영결식을 했다. 오고 가는 일은 하늘에 달린 것이고, 고인의 이웃사랑 정신을 우리가 실천하는 것만이 고인에 대한 진정한 추모라는 요지로 내가 추모사를 했다.

추모사를 하면서도 쓸쓸한 기분을 떨치지 못했다.

이 험한 외국 땅에 와서 돈을 좀 벌겠다고 애쓰다가 문자 그대로 한 줌 가루가 되어 귀국하게 된 젊은이의 일생은 과연 무슨 의미를 가지는가? 하기야 국내에서 사는 사람들도 사실은 마찬가지가 아닌가?

돈이 뭐라고… 돈과 재산이란 잠시 내 손을 거쳐가는 물건에 불과한데 그것을 영원히 움켜쥐려고 정신없이 날뛰다가 언젠가 마지막 밤을 맞이하는 사람들…

참으로 평범한 말이다. 진리다. 그런데도 이것을 늘 잊어버리고 사는 것이 또한 사람이다. 물론 오늘도 여전히 우리는 돈을 벌기 위해서 출근한다.

전시행정의 표본 국립극장

매일 12 가지나 쏟아져 나오는 나이지리아의 일간지를 보면 우리 나라 신문과 다른 점이 한가지 있다. 영화 광고가 전혀 없는 것이다. 인구 천만 도시에 영화관이 하나도 없으니 영화 광고가 일간지에 나올 턱이 없다.

인구 4백만인 이바단이나 인구 백만인 포타코트 등 다른 도시에 영화관이 있다는 말은 듣지 못했다. 군사독재 정부가 사람들이 모이는 것을 싫어해서 허가를 내주지 않기 때문인가? 밤에 무장강도가 사방에서 날뛰니 사람들이 영화관이 있어도 들어가지 않기 때문인가? 낮에는 관람객이 들어올 법도 한데…

아니면 사람들이 너무 가난해서 영화관 운영이 불가능하기 때문인가?

도무지 이유를 알 수가 없다.

그러면 비디오 대여점이 거리마다 간판을 내걸 듯 싶은데 그렇지도 않다. 외국인이 주로 몰려 사는 빅토리아 섬에서 서너 군데가 문을 열고 있을 뿐이다. 그나마도 영세하고 소규모이다.

이와 대조적으로 국립극장 건물은 대단히 웅장하다. 공항에서 시내로 들어오다가 보면 허허벌판에 마치 거대한 배를 뒤집어 놓은 듯한 모습으로 국립극장이 우뚝 솟아 있다. 물론 이 극장은 나이지리아 전국에서 유일한 극장이다.

그러면 어떻게 해서 이런 극장이 세워지게 되었을까?

그것은 1977년에 나이지리아 정부가 막대한 예산을 들여서 "흑인 예술문화 세계축제(FESTAC '77)"를 라고스에서 개최하고 전 세계의 극단과 예술가들을 초청했기 때문이다. 그 축제의 장소로 사용하기 위해 건물을 완성한 것이다.

그러나 속셈은 나이지리아가 국력을 과시하기 위해서 거창한 상징물을 선보인 것이다. 홍보용 또는 전시용 건물이 모습을 들어낸 것이다. 20여년 전에 공사비 천만 달러를 들여서 지은 건물이니까 웅장할 수밖에 없을 것이다. 객석도 5천 개나 된다. 설계와 건축을 맡은 것은 불가리아 회사였다고 한다.

당시 천만 달러라고 하면 천문학적 숫자의 금액이다. 건물 하나에 그만한 돈을 들인다는 것은 당시 우리 나라 실정으로도 불가능했을 것이다. 극장 안에 설치된 "흑인 및 아프리카의 예술과 문명의 센터"는 자료실, 도서관, 박물관을 가지고 있고, 아프리카문화에 관한 상설전시도 한다.

"공예품 및 디자인 국립화랑"에서는 전통적인 공예품을 전시하고," 현대미술 국립화랑"에서는 주로 젊은 예술가들의 작품을 전시하고 있

국립 극장에서 공연된 아마닉포 인형극

다. 그런데 이 국립극장은 연극공연을 전문으로 하는 곳이 아니다. 연극이라고 해야 1년에 두세 편 공연할까? 물론 전통 무용의 발표회도 더러 열린다.

그러나 돈과 권력이 있는 사람들의 결혼식장으로 빌려주는 경우가 대부분이다. 말하자면 종합적인 문화회관이다. 특권층을 위한… 문제는 건물의 관리가 제대로 되지 않는다는데 있다. 외벽의 페인트가 벗겨진다. 지붕에서 비가 줄줄 새서 중앙홀이 물바다가 된다. 에어컨도 작동이 되지 않는다. 의자도 낡았다.

수리비와 관리비가 분명히 매년 예산에 책정이 되어 있을 것이다. 그런데 20여년 동안 문자 그대로 방치한 상태이다. 신문들이 가끔 가다가 이래서는 안 된다고 개탄하는 글을 싣는다. 그래도 쇠 귀에 경 읽기 또는 마이동풍이다.

　1977년에 한바탕 쇼를 하고 나서는 중앙정부의 관리들도 라고스에 국립극장이 있다는 사실을 잊어버린 모양이다. 허울 좋은 전시행정의 표본이 아닐 수가 없다. 극단다운 극단도 없는 상태에서 5천명이 들어가는 극장을 지은 것 자체가 무리한 발상이었다. 극장을 그렇게 거창하게 지었다면 그 효과적인 이용을 위해서라도 극단과 연기자들을 지원하고 양성했어야 옳다. 그런 노력을 정부가 기울이지 않는 한 거대한 극장 건물은 오히려 대도시 한복판에 자리잡은 또 하나의 공해에 불과하다.

　물론 우리가 아프리카 사람들을 비웃을 자격은 없다.

　우리 나라에도　대도시와 지방자치 단체들이 장래성을 내다보지 않은 채 무턱대고 극장과 회관과 체육관등 공공건물과 시설들을 지어서 아까운 자금과 자재를 낭비하는 경우가 적지 않기 때문이다. 몇몇 사람의 야심을 채우고 출세를 돕기 위한 터무니없는 전시행정은 세계 어디나 있게 마련이다. 세금 내는 국민들만 불쌍하다.

아프리카 최초의 노벨 문학상 수상자 월레 소잉카

가을이 깊어갈 때마다 우리는 노벨 문학상 몸살을 매년 앓는다. 일본에서도 두 번이나 받았는데 우리 작가는 왜 그 상을 아직 못 받았는가? 그리고 뒤틀린 열등감에 사로잡힌다. 무시당했다고 은근히 분개하는 논조도 보인다. 그러나 꼭 그렇게 생각할 것만은 아니다.

노벨 문학상이란 전세계의 무수한 문학상 가운데 하나일 뿐이다. 물론 국제적으로 가장 저명한 상이다. 부러워해도 좋다. 그렇다고 열등감 운운할 일은 아니지 않은가? 노벨 문학상 수상자 가운데 얼마나 많은 작가가 망각의 그늘에 묻혀 버렸는가?

나이지리아는 1960년에 독립한 이래 1986년만큼 영광스러운 해를 본 적이 없을 것이다. 그 해에 월레 소잉카(월레는 필명이고 본래 이름은 "아킨완데 올루월레") 교수가 나이지리아 인으로서 아니, 아프리카 출신으로서 최초로 노벨 문학상을 수상했기 때문이다. (소잉카를 뒤이은 아프리카의 노벨 문학상 수상자는 1988년 이집트의 나기브 마후즈, 1991년 남아공의 나딘 고디머가 있다)

10년 뒤인 1996년에 나이지리아 축구팀 이글즈가 애틀랜타 올림픽에서 딴 금메달도 노벨 문학상의 영광을 뛰어넘지 못했다. 1934년 7월 13일 나이지리아 3대 종족의 하나인 요루바족의 중심지 "오군"주의 "이제부 레모"시 "이사라" 마을에서 태어난 소잉카는 희곡작가, 소설가, 시인, 연극배우, 영문학교수, 사회평론가등으로 널리 알려져 있다. 그리고 나이지리아 민주화를 위해 정치활동에도 활발히 참여해 왔다.

주요작품으로는 "사자와 보석", "선교사 제로의 재판", "길", "광인과 전문가", "죽음과 왕의 기병들" 등 20여편의 희곡을 비롯하여, 아프리카 최초의 본격적 현대소설로 평가되는 "번역가들"과 "천명의 악마들의 숲", "파탄의 계절"등 장편소설, "이단레", "지하실의 왕래"등 시집과 "아케의 어린 시절"(자서전)이 있는데, 거의 대부분이 70년대 중반 이전에 나온 것이다.

비아프라 전쟁(나이지리아 내전) 때에는 반란군 지도자와 인터뷰를 했다는 이유로 고원장군의 군사정권에 체포되어 2년간 투옥되었다.

이때의 체험담을 생생하게, 때로는 블랙유모어 스타일로 정리한 것이 "그 사람은 죽었다"(The Man Died)라는 자서전적 작품이다. 군사독재를 날카롭게 비판하고 조롱하는 문장도 매력적이지만, 30년이 지난 오늘날 소잉카의 조국의 현실이 60년대 말과 별로 다름이 없다는 점에서 이 책은 여러 나라에서 아직도 그 강한 호소력을 잃지 않고 있다.

소잉카는 서문에서 "날마다 공포의 굴욕에 스스로 굴복하는 백성이라면 한 사람 한 사람이 죽는 것… 독재 앞에서 침묵하는 자는 누구나 죽은 자… 평화적 교체를 불가능하게 만드는 자들은 폭력적 교체를 불

월레 소잉카의 저택 본인의 석고상

가피하게 만들고… 그러나 우리 백성의 의지를 꺾어버릴 수는 없다고 믿는다"고 밝히기도 했다. 1971년부터 5년간 영국과 가나에서 망명생활을 한 소잉카는 1995년에 체포되기 직전 두번째 망명길에 올랐다. 영국에 거주하면서 1996년 여름에는 군사독재에 반대하는 "라디오 쿠디라트"를 방송하기 시작했고, 민주화 추진세력의 중심역할을 하고 있으며, "대륙의 곪아터진 상처(나이지리아 위기에 관한 개인적 서술)"이라는 정치 비판서를 출간하기도 했다.

1997년 3월에 반역죄로 기소된 소잉카는 4월7일자 뉴스위크 인터뷰에서 나이지리아의 국가원수인 아바챠가 "이디 아민(1970년대 우간다의 잔인한 독재자) 아바챠"이며, "살인자, 정신병자, 병적인 거짓말쟁이고 살인, 고문, 투옥을 서슴지 않는 자"라고 혹평하는 한편, "이디 아민" 아바챠의 피에 굶주리고 문둥이 같은 손이 공포정치를 펴고 있는 나이지리아에서 "군사독재를 영구히 몰아내고 진정한 민주주의를 확립하는 것"이 자신의 목표라고 선언했다.

아바챠는 1998년 여름에 갑자기 심장마비로 사망했다. 그리고 나이지리아에는 금년 5월에 민선 대통령인 오바산죠의 신정부가 들어섰다.

월레 소잉카의 저택을 방문하다

노벨 문학상을 받은 뒤에도 소잉카의 사생활은 여전히 신비의 안개로 가려져 있다. 그래서 나이지리아 사람들 자신도 소잉카에 관해서 잘 모르고 있다. 소잉카 자신이 원래 사람들을 만나기 싫어하기 때문에 그렇다는 말도 있다.

어쨌든 소잉카의 저택이 어디 있는지 안다는 라고스의 주요 일간지 "펀치(The Punch)"의 국제부장 아와와(Awawa)의 안내를 받아 라고스에서 자동차로 한시간 반 북쪽내륙으로 올라가는 거리인 아베오쿠타(Abeokuta;바위에 세운 도시라는 뜻)로 차를 몰았다.

그 지역도 치안이 안전하지 못하기 때문에 경기관총으로 무장한 군인을 운전석 옆에 태우고 떠났다. 그래야만 사진을 찍는다거나 할 때 시달림을 면할 것 같았다. 아프리카에서는 사진촬영이 매우 조심스럽거나 때로는 곤욕을 치르는 원인이 된다는 것은 상식이다.

사진을 금지하는 이유는 여러 가지다. 우선은 사진을 찍히는 경우에 자기 영혼의 힘이 약해진다는 토속적인 믿음이 강하다. 그리고 외부 사람에 대한 본능적 경계심, 주요시설의 보안유지, 자신의 비참한 모습을 공개하고 싶지 않은 심리 등이 작용하기 때문이다.

아베오쿠타 외곽지대에 이르자 야산들의 능선이 이어졌다. 아스팔트에서 왼쪽으로 꺾어들면서부터 붉은 황토길이 위로 뻗는다. 차 한대가 겨우 지나가는 폭의 좁은 길이 두 갈래 세 갈래로 갈라진다.

국제부장이 기억을 더듬어 안내하는데 어느덧 인가는 보이지 않고 좌우로 2미터가 넘는 억새풀이 시야를 차단하고 차의 유리창을 마구 때린다. 반시간을 헤맸다. 문득 앞에서 정글 나이프를 든 시커먼 사내가 길을 막는다. 그 뒤로 너댓명이 줄지어 걸어온다. 국제부장은 억새풀 숲길에 들어서자 이 일대가 어쩌면 "천명의 악마들"(나이지리아 소설의 제목)이 득실거리는 곳인지도 모른다고 농담을 했는데, 팔뚝만한 정글 나이프를 든 사내가 나타나다니!

그러나 다행히도 사내는 악마가 아니라 순한 백성이었다. 순순히 모두 길을 비켜서 차를 통과시켰다. 아스팔트에서 꺾어지던 지점으로 돌아오면서 세번인가 지나가는 사람들에게 길을 물었다.

노벨 문학상 수상자가 사는 집이라면 그 일대에서 다 알 것으로 상상했다. 그러나 노벨 문학상이고 소잉카고 뭐고 아는 사람이 없었다. 그런 것을 몰라도 살아가는데 아무 불편을 못 느끼는 사람들이었다. 약간은 한심하다는 생각도 들었다. 만일 우리 나라에 그런 수상자가 있다면, 그리고 대전 변두리 야산지대의 외딴 집에서 산다면, 동네사람들이 그 집을 모를 수가 있을까? 문학의 문자도 모르는 아이라도 아마 노벨상 수상자의 집 정도는 알 것이다. 그리고 그 집 바로 앞까지 포장도로가 나 있을 것이다.

그러나 소잉카는 대전 변두리가 아니라 아프리카에서 살고 있다. 포장도로를 소잉카의 집 앞까지 깔아줄 이유가 없다. 포장도로를 원한다면 그런 길이 있는 지점에 집을 지으면 될 것 아니냐는 식이다. 포장도로가 집을 따라가는 것이 아니라 집이 포장도로를 따라가야 한다.

황토길 초입에서 다시 언덕길을 올라갔다. 10분 가량 지나자 카사바(현지인들의 주식)밭을 둘러막은 철조망이 오른쪽에 나타났다. 국제부장은 그 철조망을 본 적이 있다고 했다. 길을 제대로 들어선 것이다.

얼마 후에 왼쪽으로 꺾어들었다. 막다른 길이다. 나무 숲 사이로 붉은 벽돌집이 보였다. 완만한 경사가 진 마당에 주차하고 집을 살펴보았다. 인적이 전혀 없다. 디귿자 형의 단층집(백평 가량 될까?)이 산등성이를 등지고 황토길과 작은 냇물을 바라본다. 냇물은 비가 내리지 않는 건조기라서 흐르지 않고 그저 물웅덩이다. 앞마당 계단에 구두 한 켤레가 눈에 띄였다. 뒤축이 짜부라지고 부스러질 듯이 마른 구두. 소잉카가 산책할 때 신던 것일까? 부서진 자전거 한대가 아무렇게나 나뒹군다. 수도꼭지를 트니 물이 쏟아진다. 그러나 물을 마실 주인은 거기 없다. 작년에 외출한 뒤로 언제 돌아올지 기약이 없다.

뒷마당으로 돌아가 보니 구석 벽에 석고로 된 소잉카의 흉상이 받침대도 없이 맨땅에 서 있다. 흉상 아래쪽에 새겨진 글이 인상적이었다. "예방에 드는 비용은 예방을 소홀히 한 결과 나중에 치르는 대가보다 훨씬 싸다"

그 문구는 국가의 재난을 예방하는 것이 평소에 소홀히 하여 재난을 겪는 것보다 훨씬 유리하다는 뜻일 것이다. 소잉카는 그 집을 88년 8월 2일에 짓고 그 흉상을 남겼다. 88년 8월이면 서울에서 올림픽이 열

월레 소잉카 저택 앞에서 저자

리기 직전이다. 비록 주인은 떠나고 없지만 흉상에 새겨진 그 문구는 집주인이 외치고 싶은 말을 무언중에 지금도 날마다 외치고 있다.

물론 아무도 찾아오지 않고, 또 다른 사람들 눈에 띄지도 않는 집에서 흉상이 외치는 소리는 메아리조차 없다. 문도 창문도 모두 굳게 잠긴 그 집을 뒤로하고 야산의 황토길을 내려올 때 의문이 떠올랐다. 언젠가 소잉카가 육성으로 그 소리를 외치는 날이 다시 올 것인가? 그 때 전국민이 귀를 기울이게 될까?

국제부장은 나이지리아의 지식인들이 해외로 탈출하거나 망명하는 현상을 반대한다면서 독재와 싸우려면 국내에 머물면서 싸워야 한다고 말했다. 소잉카에 대한 은근한 비판이다. 어느 정도 그 심정에 수긍이 갔다.

그래서 한마디 덧붙여주었다. 민주주의와 자유의 회복은 외국의 힘이 아니라 자기 자신의 힘으로 이룩해야만 한다. 그리고 그 과정에서 많은 피와 땀과 눈물이 흘려질 것이라고.

시체를 토막내어 매매하는 풍습

1996년 나이지리아의 한 작은 도시에서 끔찍한 사건이 벌어졌다. 어느 개신교 교회 안에서 사람의 시체에서 잘라낸 머리와 팔 다리 등 다른 신체 부분들이 발견된 것이다. 그 교회의 흑인 목사는 호텔과 자동차 판매로 그 지역의 갑부가 된 신자가 어느 날 보따리 하나를 당분간 맡아달라고 부탁해서 그 부탁을 들어주었을 뿐, 자기는 그 보따리에 무엇이 들었는지 전혀 몰랐다고 재판정에서 주장했다.

수사 결과, 그 머리가 얼마 전에 실종된 13세 소년의 것으로 확인되었다. 누군가가 길을 걸어가던 소년을 납치해서 살해한 것이다. 공교롭게도, 아니, 애처롭게도 그 소년은 과부의 외아들이었다. 그리고 갑부인 교회 신자는 평소에 악질적으로 굴었다.

뉴스를 듣고 격분한 주민들이 폭동을 일으켰다. 그 갑부가 소유하고 있던 호텔과 자동차 판매회사와 저택을 모조리 불태워버렸다. 폭동을 진압하려고 나선 경찰이 쏜 총에 여러 명이 죽었다. 재판 중인 이 사건은 나이지리아의 한 어두운 면을 증언한다.

과거에는 서아프리카 일대에 사람을 일부러 죽여서 제사를 지내는 풍습이 있었다. 인신 제사라고 하는 것이다. 물론 인신 제사는 아프리카에 국한된 현상이 아니다. 팔레스타인의 원주민들이 바알신이나 몰로크신에게 인신 제사를 바쳤다. 이스라엘의 왕들도 자기 자녀를 제물로 바쳤다는 기록이 구약 성서에 나온다.

영국과 프랑스의 식민지 정부가 법률로 인신 제사를 금지했다. 선교사들도 인신 제사가 사악한 것이라고 가르쳤다. 그러나 장구한 세월에 걸쳐서 실시되어 온 악습의 뿌리가 하루아침에 "완전히" 뽑히지는 않았다.

출세, 돈, 사업의 성공, 건강, 장수, 애인의 환심 등을 위해서 시체의 일부를 아직도 토속 신에게 제물로 바친다. 또는 마술적 효험을 얻으려고 주물("쥬쥬"라고 부른다)로 간직하는 것이다.

라고스에서 제일 큰 감옥의 명칭은 "끼리끼리"이다. 그 감옥 옆에 "끼리끼리" 공동묘지가 있다. 끼리끼리 감옥에서 처형된 사형수들의 시체를 묻는 곳이다. 그런데 1996년 7월 27일자 라고스의 일간지 챔피언(Champion)이 1면 머릿기사로 기기묘묘한 기사를 보도했다. "시체"라는 별명이 붙은 무덤 도굴꾼들이 바로 이 끼리끼리 공동묘지에서 조직적으로 장기간에 걸쳐 시체를 도굴했다는 것이다.

간수들을 매수하여 사형집행 일자를 미리 확인하기도 했다. 그래서 다른 패거리가 손대기 전에, 시체가 부패하기 전에 무덤에서 파가기 위한 것이다.

그리고 시체를 토막냈다. 머리 하나에 5천 나이라(5만원),남녀의 성기는 하나에 3-4천 나이라(3-4만원)에 팔아왔다는 것이 그 기사의 내용이다.

곱추와 "알비노(피부병에 걸려서 피부가 흰 사람)"는 일반인보다도 그 신통력이 크다고 사람들이 믿기 때문에 그 신체부분은 값이 매우 비싸다고 한다. 그리고 흑인보다는 동양인의 신체 부분이, 동양인보다는 백인의 신체 부분이 신통력이 한층 강하다고 흑인들이 믿는다고 한다. 그래서 백인의 머리 하나는 2-3백 달러나 한다.

아프리카를 여행할 때는 특히 신변 안전에 조심할 일이다. 도굴단은 죽은 시체만 파가는 것이 아니라, 길을 걸어가는 멀쩡한 사람도 납치하기 때문이다. 끼리끼리 형무소에서 강도들을 수십명 무더기로 처형했을 때 이 도굴집단 "시체"가 떼돈을 벌었다고 기자에게 고백했다니…

듣기만 해도 으시시한 이야기다.

더욱 기가 막힌 것은 공동묘지 안에 여자 접대부들을 고용한 술집이 밤마다 영업을 하고 있었다는 사실이다. 기자가 그 술집을 밤에 찾아가서 시체 토막의 매매에 관한 취재를 시도했다. 주인이나 접대부들은 그런 얘기를 들어본 적이 없다고 시치미를 딱 뗐다.

물론 "시체"라는 별명의 도굴단은 모조리 도망친 뒤의 일이다. 그리고 신문에 그 보도가 나자마자 그 술집도 자취를 감추었다. 술집이라고 해야 나무 막대기 너댓개 세우고 그 위를 야자나무 잎으로 덮은 것이니까.

그러면 시체의 일부분을 사서 어떻게 사용하는가?

머리는 야자 기름에 삶으면 어른 주먹 크기로 줄어든다. 그것이 바로 부적이 된다. 이 부적을 주머니에 넣어 가지고 다니거나 대문 뒤에 매달거나 자기 집 어딘가에 숨겨둔다. 그렇게 하면 죽은 사람의 힘과 지능이 자기 몸으로 이전되어 더욱 힘이 세지고 지능이 발달한다고 믿는다.

허황된 믿음이 얼마나 많은 비극을 불러왔을까?

제 5장

동아프리카의 비극

> "탐험가 리빙스톤이 잠비아에서 죽을 때
> 그 머리 위로 그늘을 드리워주던 나무의
> 일부를 잘라서 만든 십자가가 있다"

토속신앙의 중심지 "신성한 숲"

나이지리아에서 토속신앙이 가장 잘 보존되어 있고 또 가장 신성한 장소라고 누구나 인정하는 곳이 오쇼그보의 "신성한 숲"이다. 라고스 북부 2백 킬로 지점에 위치한 오쇼그보는 인구 50만명의 작은 도시이다. 그러나 전통신앙의 중심지로서 그 영향력이 매우 클 뿐아니라, 오순(Osun)주의 수도이기도 하다.

나이지리아의 서남부인 요루바 지방에서 인구가 더 많고 전통지도자의 힘이 더 강한 이페(Ife)나 오요(Oyo)보다도 일반 민중 사이에 전통신앙의 뿌리가 훨씬 강한 곳이 오쇼그보다.

1950년대부터 서양의 문화인류학자, 요루바어를 전공하는 언어학자들을 비롯하여 예술가들이 이 지역의 문화, 민속, 예술에 관해 집중적으로 연구하기 시작하고 크게 관심을 기울인 결과, 토속신앙이 더욱 활성화되고 여러 신전이 정비되기도 했다.

1997년 1월 2일 밤, 오순 주의 주지사 집무실의 뒷마당에서 괴상한 예식이 몰래 거행되었다. 살아있는 소를 나무 지팡이와 함께 땅에 묻어 버린 것이다.

왜 살아있는 소를 생매장했을까?

그것은 현역 중령인 주지사가 주정부의 집행위원들을 면직시키려고 한다는 소문이 돌았기 때문이다. 부정부패의 뒷조사를 두려워한 사람들이 주지사에게 주술을 걸어 무력화시키려는 토속신앙의 의식이었던 것이다.

살아있는 소를 매장하면 몇몇 귀신들을 자기네 편으로 만들어 주지사가 마음대로 행동하지 못하게 만들 수 있다고 믿었다는 것이다. 나무 지팡이를 같이 묻은 것은 그것이 주지사의 권한의 상징이기 때문이었다.

그러나 주지사는 4월에 집행위원들을 면직시키고 비밀의식에 관한 본격적인 수사를 개시하고 말았다. 시내에서 2킬로미터 가량 떨어진 외곽에 신들이 산다는 "신성한 숲"이 있다. 정문다운 문도 없이 시멘트 말뚝만 길 양쪽에 박혀 있는 입구에 이르러 차에서 내렸다. 그 이상은 차가 못 들어간다.

언덕에 대나무가 촘촘히 치솟아 무더기를 이루는데 한낮인데도 그 모습이 을씨년스럽다. 하늘을 향해 치솟다가 자기 무게에 겨워 아래로 쳐진 대나무 줄기와 잎새가 마치 치렁치렁한 귀신의 머리카락 같기도 하다.

오른쪽 비탈에 기기묘묘한 형상의 토우들이 줄지어 섰다. 인체를 엿가락처럼 길게 늘인 것이 있는가 하면, 배만 남산만하게 불려놓은 것도 있다. 형상은 사람의 모습이지만 사실은 귀신(좀비)을 표현하고 있다.

오른쪽 비탈 그 너머에 공동묘지가 있다고 하니까.

땔나무를 머리에 인 여자들이 서넛 저쪽에서 다가오는데 나무그늘이 드리운 그 모습이 순간적이지만 좀비처럼 보이기도 했다. 5분쯤 걸어가자 왼쪽에 철문이 보였다. 신성한 숲의 정문이다. 땟국이 절은 와이셔츠에 검은 반바지 차림의 사내가 길을 막는다. 외국인이라서 그러느냐고 물으니 그런 건 아니고 안내자가 없이는 숲에 들어갈 수가 없다는 대답이었다. 말하자면 자기가 안내하겠다는 것이다. 운전사에게 그 사내를 따라가도 안전한가 물었더니 고개만 끄덕였다. 그래서 용감하게 돌진했다.

안전한가 물어본 것은 다 이유가 있다.

그 숲 속에서는 지금도 밤에 전통신앙의 예식은 물론, 남녀 청소년들의 모진 훈련과 성인식(남녀 할례 포함)을 거행한다고 들었다. 그리고 도둑질을 한 것으로 의심받는 사람을 데려다가 신성재판(사실은 인민재판?)도 하고 처벌도 한다. 그러니까 으슥한 곳에서 무슨 봉변을 당할지 누가 알겠는가?

20여미터 높이의 각종 열대수목이 울창하여 하늘이 안 보이는 길을 따라 10분 가량 걸었다. 왼쪽에 낮은 토담이 쌓여있고 군데군데 역시 기이한 형상의 토우들이 험상궂은 표정으로 노려본다.

토속신앙에서 섬기는 각종 신들인 것인데 대부분이 오스트리아인 화가 겸 조각가인 수잔 웽거(Suzanne Wenger)가 전통신앙의 이미지와 자기 창의력을 발휘해서 만들어낸 작품이다. 수잔 웽거는 요루바 문화에 심취하여 오쇼그보에 정착하여 작업실 겸 화랑을 열고 있다.

한편 작가 울리 바이어(Ulli Beier,수잔의 전남편)와 화가 죠르지아나 바이어(Georgina Beier)가 1960년대에 작업실을 연 이래 많은 유명화가들이 오쇼그보로 몰려와 "오쇼그보 화파"를 형성하기도 했다.

남북으로 베누에 강의 지류가 흐르는 "신성한 숲" 전체는 물의 여신 "오shun)"에게 바친 것이다. 그리스 로마 신화에도 물의 요정 님프가 있고 바다의 신 포세이돈이 있다. 우리도 물귀신이란 말을 지금도 사용한다. 물이 인간생활에서 가장 필수적인 요소라는 면에서 보면 물을 신격화시키는 것은 당연하다고 본다. 요르단강의 침례의식이나 크리스트교의 세례는 물이 더러운 것을 씻는다는 면에서 속죄의 의미에 비중을 더 두지만, 사실은 물을 생명의 원천으로 보고, 그 원천의 힘을 빌어서, 또는 형식적으로 그 원천을 통과해서, 비로소 속죄가 가능하다고 믿는다고 해석해야 어울릴 것이다.

숲 한가운데에 낮은 토담으로 둘러싸인 신전이 있다. 신전의 보호자(전통사제)인 40대 사내는 특정의 사제복도 걸치지 않고 바지에 셔츠차림인데 맨발이었다. 신전에 들어오려면 구두를 벗으라고 지시한다. 양말도 벗어야 하느냐고 물으니 그럴 필요는 없다고 했다.

허리를 약간 굽혀서 문을 통과하자 토굴처럼 생긴 오신의 사당이 바로 코앞에 나타났다. 무심코 한 발 내딛자 전통사제가 주의를 준다. 납작한 바위를 밟지 말라는 것이다. 거기는 전통지도자(왕)만이 오에게 제물을 바칠 때 앉는 자리라고 했다. 그러나 내 발은 이미 그 바위를 밟고 넘어가고 말았다.

오집(신당)인 원통의 토굴 안에서 전통사제와 마주 앉았다. 오모습을 표현하는 토우든 조각이든 아무 것도 없이 손바닥만 한 제단만 덩그란히 놓이고 그 위의 나무접시에는 몇 가지 음식과 지폐가 들어있었다. 눈치껏 돈을 내놓으라는 신호였다. 주머니를 뒤져서 3백나이라(3천원)를 전통사제에게 건네주었다. 그리고 사진을 같이 찍었다.

신당을 중심으로 마당이 있고 토담을 따라서 어깨 높이의 회랑이 사방으로 나있다. 첫 곡식을 추수하면 예식이 거행되는데 그 때 왕 이외의 참석자들이 마당과 회랑에 앉아서 참석한다고 했다.

바깥으로 나와 전통사제가 강물로 인도했다. 거기 두 팔을 활짝 벌리고 서 있는 오신의 토우가 나무 아래 자리잡고 있었다. 어른보다 두 배나 크고 아무 것도 걸치지 않은 토우였다. 젖통 두개가 불룩 두드러지지 않았다면 그것이 여신인지 아닌지 구별이 가지 않을 지경이었다.

오물의 여신 또는 오쇼그보를 관통하는 강물의 여신으로서 오쇼그보를 보호하고 여자들에게 임신의 축복을 내려준다. 그리고 또다른 신들이 땅을 지배하기 위해 하늘에서 내려올 때 길잡이 역할도 한다.

요루바족의 전통신앙에는 무수한 신들이 있다.

코끼리를 타고 다니는 "오바탈라(Obatala)"는 사람을 계속해서 만들어내는데, 야자 술을 너무 좋아해서 흠뻑 취했을 때는 기형아를 만들기도 한다.

"오군(Ogun)"은 쇠의 신인데, 대장장이등 쇠붙이를 다루는 사람들과 자동차 운전사나 항공기 조종사들이 이 신을 특별하게 섬긴다. 모든 신들을 다스리는 최고신은 "올로룬(Olorun)"이라고 부른다.

농업의 신은 "오리샤 오코(Orisha Oko)", 의약품의 신은 "오사니인(Osanyin)", 천둥번개의 신은 "샹고(Shango)", 길쌈과 염색의 여신은 "이야마포(Iyamapo)", 바람의 신은 "나나부쿠(Nanabuku)"다. 특히 샹고는 나이지리아 전기회사의 수호신이다. 요루바족은 질병에 걸리거나 정신병 증세가 나타나거나 개인적인 문제가 있을 때 시의 형식으로 된 신탁집 "이파(Ifa)"에서 해답을 구한다. 이 신탁집은 아무나 해석하는 것이 아니다.

오로지 "모든 비밀의 아버지"라고 부르는 "바발라워(babalawo)"만
이 카우리 조가비(수렵시대에는 화폐로 사용한 작은 조가비)와 씨앗
또는 돌멩이 등을 일정한 형식으로 던져서 신탁을 해석해 준다.

신성한 숲에는 수많은 신들의 모습을 보여주는 토우들이 구석구석에
자리잡고 있다. 안내자가 일일이 설명해주었지만 신들의 이름을 기억
하기 힘들었다. 강물이 내려다보이는 절벽에 이르자 바로 그곳이 신성
재판을 하는 곳이라고 했다. 도둑질, 간통, 상해, 강도 등의 혐의를 받
는 사람을 거기서 강물로 떨어뜨린다. 만일 그 사람이 무죄라면 물에
떨어져서도 죽지 않고 살아나온다. 익사하면 유죄라고 믿는다.

캄캄한 밤에 20여 미터 낭떠러지 아래로 떨어지면 몇명이나 살아서
나올까? 전통사제가 두려움의 대상으로서 주민들에게 막강한 위력을
발휘하는 이유는 생사를 결정하는 그런 재판이 아직도 시행되기 때문
일 것이다.

최고신 오바탈라의 아들인 "온토토(Ontoto)"의 집은 수잔 웬거가
설계해서 지은 것인데 전통신앙을 믿는 사람들이 와서 기도하는 곳이
다. 한쪽에 들어가는 문이 있고 반대편에 나가는 문이 있다.

꼭대기 골방은 사람의 귀처럼 생겼는데 거기서 뭐든지 기도하면 신
들이 반드시 기도를 들어준다고 한다. 귀처럼 생긴 방에서 기도를 했기
때문이다. 그 방에 잠시 앉아서 명상에 잠겨보려고 했다. 기도를 해볼
까 하는 생각도 들었다. 그러나 요루바족의 신들이 한국말을 알아들을
리가 없으니 내가 아무리 열심히 기도를 해도 신들은 내가 무엇을 기도
하는지 모를 것이다. 소용없는 짓이다. 그래서 기도를 포기했다.

350만년 전 인류가 최초로 태어난 곳

신전에서 만났던 전통사제는 크리스트교 ,이슬람교, 그리고 서양의 물질문명의 영향으로 전통신앙을 믿는 사람들이 점점 줄어든다고 적대감이 서린 어조로 불평했다. 종교적인 목적으로 신성한 숲을 찾아오는 사람의 발길이 끊어지면 자기 생계에 위협을 받기 때문에 적대감을 보였을까? 전통신앙이 스스로 그 타당성과 효험을 찾지 못한다면 자연 소멸하는 것이 순리가 아닐까?

그러나 주정부 청사 뒤뜰에 소를 생매장하는 일이 벌어지는 상황에서는 전통신앙의 뿌리가 쉽사리 잘려나가지는 않을 것이라는 생각이 들었다.

350만년 전에 인류가 최초로 생겨난 곳

지구상 어디에서 최초의 사람이 나타났을까?

고대 아테네 사람들은 인류의 발상지가 그리스라고 믿었다. 유태인들은 창세기 기록대로 최초의 인간인 아담과 하와가 살던 에덴 동산이 중동에 있었다고 믿는다. 리비아 사람들은 최초의 사람들(야르바스)이 리비아 중앙에서 생겨났다고 한다. 이집트 사람들은 신들이 이집트 땅에서 진흙으로 최초의 사람을 만들고 나일강의 물을 부어 생명을 넣어 주었다고 한다.

이와 똑같은 창조 설화는 수단, 이디오피아, 탄자니아, 짐바붸, 콩고,가나, 나이지리아등 아프리카 여러 나라에서도 전해져 내려온다. 이 가운데 가장 오래된 설화는 수단에서 전해져 오는 것이다. 수단의 옛 지명이 쿠쉬(Kush)인데 그리스의 위대한 역사학자 디오도루스 시쿨루스가 쿠쉬 사람들(노아의 손자이며 함의 아들인 쿠쉬의 후손)의 믿는 전통적인 설화를 기록에 남긴 것이다. 즉 쿠쉬 사람들은 쿠쉬가 인류 최초의 발상지일 뿐 아니라 모든 생물이 처음 나타난 곳으로 믿는다는 것이다.

그러나 인류학자와 고고학자들 가운데는 아프리카를 인류의 발상지로 지목하는 사람이 많다. 에티오피아 동북부 아다쉬 강의 하류에서 1974년에 발견된 화석은 똑바로 일어서서 걸어다니던 최초의 인류의 것인데 350만년 전에 생긴 것으로 추정된다.

특히 탄자니아는 동물이 진화하는 과정에서 마지막 단계에 나타난 최초의 인류(또는 현대인의 원조)의 유골이 발견된 곳으로 주목을 받는다. 탄자니아의 수도 다르 에스 살람에 있는 국립박물관에 전시된 올두바이 계곡에서 발굴한 해골들이 바로 그 증거물이다.

루이스 리키와 메리 리키 부부가 킬리만자로 서쪽 4백 킬로 지점의 올두바이 계곡에서 발견한 "호모 하빌리스(재능이 있는 사람)"와 "호두 까는 사람"등의 해골이 이 박물관에 전시되어 있는 것이다.

올두바이 계곡이 고고학자들의 관심을 끌기 시작한 것은 1911년이다. 그 해에 나비 채집을 하려고 계곡을 방문한 독일인 카투링클레 교수가 화석이 된 이상한 뼈들을 발견했기 때문이다. 2년 뒤 한스 레크 교수를 단장으로 하는 조사단이 파견되었다. 3개월간 계곡에 머물면서 많은 화석을 찾아냈다.

그리고 1933년에 레크 교수가 다시 계곡을 방문했을 때 고고학자인 루이스 리키 박사 부부가 참여했다. 루이스 리키 부부는 그 후에도 탐사를 계속하여 1959년 7월에 두개골 화석 4백개를 발견했다. 이것이 기원전 175만년 전에 이 계곡에서 살았다고 하는 "호두 까는 사람"(nutcrackeran, Australopithecus-Zinjanthropus Boisei)의 존재를 입증했다.

그리고 다음 해에 젊은 "호모 하빌리스"의 뼈들을 발견했다. 결국은 탄자니아의 이 계곡에 180만년 내지 2백만년 전에 두 종류의 사람이 살았다는 것이다.

올두바이 계곡에서는 100만년 내지 150만년 전에 살았던 "호모 에렉투스"(직립인)의 도구들도 발견되었다.

더욱 흥미로운 것은 1979년에 올두바이 계곡 근처의 라에톨리에서 똑바로 일어서서 걸어가는 남자와 여자와 어린아이의 발자국이 발견된 것이다. 이 발자국은 350만년 전에 찍힌 것으로 추정되어 인류의 기원이 2백만년 전이라고 하던 종래의 학설을 수정했다.

어쨌든 호모 하빌리스는 원숭이와 비슷하고 키가 1미터 50 센티미터 정도지만 원숭이보다 두개골이 훨씬 커서 뇌의 분량이 7백 씨씨나 된다. 우리가 사람이라고 하는 호모 사피엔스의 시조이다.

창세기에는 에덴동산이 중동에 있었던 것처럼 암시하지만, 초의

나이지리아의 신성한 숲 오쇼그보 신전의 사제와 함께

인류는 2백만년 전 또는 그 이전에 아프리카 계곡에서 출현한 것이다. 그러니까 사람이 처음 지구상에 생겨날 때는 원래 흑인들밖에 없었는데, 그 흑인들이 사방으로 퍼져나가서 기후조건에 따라 백인종도 되고, 황인종도 되었다는 말이다.

믿거나 말거나 하는 소리가 아니다. 고고학자나 고인류학자들 사이에 거의 정설로 굳어진 이야기다. 그렇다면 우리 조상도 흑인이었다? 2백만년 전 이야기인데 아무려면 어떤가?

인류가 아프리카에서 시작되었다고 주장하는 학자들이 많은 반면, 이 학설을 인정하지 않는 학자들도 적지 않다. 구약성서의 아담과 하와를 이스라엘 민족의 조상이 아니라 인류 전체의 조상이라고 해석한다면, 인류의 발상지는 아프리카가 아니라 중동이 된다.

그러나 각 민족마다 민족의 시조에 관한 설화가 있고, 우리의 단군

186

도 하늘에서 내려왔다고 삼국유사에 기록되어 있다는 점을 고려하면, 신앙의 차원은 별개로 치고, 아담과 하와를 문자 그대로 인류전체의 시조로 보기는 어렵지 않을까?

어쨌든 유전인자의 다양성을 연구하여 인류가 아프리카에서 시작되었다는 새로운 주장이 최근에 제기되었다(영국의 The Times 1997.4.7.자 보도).

유전인자의 변화는 서서히 이루어지고 한 종족이 한 지역에 오래 머물러 사는 기간에 비례해서 유전인자의 변종의 숫자는 그만큼 많아진다. 그 종족의 일부가 다른 지역으로 이전하면 그 일부가 가진 유전인자 숫자는 전체 종족의 유전인자의 숫자보다 적어진다.

이러한 비교는 수백 세대가 지난 뒤에도 확인이 가능하다.

미국의 유타대학교 교수인 린 죠드(Lynn Jorde)박사와 전 미국 과학 아카데미 회보의 연구진이 아프리카, 유럽, 아시아인들의 유전인자 영역 60개를 조사한 적이 있다. 그 결과, 아프리카 인이 유럽인과 아시아인보다 변종의 숫자가 20% 더 많다고 확인했다. 인류가 아프리카에서 시작했다는 주장을 뒷받침해 주는 것이다.

"어린 왕자"에 나오는 바오밥 나무

쌩떽쥬베리의 소설 "어린 왕자"에서 어린 왕자가 바오밥 나무와 만나는 장면이 있다. 바오밥 나무는 잎사귀가 없다. 거꾸로 심어서 가지 대신에 뿌리가 온통 위로 튀어나와 하늘로 뻗은 것 같아서 괴상하기 짝이 없는 나무이다. 나무 줄기도 하나가 아니라 여러 개가 모여서 한 덩어리를 이룬 것 같다.

매우 오만하게 보이는가 하면, 욕심쟁이 같기도 하다. 또 무시무시하게 보여서 도깨비를 연상시킨다. 그 괴상한 모양에 관해서 전해오는 전설이 있다. 태초에 신이 이 나무를 심었더니 나무들이 한군데 가만히 있지를 않고 제 멋대로 걸어다녔다. 나무가 걸어다닌다면 말이 안 된다. 그래서 신이 이 나무를 다시 심기로 작정했는데...

제 멋대로 걸어다닌데 대한 벌로 이번에는 나무를 거꾸로 심었다. 그래서 뿌리가 공중으로 뻗은 형상이 된 것이다. 이 바오밥 나무는 동

아프리카의 탄자니아의 수도 다르 에스 살람 시내에서 흔히 볼 수 있다. 그리고 해안에서 가까운 들판에도 가는 데마다 우뚝 우뚝 솟아있다.

케냐의 해안 지방에도 많다. 특히 우쿤다에 있는 바오밥 나무는 줄기의 둘레가 22 미터나 되는 초대형의 진귀한 나무이기 때문에 케냐 대통령의 지시로 특별보호를 받고 있다. 서아프리카 여러 나라의 해안 지대에서도 야생하는 나무다.

이 나무는 줄기가 유난히 두껍기 때문에 극심한 가뭄도 거뜬히 견디어 낸다. 비가 적게 오는 아프리카 기후에서 살아남기에 적절한 것이다. 그래서 수명이 2천년까지 갈 수 있다고 한다.

가뭄이 계속될 때는 사람들이 이 나무의 콩깍지처럼 생긴 꼬투리를 까서 씨를 채취한다. 그리고 그 씨를 갈아서 "굶주림을 달래주는 가루"라고 부르는 가루를 만든 다음, 이 가루로 빵을 구워서 먹는다. 그러니까 못 생긴 나무가 사람들에게 식량을 공급해 주는 매우 유익한 일을 하는 것이다.

한편 붉은 색의 염료와 질병을 치료하는 액체도 이 나무에서 생산한다. 이렇게 식량과 염료와 약효가 있는 액체를 채취하는 방법을 아프리카 사람들은 수천 년간 알고 있었다. 생활의 지혜인 것이다.

아프리카의 동부 해안선을 끼고 있는 탄자니아는 북쪽으로 케냐, 우간다등 8개국으로 둘러싸여 있다. 인구는 3천만명. 면적은 한반도의 4배가 넘는다. 그래서 적도 이남의 동아프리카에서는 가장 큰 나라다.

탄자니아는 또 아프리카에서 제일 높은 킬리만자로산(5895미터)을 자랑한다. 그리고 나일강의 원천인 빅토리아호(남한의 3분의 2에 해당하고 세계에서 3번째로 넓은 호수)와 서쪽의 탕가니카호의 절반씩을 각각 소유한다.

열대성 기후라서 기온이 30도를 항상 오르내린다. 강우량이 풍부하고 땅이 대체로 비옥한 편이라서 연중 추수를 두번 하는 지역이 많다. 6월부터 10월까지가 건기고, 나머지가 우기다. 우기 중에서도 특히 4월과 5월에 폭우가 쏟아지고, 1월에서 3월까지가 연중 가장 더운 시기다. 평균고도는 해발 1천 미터로 대부분이 고원지대라고 보아도 무방하다.

다이아몬드와 금을 비롯하여 루비, 에메랄드, 사파이어 등 보석류 광석의 매장량이 풍부하다. 아프리카의 일반적 현상이긴 해도, 여기도 종족 구성이 복잡하다. 대부분이 반투(Bantu) 계통에 속하면서도 주요 종족은 수쿠마(Sukuma,전체 인구의 10-13%), 니얌웨지(13%), 챠가(Chagga),마사이(Masai) 등 12개로 나뉘고, 지금까지 확인된 종족 수는 129개다.

언어는 원래 식민지 시대 이전부터 잔지바르와 펨바섬 주민들의 언어인 스와힐리어가 널리 통용되어 독립 후에는 영어와 더불어 정식으로 공용어가 되었다.

내가 탄자니아의 수도 다르 에스 살람을 찾아간 것은 1996년 크리스마스 직전. 아프리카 서쪽의 항구도시 라고스에서 대륙을 횡단하여 동쪽의 항구에 이른 것이다. 나이로비를 거쳐 직행하면 7시간 거리인 것을 관광객과 고향 방문객으로 초만원인 항공편 탓으로 킨샤샤-나이로비-아디스아바바를 거치면서 지그자그로 무려 22시간만에 도착했다.

그러나 탄자니아 서부 국경지대인 루완다와 부룬디에서 수십만명이

인종분규로 대량학살을 당하는 와중에서도 다르 에스 살람은 그 이름
이 의미하듯이 평화의 항구였다. 물론 항구이기는 하지만, 인구 2백만
명이 모여 사는 대도시다. 공항에서 30분 달리면 시내. 길가에는 30미
터가 넘는 망고 나무에 주먹만한 망고가 다닥다닥 달렸다. 땅콩 비슷한
열매인 캐슈너트의 나무도 망고 나무 못지 않게 치솟아 있다.

무엇보다도 인상적인 것은 진홍색 꽃이 우산을 펼친 듯이 가득 핀
플램보이언트 트리(flamboyant tree)다. 원주민들은 이 나무가 크리
스마스를 전후해서 꽃을 활짝 피운다고 해서 크리스마스 트리라고 부
른다.

높이가 7미터 가량 될까? 정원에도 거리에도 어디서나 화려한 자태
를 자랑하는 꽃나무다. 가만히 바라보고 있자면 내 눈마저 진홍색 불길
에 휩싸여 버릴 것만 같다. 그토록 황홀하다.

탄자니아는 1인당 국민소득이 백 달러 미만으로 가장 가난한 나라
가운데 하나다. 불과 몇 년 전에 비로소 사회주의 체제에서 시장경제로
돌아섰다.

그래서 이제는 서서히 기지개를 켜고 있다. 외국인 투자를 열심히
유치한다. 그런 노력의 흔적이 여기 저기 보인다. 중심가 네거리에 나
붙은 대우자동차와 무쏘 지프차 광고판이 유난히 시선을 끈다. 우리 차
가 잘 팔리고 있다고 한다.

다르 에스 살람 시내는 도로포장이 잘 되어 있고, 신호등도 제대로
기능을 발휘한다. 자동차는 좌측통행이다.(영국 식민지였던 탓에 탄자
니아나 케냐나 차의 좌측통행은 마찬가지)

"달라달라"라고 부르는 시내 버스도 달리고 시외 버스도 움직인다.
거리는 깨끗하고 질서가 있다. 거지도 행상도 거의 보이지 않는다. 밤

탄자니아, 다르에스살람 박물관 인류의 시조 해골

에도 비교적 안전하다. 마중 나온 박영사의 두 눈이 이상하게도 시뻘겋게 충혈되어 있다. 웬 일이냐고 물으니 "레드 아이"(붉은 눈)라는 눈병이 유행이라서 거기 걸렸다는 것이다. 온 가족이 걸렸다고 한다. 눈이 따갑고 쓰리고 눈물이 난다. 엎드리면 눈알이 쏟아질 것만 같다. 그런 병이다. 성서기관 가족도 고생 중이라고 한다. 치료약이 없는 눈병. 역시 아프리카라서 풍토병으로 고생이 많구나 싶었다.

그랬더니 최근 몇 년 사이에 탄자니아에 부임했던 일본대사 3명이 거의 연달아 풍토병으로 사망했다고 한다. "그건 일본사람들 경우지, 우리야 설마…"하면서 변대사가 너털웃음이다. 약골로 보이기는 해도 변대사는 풍토병에 쓰러질 인물이 결코 아니라고 확신했다. 낙천적인 성격은 쉽게 가지 않는 법이니까.

국립박물관에서 올두바이 계곡의 해골들을 구경한 뒤 2층을 둘러보다가 갑자기 시선을 고정시켰다. 4-5개나 되는 물병과 접시가 고려청자와 너무나 똑같다.

혹시 우리 나라의 고려자기가 여기까지 흘러온 것은 아닐까?

그러나 설명서를 읽어보고 실망했다. 중국 명나라 때의 청자다. 다르 에스 살람 북쪽 2백킬로, 그리고 잔지바르 섬 건너편 해안에 아랍인들이 세웠던 타올레 마을의 폐허에서 가져온 것이다. 수백년 전에 이 지역 주민들이 중국과 직접 교역을 했다는 증거물이다.

또 한가지 인상적인 기념물은 아스카리 광장의 동상이다. 작달막한 키에 착검한 총을 든 모습이다. 1차 대전 때 전사한 군인들, 특히 아프리카인 아스카리(백인의 하인이자 병사)들과 짐꾼(포터)들을 기리기 위해 70년 전에 세운 것이다.

당시 탄자니아에 주둔한 독일군 사령관 레토프 장군은 2백명의 독일군과 2천 5백명의 아스카리를 이끌고 4년에 걸쳐서 4천 킬로미터를 전전하면서 게릴라전을 폈다.

영국과 프랑스의 연합군 25만 명이 토벌작전에 나섰다. 그러나 이 아스카리 부대는 한번도 전투에 진 적이 없다. 지휘관이 위대한 탓도 있지만, 아스카리들도 용감하고 강인하고 우수한 군인들이었다. 백인들(영국군)이 아스카리를 흑인이라고 깔보았다가 큰 코를 다친 좋은 예다.

우후루(자유)광장은 우리 식으로 말하자면 광화문 네거리다. 독립을 기념하는 횃불 청동조각이 높은 석대 위에 놓였다. 그러나 불은 타오르지 않는다. 얼어붙은 횃불이다.

자유의 횃불, 번영의 횃불을 염원했을 테지만, 현실은 그렇지가 않다고 증언한다. 타오르지 않는 횃불은 탄자니아만의 현실은 아닐 것이

다. 헌법에 민주주의, 기본인권의 보장, 자유의 보장을 명시해 놓고도
권력자가 제 멋대로 나라를 망친, 지금도 망치고 있는 예가 아프리카
대륙 이외에도 어디 하나 둘인가?

마쿰부쇼 민속촌에는 각지방의 특유한 형태의 전통가옥들을 한자리
에 모아놓은 것이 특징이다. 야자나무 잎새로 엮은 초가지붕에 돌과 흙
으로 쌓은 벽이지만 통풍을 잘 고려해서 안으로 들어가면 시원하다. 에
어컨이 없던 시대에 원주민들이 지혜를 짜내어 만든 주택양식이다.

그러나 우리가 새마을 운동을 한다면서 초가집을 부끄럽게 여겨 모
조리 없애버린 것처럼, 탄자니아도(사실은 아프리카 전역에서) 전통가
옥을 잃어버리고 양옥 일색으로 전환했다.

지붕을 양철이나 기와로 덮고 나니까 너무 더워서 에어컨을 수입해
서 쓰지 않을 수가 없다. 원료와 1차 산품을 팔아서 비싼 외국의 공산
품을 수입하는 악순환의 시작이다. 누군가 말했다. 아프리카처럼 금,
다이아몬드, 철광석, 고무 등을 가장 많이 생산해서 수출한 지역이 어
디 있는가? 그리고 이 지역처럼 여전히 오늘도 가난한 지역이 어디 있
는가? 라고.

민속촌 한가운데 재래식 용광로가 있다. 철광석에서 쇠를 만들어내
던 용광로다. 아프리카 인들이 그 누구보다 먼저 수천년 전에 용광로를
발명하고 제철기술을 개발했다는 증거를 대는 학자가 많다는 점을 생
각하면, 민속촌 한가운데에 재래식 용광로를 자랑스럽게 전시하는 심
정을 이해할만 하다.

음지지마 생선시장은 활기에 넘친다. 130년 전 어촌이던 지역에 형

성된 이 시장은 오징어, 문어를 비롯해서 각종 싱싱한 생선이 넘친다.

한 녀석이 커다란 문어를 양손에 한마리씩 들고 오는 모습을 보고는 군침을 흘렸다. 내가 군침을 흘리는 것을 어떻게 눈치챘는지는 몰라도 하여간 대사관저에서 저녁에 문어를 삶아 가늘게 썰어서 술안주로 내놓았다. 초고추장에 찍어 입에 넣으니 그렇게 별미일 수가 없었다.

문어살을 부드럽게 하기 위해서 아프리카 인들은 문어다리를 모아 잡고는 시멘 바닥에 태질을 한다고 한다. 문어의 비명소리가 들리는 듯 했다.

사람에게 잡힌 것만 해도 억울한데, 그리고 뜨거운 물에 들어가 죽는 것만도 억울한데, 태질은 왜 해대느냐? 죽이려면 곱게나 죽여라! 그 비명은 압정에 시달리는 국민들의 비명과 같은 것이다. 우리를 다스리겠다고 제발 나서지 마라! 우리가 소박하게 농사짓고 고기잡고 살도록 제발 내버려 다오! 그런 비명이다.

대통령이 두 명인 나라

다르 에스 살람 대학교는 탄자니아의 유일한 종합대학이고, 동 아프리카에서는 그 명성이 높다. 1961년 독립과 더불어 법과 대학으로 출발했다. 탄자니아 각계 지도자가 모두 이 대학출신이다.

바나나, 야자, 망고 등 각종 나무가 우거지고 꽃나무들이 늘어선 캠퍼스는 너무나 낭만적이다. 남녀 기숙사와 공동식당과 드넓은 잔디밭... 어디선가 지금도 사랑이 싹트고 익을 것이다.

이 대학에 비하면 우리 나라에서 유명하다는 대학들이 어쩌면 삭막한 공장지대와 같지 않을까 하는 생각도 들었다. 졸업장 자체보다도 4년간의 대학생활의 질이 더 중요하다. 그렇다면 대학의 캠퍼스 환경을 좀 더 인간적으로, 좀 더 윤택하게 만드는 책임은 누구에게 있을까?

시내에서 10분도 안되는 거리에 멋진 해수욕장 오이스터 베이(굴의 만)가 있다. 해운대만큼 긴 모래밭이 늘어지고 수심은 4-50미터를 걸어서 들어가도 물이 가슴에도 차지 않는다. 옥색의 바닷물은 미지근하다. 모래는 더없이 잘고 부드럽다. 주말이면 시민들이 너나없이 다 몰려든다. 촘촘히 늘어선 야자나무 그늘 아래 시민해안공원이 형성되는 것이다. 평화로운 그 모습이 정말 부러웠다. 더욱 놀라운 것은 해안이 쓰레기로 오염되지 않았다는 점이다. 가난하다고 해서 시민의식이 반드시 낮은 것은 아니라는 점을 배웠다.

좀 더 한적한 곳을 찾아서 시내에서 차로 30분 거리인 바하리(해안이라는 뜻) 비치에도 가보았다. 그런데 의외로 길이가 1미터가 넘는 거북이 한마리가 모래 위에 엎어져 있다. 자세히 보니 두 눈을 새가 파먹어서 죽은 거북이였다.

서양인이 기웃거리면서 얼마나 오래된 거북이냐고 물었다. 나를 거북이 전문가로 착각한 모양이었다. 그래서 시치미 딱 떼고, "이 거북이는 3백년 묵은 것인데 노망이 들어 파도에 밀려왔다가 길을 잃고 죽었다"고 엄숙하게 한마디. 믿거나 말거나다.

남미로 헤엄쳐 가야할 거북이가 최근에 탄자니아에 나타났을 때 주민들이 잡아서 먹고는 20명이 사망했다고 신문에 보도되었다. 그 거북이 살에 독이 있었다는 이야기다. 거북이에게도 독이 있다니!

다르 에스 살람을 떠난 뒤에도 해변에 죽어 엎어진 그 거북이가 계속 뇌리에 남았다. 두 눈을 잃고 죽은 거북이는 무엇을 상징하는가?

광대하고 비옥한 토지에 금, 다이아몬드, 각종 보석(루비, 사파이어, 에메랄드 등)등 광물자원과 값싼 노동력(하루 임금 2천원)도 풍부한 탄자니아와 죽은 거북이는 어떤 연관성을 가지고 있을까?

평화의 항구라는 다르 에스 살람은 그 평화를 언제 번영으로 전환할 수 있을까? 지도자의 독선과 정치의지의 결핍, 지역 및 종족간 갈등,

지도층의 부패는 한 나라를 눈먼 거북이로 만드는 것이 아닐까? 킬리
만자로를 향해서 날아가는 비행기 안에서도 그런 의문이 내내 떠나지
않았다.

대륙에 위치한 탄가니카와 거대한 섬인 잔지바르가 합쳐져서 1964
년에 출범한 탄자니아 연합 공화국에는 대통령이 두 명이다. 탄자니아
대통령은 대륙 쪽의 영토만 관할하고, 잔지바르 대통령은 잔지바르 섬
과 펨바 섬을 위시한 열도를 지배한다. 대통령 선거도 따로 따로 한다.

더욱 기묘한 것은 대륙의 주민이 잔지바르에 갈 때는 비자를 받아야
하지만, 잔지바르 주민이 대륙으로 건너갈 때는 비자가 필요 없다. 외
국인은 탄자니아 비자만 받으면 잔지바르에 갈 수 있다. 물론 잔지바르
공항과 항구에서는 출입국 수속을 철저히 하고 출국세도 받는다.

게다가 잔지바르 대통령은 탄자니아의 부통령직 두 자리 가운데 하
나를 당연직으로 맡는다. 그리고 탄자니아 전체 인구의 5%도 안 되는
2백만 명의 잔지바르가 탄자니아 국회 의석의 3분의 1을 차지한다.

여기에는 그만한 역사적 배경이 있다.

원래 잔지바르(아름다운 섬이라는 뜻)는 8세기부터 사우디 아라비
아 반도에 위치한 오만의 술탄왕국에 소속된 영토였다. 오만 사람들이
모잠비크에서 소말리아에 이르는 천 5백 킬로미터의 해안 일대를 다스
렸다.

그러다가 19세기 초에 사이드 술탄이 왕국의 수도를 오만의 무스카
트에서 잔지바르로 옮겼고, 그 이후 134년간 대대로 군림했다. 이 왕국
의 번영을 밑받침한 것은 상아, 노예, 향료(클로브), 짐승 가죽, 무쇠의
무역에서 나오는 이익 및 세금이었다.

그러다가 1964년에 기이한 혁명이 일어나 술탄이 영국으로 망명했

다. 그 와중에 노예의 후손을 포함한 아프리카인과 아랍인 사이에 복수
의 살육전이 벌어져 아랍인 만 2천명과 아프리카인 천명이 살해되었
다. 상비군이 하나도 없는 잔지바르의 혁명정부가 위협을 느낀 나머지,
대륙의 탄가니카와 연합해서 새로운 공화국 체제로 들어간 것이다.

노예 무역의 중심지 잔지바르

다르 에스 살람에서 잔지바르까지는 쾌속선으로 45분, 일반여객선으로 1시간 반, 그리고 3-5인승 경비행기로 20분이 걸린다. 표를 구하기가 어려워서 변대사와 우리 부부는 일반여객선 편으로 건너갔다.

부두에 도착하자 미리 예약한 지프차(하루에 2백 달러)가 대기하고 있다가 우리 일행을 출입국관리소로 인도했다. 여권에 입국 스탬프를 받았다. 항구와 거리를 둘러보고는 아프리카가 아니라 아랍인들의 나라에 들어왔다는 인상을 강하게 받았다. 검은 머리수건을 쓴 여자들이 대부분이고, 피부색도 대개 혼혈의 갈색이다.

제일 먼저 찾아간 곳은 잔지바르 항구의 옛 시가지 스토운 타운 (Stone Town) 중심에 위치한 성공회 성당인 그리스도의 교회. 섬 건너편 해안의 바가모요에서 출발한 노예 사냥꾼들이 천 5백 킬로미터나 멀리 내륙까지 진출하면서 잡아온 노예들을 경매에 부치던 노예시장 바로 그 자리에 노예제도 폐지를 기념하여 110년 전에 건립한 성당이다. 잔지바르는 그때까지 아프리카인 노예들을 중동과 인도 등지로 공급하던 노예무역의 중심지였다. 이제 그 노예시장은 흔적도 없다. 반항하는 노예를 묶어 채찍질하던 기둥이 서있던 자리에 교회의 제대가 놓였다.

반항하는 노예... 짐승이나 상품이 아니라 인간임을 스스로 증언하려고 발버둥치던 용감한 아프리카 사람들이 당시에도 적지 않았다는 증거다. 그런 자유의 정신을 지닌 아프리카 사람들이 식민지 시대를 청산하고 독립을 쟁취하는 원동력이 되었다는 의미다.

자유가 아니면 죽음을 달라고 외치던 프랑스인이나 반항하는 노예, 자살하는 노예 사이에 무슨 우열의 차이가 있겠는가? 제대 왼쪽에는 작은 나무 십자가가 걸려 있다. 잠비아의 치탐보에서 리빙스톤이 죽을 때 그 머리 위로 그늘을 드리워주던 나무의 일부를 잘라서 만든 십자가다. 탐험가 리빙스톤이 노예무역 폐지를 위해 노력했다는 것을 기념한다고 한다. 물론 리빙스톤은 위대한 탐험가다. 그러나 그 탐험의 결과가 모두 아프리카 인들을 위해서 좋은 면으로 사용되었는지는 의문이다. 아프리카를 분할하고 식민지화하고 또 통치하는데 있어서 결국은 여러 탐험가들의 보고서(선교사들의 여행기록 포함)가 유감없이 이용되지 않았던가?

제대 바로 뒤에는 성당을 지은 에드워드 스티어(Edward Steere) 주교의 무덤이다. 주교는 성서를 스와힐리어로 처음 번역했는데 그 성서를 지금도 미사에서 사용하고 있다.

성당 입구 왼쪽은 성녀 모니카 호텔.

　1층 식당이 예전에 노예를 경매하던 장소다. 그리고 계단을 내려가면 지하감방이 두개 나온다. 각각 150명과 70명을 수용했다는데 어찌나 비좁은지 시체를 층층이 쌓아도 그만한 숫자가 들어갈지 의문이었다. 노예는 줄줄이 굴비처럼 엮어져서 꼼짝도 못했다. 대소변도 그 자리에서 봐야했다. 마실 물도 먹을 것도 제대로 주지 않아 거기서 죽는 사람들도 적지 않았다. 안내하던 청년(혼혈)은 노예제도가 없어진 것을 하느님에게 감사한다고 세 번이나 힘을 주어 강조했다. 어쩌면 조상 가운데 누군가가 그 감방에 갇혔던 노예였는지도 모른다.

　2천 5백만 내지는 4천만 명(BBC-TV 특집에서는 천 2백만이라고 추산했지만, 그것은 영국인의 입장에서 과소 평가했을 것이다)의 노예를 잡아다가 팔아먹은 노예무역, 그리고 노예를 사냥 또는 수송하는 과정에서 희생시킨 1억 명에 대해서는 그 어떠한 이유로도 정당화하거나 합리화할 수가 없다.

　그리스도의 복음을 전하기 위해서 노예제도에 찬성한다고 설교한 유럽의 성직자들이 적지 않았다지만, 말도 안 된다. 야만인들에게 문명의 혜택을 준다는 명분도 위선적인 허구에 불과하다.

　누가 야만인인가? 평화롭게 살아가던 아프리카인인가? 아니면, 사람을 잡아다가 상품으로 팔아 넘기는 유럽인인가? 별미로 사람을 한둘 잡아먹던 식인종이 차라리 유럽인보다는 더 합리적이고 자비롭지 않겠는가? 유태인 대학살에 치를 떠는(또는 치를 떠는 척하는) 유럽인들은 노예무역의 역사에 대해서 무엇을 반성하고 사죄했는가?

　당시 유럽인은 아프리카의 천연자원만 뺏어간 것이 아니라, 아프리카의 발전에 반드시 필요한 요소 즉 가장 우수한 노동력과 기술자들을 곶감 빼먹듯이 송두리째 뺏아간 것이다.

잔지바르에 있는 "리빙스톤의 집"

　그리고 인간사회에 가장 소중한 가정을 완전히 파괴한 것이다.

　살인은 한 개인의 생명을 파괴하는 것이다. 그러나 노예 무역은 여러 민족의 현재와 미래를 파괴한 것이다. 어느 것이 더 고약한 범죄인가? 지하감방에서 멍하니 벽을 쳐다볼 때 착잡한 상념이 꼬리에 꼬리를 물었다. 분노를 느끼기에는 역사의 중압감이 너무 심했다. 신의 섭리였다고 체념하기에는 그 어떠한 역사철학도 위안이 되지 못했다.

　용서하라! 그런 소리도 들렸다. 그러나 용서하기에는 희생자들의 운명이 너무 가련하고 억울하게 보였다. 아프리카 인들만의 역사적인 비극인가? 우리의 최근세사는 무엇인가? 강제징용, 학병, 정신대의 역사는 무엇인가?

　떨어지지 않는 발길을 돌려 경이의 집(House of Wonders)이라고 불리는 술탄의 궁전으로 갔다. 1883년에 지은 이 건물은 당시 사하라 이남지역에서 최초로 전기를 밝힌 곳이기 때문에 그런 명칭으로 불린다. 무쇠기둥의 회랑으로 둘러싸인 4층 건물. 잔지바르에서 가장 높은 건물. 16세기 때 만든 포르투갈 대포 두개가 입구 양쪽에 버티고 있다. 이제는 아무도 겁내지 않는 대포는 장난감과 같다.

거대한 나무 대문을 통과해서 안으로 들어가니 텅 빈 유령의 집이다. 술탄이 도망치고 나니까 가구고 뭐고 다 없어진 모양이다. 회랑과 앞마당은 각종 공예품을 파는 시장바닥이다.

경이의 집에는 놀라운 것이 하나도 없었다. 경이로운 점이 있다면 그런 유적을 잡상인들의 시장으로 만든 잔지바르 시청의 여유 또는 무신경이다. 경복궁이나 덕수궁을 개방해서 잡화시장으로 만들 수는 없지 않겠는가? 그러나 잔지바르는 잔지바르다. 세상이 다르고 보는 눈이 다른 곳이다. 우리 생각만 옳다고 고집할 수도 없다.

데이비드 리빙스톤이 마지막 탐험을 떠나기 전에 살면서 여러 가지 준비를 하던 리빙스톤의 집(Livingstone House)은 지금 보아도 대저택이다. 1860년에 당시 술탄이 사용하기 위해서 산호석 벽돌로 지은 것인데, 물론 리빙스톤 뿐 아니라 버튼, 스페크, 스탠레이 등 다른 탐험가들이나 선교사들도 대륙의 바가모요로 건너가기 전에 묵어간 곳이다. 현재 잔지바르 관광공사가 사무실로 사용하기 때문에 일반에게 공개하지 않는다. 길에서 한참 바라보기만 했다. 리빙스톤을 존경한다면 그 집을 최소한 기념관으로 만들었어야 옳지 않을까? 그런 생각도 하면서 말이다.

국립박물관의 진열내용은 빈약했다.

9세기 때 중국의 동전 소정통보(紹定通寶) 사진을 유심히 쳐다보고 있는데 관장이 다가와서 한문을 아느냐고 물었다. 자기 사무실의 도자기 파편에 쓰여진 한자를 풀이해 달라는 부탁도 했다.

별도의 사무실 안으로 들어가니 허름한 상자를 뒤적여 광림(匡林)이라고 두 글자가 찍힌 청자파편을 꺼냈다. 글자의 뜻만 풀이해주었다. 그 이상은 나로서도 알 바가 없으니까. 그러면서 은근히 의문이 들었다. 잔지바르에 중국청자가 얼마나 될까? 혹시 고려청자는 없을까?

동쪽 해안의 바다가 그렇게 아름답다고 해서 차로 45분 달려 쟘비아니 비치에 도착했다. 그 물결 색깔이란! 연둣빛 옥돌을 갈아서 만든 가루로 바다를 온통 뒤덮은 것 같았다. 야자잎 지붕의 한적한 방갈로 식당에서 시원한 맥주를 마셨다. 수영복 차림의 서양여자 둘이 야자 그늘 아래 책을 읽고 있다. 한가롭기 짝이 없는 여행이 부러웠다.

기념촬영을 하느라고(나중에 어디서 찍은 사진인지 기억도 나지 않는 경우가 많다) 입술과 발바닥이 부르트도록 헐떡거리며 유럽 여러 나라를 돌아다닐 것이 아니라, 휴가나 관광여행은 저렇게 하는 것이 좋겠다 싶었다.

다르 에스 살람으로 돌아가는 오후 선편은 파업으로 결항.

다우 목선에서 짐을 부리는 인부들의 바쁜 팔다리를 쳐다보면서 난감한 생각에 잠겼다. 천년 이상 인도양을 누빈 다우 목선... 저거라도 타고 간다? 태워줄 리도 없지만, 탄다고 해도 목적지에 무사히 도착한다는 보장이 없다. 별 수 없이 공항으로 차를 몰았다. 5인승 경비행기를 전세 냈다. 비행기가 하도 난감처럼 보이기에 조종사에게 농담 반, 진담 반으로 한마디 던졌다.

"설마 우리를 하늘 나라로 데려가는 건 아니죠?"

"천만에! 그렇게 하다가는 나도 가는데?" 영화의 한 장면처럼 우리는 검푸른 유리판 같은 바다의 수면 위를 날아갔다.

백 달러 짜리 원숭이 요리

잔지바르의 쟘비아니 비치에서 돌아오는 길에 죠자니 숲을 둘러보았다. 그냥 지나치기에는 너무나도 아까운 곳이다. 왜냐하면 천연기념물로 보호를 받는 팔뚝만한 크기의 "콜로버스(colobus)" 원숭이는 아프리카에만 있고, 또한 천 5백 마리밖에 남지 않은 이 원숭이들이 서식하는 곳은 아프리카에서도 거기 뿐이기 때문이다.

한낮이라 그런지 모두 나무 가지에 엎드려 낮잠을 자고 있다. 긴 꼬리만 아래로 늘어져 있다. 이 원숭이들은 아침 9시와 저녁 6시에만 나무 밑으로 내려와서 인디언 아몬드 열매와 그 잎새만 먹고 산다.

콜로버스 원숭이들을 쳐다보다가 문득 원숭이 요리에 생각이 미쳤다. 원숭이 요리라고 하면 원숭이가 요리를 하는 것이 아니라 원숭이를 재료로 삼아서 사람이 요리하는 것을 의미한다. 하나 마나 한 소리지만…

콜로버스 원숭이가 사는 죠자니 숲

그래서 지프차의 운전사에게 내가 짓궂은 농담을 던졌다.

"저 원숭이 고기를 먹지요?"

잔지바르 흑인이 펄쩍 뛰었다.

"저 원숭이들은 국가에서 철저하게 보호하고 있지요. 산채로 잡아가
도 엄청난 벌금을 물어야 되는데… 잡아먹는다는 것은 생각도 못합니
다."

"그럼 다른 종류의 원숭이는 먹는단 말인가요?"

"우리 잔지바르 사람들은 절대로 안 먹습니다!"

"대륙에 사는 사람들은 어떤가요?"

"대륙 쪽의 탄자니아인 가운데는 먹는 사람도 있다고 하는데… "

흑인 운전사는 은근히 잔지바르 사람으로서 품는 우월감을 내비쳤
다. 원숭이 고기를 먹는 대륙의 탄자니아 사람보다 잔지바르 사람이 한

결 문명인(?)이라는 뜻도 담긴 대답이었다. 물론 나는 녀석의 말을 액면 그대로 믿어 주지 않았다.

홍콩에도 원숭이 요리가 있다는데… 세계에서 가장 가난한 나라에서 저렇게 맛있게 보이는 고기가 나무 위에 매달려 있게 내버려둔 채 구경만 한다?

그래서 집요하게 캐고 들어갔다.

"다른 사람들은 그렇다 치고… 당신 자신은 먹어본 경험이 있겠지요?"

한참 망설이더니 드디어 대답이 나왔다.

"있습니다."

"몇 번?"

"한두 번이죠."

"맛은 어떤가요?"

"기가 막히게 좋지요!"

"정말?"

"그럼요. 세상에서 그렇게 좋은 고기 맛은 또 없을 겁니다."

녀석이 군침을 삼켰다. 원숭이 고기 맛이 되살아나는 모양이다. 사람 고기 맛하고 비슷하다고 생각하고 있을까? 혹시 이 놈이 나를 노리고 있는 건 아니겠지…

운전사는 그러나 콜로버스 원숭이는 보호대상이라서 손을 대면 절대로 안 된다고 다시금 강조했다.

"원숭이 요리를 파는 레스토랑은 없는가요?"

"없습니다."

그 대답은 매우 실망적이었다. 만일 그런 레스토랑이 있다면 기를 쓰고 한번 가볼 참이었는데… 먹으려고? 아니다. 그냥 구경만 하려고… 그 말을 누가 믿어?

"그렇다면 당신은 어떻게 원숭이 고기를 한두 번이나마 먹어봤다는 거죠?"

녀석이 설명해 주었다. 대개는 귀한 손님이 와서 잔치를 베풀 때나 친한 친구들 4-5명이 원숭이 고기를 먹기로 합의했을 때 사냥꾼에게 부탁을 한다. 한 마리 잡아다 달라고. 하루나 이틀 전에 부탁하면 된다. 값은? 정해진 것은 없다. 그리 비싸지 않다. 그러나 외국인이 부탁하는 경우에는 백 달러 정도면 될 것이다.

자이르의 킨샤샤 항구에서 콩고강을 타고 내륙으로 수천 킬로 들어가는 정기 여객선이 있다. 편도로 한 달이 걸린다. 이 여객선을 타고 왕복하는 기이한 장사꾼 아줌마들이 있다. 원숭이 장사들이다. 다시 말하면 내륙으로 들어가 원숭이를 여러 마리 싼값에 사다가 킨샤샤 근처의 자기 고향으로 돌아가서는 비싼 값에 파는 것이다.

내륙에서 사는 값은 우리 돈으로 3-4천원이고 고향에서 파는 값은 4-5만원이라고 한다. 대여섯 마리만 팔아도 여러 달 먹고 살 돈이 남는다는 말이다. 이 아줌마들은 기다란 꼬리 끝을 원숭이의 목에 개 목걸이처럼 매고는 그 꼬리를 손잡이로 해서 여러 마리를 한꺼번에 들고 다닌다. 두 손으로 열 마리도 거뜬히 운반한다. 경우에 따라서는 여객선 한쪽에서 원숭이를 잡아 요리하고 그 고기를 자기도 먹고 다른 사람에게 팔기도 한다.

살아있는 원숭이들은 물끄러미 그 광경을 바라보기만 한다. 다음에 자기 차례가 온다는 사실도 의식하지 못하는 눈초리다.

아프리카 대륙에서 원숭이 요리를 정식으로 파는 레스토랑이 딱 한 군데 있다는 말을 들었다. 남아공화에 있다는데 그 장소가 요한네스 버그인지 케이프 타운인지는 기억이 분명하지 않다. 케이프 타운에는 백인들이 많이 사니까 그런 레스토랑을 허가하지 않을지 모른다.

언제 기회가 닿으면 한번 확인해 보고 싶다.

진짜로 먹어보려고? 아니, 구경만 하려고… 냄새만 맡아보려고… 그런 말을 누가 믿어줄 것 같은가?

제 6장

킬리만자로의 눈

“ 헤밍웨이의 소설로 유명한
해발 5895미터의 킬리만자로 산은
적도 아래 솟아있으면서
일년 내내 만년설로 뒤덮혀 있다 ”

헤밍웨이의 산 킬리만자로

아프리카에도 눈이 내린다. 아프리카는 정글, 사막, 열대의 사반나 초원과 평야 지대로 구성된 대륙이다. 그러나 아프리카에도 눈이 내린다. 적도 바로 아래 우뚝 솟은 5895 미터의 킬리만자로 산 꼭대기에 눈이 내리는 것이다. 일년 내내 만년설이 뒤덮고 있는 킬리만자로의 "우후루"(자유 또는 하늘을 의미) 정상. 아프리카 대륙 전체에서 눈이 있는 곳은 거기와 케냐의 케냐산(5199 미터) 뿐이다.

내가 킬리만자로를 찾아간 것은 1996년 12월 22일. 바로 그 우후루 정상에서 크리스마스의 아침 태양이 떠오르는 장엄한 모습을 바라보고 싶었기 때문이다. 킬리만자로의 정상에서 메리 크리스마스!

얼마나 멋진 낭만인가! 꿈 하나 야무지게 꾸기는 했다.

헤밍웨이는 그 유명한 소설 "킬리만자로의 눈"에서 이렇게 묘사했다.

킬리만자로의 전경

"여기(킬리만자로 정상)는 온 세상만큼 넓고, 눈부시게 흰 눈이 쌓여 있다."

언젠가 표범 한 마리가 정상까지 올라와서는 그곳의 분화구에 떨어져 죽은 적이 있다. 표범이 먹이를 찾다가 길을 잃은 것인지, 아니면 너무 늙어서 노망이 들었기 때문에 정처 없이 헤매다가 거기까지 간 것인지는 아무도 모른다.

어떻게 하다가 왜 분화구에 떨어져 죽었는지도 아는 사람이 없다. 자살? 표범이 자살을 한다? 말도 되지 않는다. 분화구 아래로 내려가다가 기진맥진해서 발을 헛디뎠다? 그럴 수는 있을 것이다.

하여간 그 표범의 시체를 원주민들이 발견했다. 평범하고 단순한 에피소드에 불과한 일이었다. 그러나 헤밍웨이는 그 일화를 무심히 지나치지 않고 하나의 사건으로 받아들였다. 그리고 기가 막힌 작품의 영감

214

을 얻었다. 그 결과 "킬리만자로의 눈"이라고 하는 걸작이 탄생한 것이다.

거창한 테마를 다룬다고 해서 걸작이 나오고 모두 위대한 작가가 되는 것은 아니다. 생활 주변에서 일어나는 평범하고 작은 일들을 테마로 해서도 얼마든지 걸작이 나올 수 있다. 헤밍웨이나 모파상의 단편소설이 그렇다.

탄자니아가 최대의 관광상품으로 자랑하는 것이 바로 킬리만자로이다. 그리고 이 산을 소개하는 책자에는 어김없이 헤밍웨이의 글이 인용되고 있다. 자랑할 만도 하다. 에베레스트산이 세계의 지붕이라고 한다면, 킬리만자로는 아프리카의 지붕이기 때문이다. 킬리만자로는 세계에서 두 번째로 높고, 아프리카에서는 첫 번째로 높은 산이다.

킬리만자로는 원래 영국 식민지인 케냐에 속해 있었다.

그런데 케냐와 당시 독일의 식민지인 탄자니아 사이에 경계선을 확정할 때 독일의 황제 빌헬름 1세는 그 산을 독일인 요한 레브만이 발견했다면서 독일 것이라고 주장했다. 그러자 영국의 빅토리아 여왕은 자기 조카(나중에 독일 황제 빌헬름 2세가 되었다)가 1886년에 생일을 맞았을 때 그 생일축하 선물로 잘라주어 킬리만자로가 탄자니아로 편입되고 말았다.

그래서 빅토리아 호수에서 해안으로 뻗는 국경선이 직선이 되지 못하고 킬리만자로 산 부근에서 휘어지게 된 것이다. 그 때 여왕은 킬리만자로 산을 조카에게 넘겨주는 이유를 이렇게 설명했다고 한다.(공식기록은 없지만)

"빌헬름 그 애는 제일 큰 것이나 제일 높은 것만 좋아하거든."

하늘 무서운 줄 모르고 날뛰는 독일인들을 비꼬는 말이었을까?

어쨌든 아프리카 사람들의 산을 생일 케이크 자르듯이 잘라서 남에게 "선물"한 그 처사가 제국주의 시대의 정복자들 눈에는 호탕하고 멋진 낭만으로 보였을지 모른다. 그러나 당하는 쪽에서 보면 억울하기 짝이 없었을 것이다.

그렇다고 해서 대포 앞에 맨주먹으로 무엇을 어찌 해본단 말인가?

"위대한 산", "캬라반의 산", "하얀 산", "물의 산", "험한 산" 등 여러 가지 명칭으로 불려 오던 킬리만자로가 슬프게도 그렇게 남의 손에 놀아난 적이 있다. 우리 영토인 간도를 일본제국이 청나라에 잘라준 것도 그런 맥락이 아닐까?

킬리만자로를 걸어서 올라가다

킬리만자로의 눈을 유럽에 처음 알린 것은 독일인 선교사 요한네스 로브만. 1848년 5월의 일이다. 그러나 적도 바로 아래 흰 눈이 있다는 말을 영국의 왕립 지리학회 회원들마저 비웃었다. 누가 그런 말을 믿을 수 있었겠는가?

그후 40년이 지나서야 독일인 지리학자 한스 마이어와 오스트리아 등산가 루드비히 푸르첼러가 정상등반에 최초로 성공, 드디어 만년설을 확인했다. 적도에서 불과 200여 킬로미터 거리인 산꼭대기를 덮은 그 눈은 아직도 신비롭다. 그리고 아프리카 최고봉인 산 자체도 역시 신비로운 존재다.

서양인이 흰 눈을 확인하든 말든, 이 산은, 아니, 그 만년설은 수십만 년 동안 아프리카 대륙을 내려다보면서 숱한 신화를 만들어냈다. 그리고 원주민들에게 신령한 산으로 군림해 왔다. 이 산을 보지 않고,

킬리만자로 등산로 입구
최초의 등반자 기념탑 앞에서의 필자

아니, 올라가 보지 않고서 어떻게 아프리카를 이야기할 수 있는가?

탄자니아의 수도 다르 에스 살람에서 처와 함께 국내선을 타고 킬리만자로 국제공항에 내린 것은 1996년 12월 21일. 공항에서 차로 한시간 거리인 모쉬(Moshi) 마을의 마운틴 인 호텔에서 하루 묵고 다음날 아침 9시에 등산로 입구인 마랑구에 도착했다.

차는 그 이상 올라갈 수 없다. 마랑구만 해도 해발 1830미터니까 한라산 꼭대기와 비슷하다. 수직으로 30미터 이상 치솟은 나무들이 빼곡하게 양쪽으로 늘어선 길을 따라 우리가 걸어 올라가기 시작할 때 가이드(포터)가 한마디 주의를 주었다.

"이 산에서는 하나에서 백까지 뭐든지 뽈레 뽈레(천천히 천천히)입니다. 절대로 서두르지 마십시오.”

오르는 길은 그리 가파르지 않아 평범한 하이킹 코스 같았다. 그래서 왜 뽈레 뽈레라고 하는지 이해하기 어려웠다. 마주치는 사람마다 인사로 한마디씩 던지고 지나간다.

“쟘보(안녕하세요)! 뽈레 뽈레!”

나중에야 그 말이 킬리만자로 등산의 헌법(아무도 고칠 수가 없는 철칙)이라는 것을 뒤늦게 깨달았다. 정상에 오르는 코스는 마랑구, 음웨카, 움브웨, 마차메, 코이토키톡, 론도로씨등 6가지 코스가 있다. 일반적으로 사람들이 가장 많이 이용하고 또 가장 쉬운 것이 마랑구 코스다.

마랑구에서 키보 정상까지 올라갔다가 내려오는데는 최소한 5박 6일이 필요하다. 만다라 산장(해발 2700미터,200명 수용시설)에서 1박, 호롬보 산장(3720미터,200명 수용시설)에서 1박, 키보 산장(4703미터)에서 1박, 그리고 키보 산장에서 새벽 1시경 출발하여 5시간을 걸으면 길만 포인트(5680미터)에 이르고, 거기서 200미터 더 높은 키보 정상까지 가는데 두 시간이 걸린다.

해돋이를 본 뒤 하산을 시작하여 호롬보에서 다시 1박하고 그 다음날 마랑구까지 내려오는 것이다. 그러나 평소에 등산경험이 적은 사람은 호롬보와 키보 산장에서 하루나 이틀 더 머무는 것이 안전하다.

뽈레 뽈레가 아니라 우리 식으로 빨리 빨리 올라가거나 또는 무리를 해서 욕심부리면 실패하기 십상이기 때문이다. 매일 100-200명이 찾아오지만(등산객이 가장 많은 달은 12월), 키보 정상까지 오르지 못하고 도중에 하산하는 비율이 50-80%다.

마랑구 출발지점에서부터 나는 이상하게도 머리가 어질어질했다. 나무들이 춤추는 듯 했고, 하늘과 땅이 자꾸만 움직이는 것 같았다.

아침부터 내가 술이 취했나?

그럴 리는 없다. 게다가 구역질이 났다. 아침에 먹은 음식이 소화불량에 걸린 것 같았다. 그것이 사실은 고산증세의 시작이었다. 마랑구에서 만다라까지 열대의 정글을 통과하는 첫날 코스는 걸어서 3시간이라고 했다. 방향표지판에도 그렇게 적혀있다.

그러나 나는 현기증에 숨이 가쁘고 해서 4시간 반이나 걸렸다. 엎친데 덮친 격으로, 정글 한복판에서 폭우를 만났다. 산 날씨는 여자의 마음 같다더니… 여자의 마음이든 남자의 변덕이든 그건 아무래도 좋다. 문제는 우비였다. 우리를 위해 따라붙은 포터 4명이 지고 먼저 산장으로 올라간 그 군용백에 내 우의가 들어있었던 것이다.

물에 빠진 생쥐처럼 흠뻑 젖었다. 열대의 빗물이라고 해서 따끈따끈하다고 상상하면 천만에 말씀! 싸늘하기 그지없는 비였다. 게다가 휘익휘익 부는 바람결이 초겨울 바람 같았다. 기진맥진해서 산장에 도착했을 때는 반소매 티셔츠 차림이라 비에 노출된 아래 팔뚝들은 피부에 감각이 거의 없을 지경이었다.

이마가 뜨끈뜨끈하게 열이 나고, 골치가 빠개지듯이 아팠다. 감기 몸살이었다. 포터들이 만들어온 3층밥을 몇 술 뜨는 둥 마는 둥 하고는 침낭에 몸을 묻었다. 잠이라도 금방 든다면 그보다 행복한 일이 없다. 심한 두통과 불면증도 역시 고산증세니까.

몸을 뒤척일 때마다, 괜히 산에 오르기 시작했구나 하는 후회가 들었다.

사서 고생 아닌가? 누가 올라가라고 궁둥이를 찬 것도 아니지 않은가? 법대산악반(한오름회)에서 1년 정도 산을 따라다닌 것 이외에는

30년간 바위 타기는커녕 하이킹마저 전혀 하지도 않은 주제에, 하루살이가 끈끈이 종이 무서운 줄 모른다더니, 무작정 맨 몸으로 킬리만자로 공항에 도착하던 심사는 도대체가 무엇이었던가?

낭패는 낭패다. 엎질러 진 물이나 깨진 쪽박이 따로 있다더냐? 그렇지만 사나이 오기라는 것도 있다. 에라, 여기까지 올라온 바에는 가는 데 까지 가 보자!

다음 날은 오른쪽으로 마웬지 산봉우리(5149미터)를 바라보면서 사반나 초원을 지났다. 햇볕은 여전히 따가웠다. 갈수록 속도가 떨어졌다. 7시간이나 걸려서 호롬보 산장에 도착했다.

거의 4천 미터 지점에 공기가 희박한 탓인지 숨쉬기기 여간 힘들지 않았다. 두통이 한층 심해졌다. 온 몸이 떨렸다. 열대에서 한대로, 중동의 사막에서 한겨울의 시베리아로 갑자기 들어선 것이다. 아침에 인사를 나눈 적이 있는 한국인 팀(16명)과 거기서 다시 만나 밥과 미역국 신세를 졌다. 식욕이 전혀 나지 않아서 국물만 반 그릇 마시고 말았다.

곧장 침낭에 들어갔으나 잠은 오지 않고 밤새도록 추위에 떨었다. 호텔에서 빌린 침낭이 제대로 방한이 되지 않은 탓도 있지만, 전날 정글에서 맞은 비 때문에 몸살기운이 남아서 그랬을 것이다.

그러나 무엇보다도 기온이 영하로 떨어졌기 때문일 것이다. 아침에 보니 골짜기 물에 살얼음이 끼였고, 등산로에 서릿발이 돋아 있었다. 3일째 아침에는 망설였다. 키보를 향해서 무리하게 전진할 것인가? 아니면 미련 없이(?) 두 손 들고 내려갈 것인가?

무리하게 올라가다가는 생명에 위협을 받는 수도 있다. 고산증세란 가볍게 생각할 것이 결코 아니다. 나는 체력조건이 허락하는 범위 내에서 최선을 다했다. 최선을 다했으면 그만이다. 결심이 섰다. 미련 없이 하산하는 것이다. 아내는 키보 정상을 향해서 용감하게 전진했다. 그리고 나는 포터를 데리고 아래를 향했다. 호롬보 산장에서 마랑구 입구까지 내려오는데는 8시간이 걸렸다. 3일 동안 20시간을 걸은 것이다.

그런데 참 신기한 일이다. 두통, 구역질, 식욕상실 등 고산증세가 어느덧 눈 녹은 듯이 말끔하게 사라진 것이다. 마랑구 입구의 기념품 가게에서 킬리만자로 상표의 맥주를 한병 기분 좋게 들이켰다. 그 맛이란! 럭키 스트라이크도 한 갑 사서 담배연기를 들여 마셨다. 역시 그 맛이란!

등산하는 동안은 술과 담배가 일체 금지였다. 고산증세를 더욱 악화시키기 때문이다. 그러니 하산 후에 맛보는 맥주와 담배가 얼마나 기가 막혔겠는가! 어쨌든 그날 저녁 호텔로 돌아왔다. 처는 키보 산장까지 진출, 그러니까 나보다 1천미터나 더 올라갔다. 그러나 역시 고산증세를 도저히 더 견디지 못하고 우후루 정상을 불과 3-4백 미터 코앞에 둔 지점에서 돌아섰다.

호텔 종업원에게 킬리만자로에 올라가 봤냐고 물었다. 녀석은 고개를 가로 저었다. 나는 공연한 질문을 던졌다고 곧 깨달았다. 킬리만자로 등산에는 1인당 최소한 560 달러(입산료 205 달러, 가이드 및 포터 비용 355 달러)가 들기 때문에 월급이 50 달러도 안 되는 종업원이 그런 돈을 지불할 수 있겠는가? 원주민들에게 그 산은 그림의 떡이다. 멀리서 그저 바라다보기나 하는 산이다.

나는 왜 킬리만자로에 갔던가?

100년 전의 한스 마이어처럼 흰 눈을 만져보고 확인하려고 했던가? 아니다. 그럴 필요도 없다. 그러면 무엇인가? 킬리만자로가 역시 산이라는 사실을 깨닫기 위해서 갔다. 산은 역시 산이라는 사실을 깨닫기 위해서 간 것이다. 그리고 산에서 내려다보이는 광활한 평야를 발견하기 위해서 간 것이기도 하다.

키보 정상까지 못 올라갔다고 해서 조금도 서운하지는 않았다. "정상"이란 무엇인가를 새삼 곰곰 생각해 보는 기회를 가진 것만 해도 다행으로 여겼다. 정상에 올라서면 그 이상 올라갈 곳이 없다. 누구나 예외 없이 내려와야 한다. 정상에서 영원히 머물자는 이 세상에 단 한명도 없다. 산꼭대기든, 최고의 지위든, 최상의 명예든, 최대의 재산이든, 정상이란 다 그런 것이다.

그러나 정상에 서 있는 자, 또는 정상에 서 있던 자 가운데 겸허하고 허심탄회한 심정으로 그 정상에서 내려올 줄 아는 사람이 몇명이나 되겠는가? 정상도 아닌 곳에 서 있으면서 스스로 정상에 서 있다고 소리치는 자, 또는 그렇게 착각하는 자는 얼마나 많은가! 정상이란 엄숙하고 무서운 곳이다. 내리막을 각오하지 않고는 올라가서는 안 되는 곳이다.

756 평방 킬로미터의 면적(600 평방 킬로인 서울보다 더 넓다)을 차지하는 킬리만자로는 단순한 산이 아니라 하나의 왕국이다. 해가 지평선에서 뜨고 또 지평선으로 지고, 산아래 저 광대한 평야와 사반나 지대에 물을 대주는 생명과 번식의 원천이다. 그래서 세 봉우리 가운데 하나를 원주민 챠가족은 마웬지(어머니)라고 부른다. 그보다 더 적절한 산봉우리 이름이 어디 있겠는가?

백만년 전에 형성된 킬리만자로는 75만년 전에 화산활동으로 쉬라, 키보, 마웬지 등 세 봉우리가 고도 4800미터로 치솟았다. 그후 25만년이 지나자 쉬라봉이 가라앉아 분화구가 되었다. 최근에 마지막으로 화산이 폭발한 것은 2백년전이다. 만년설에 뒤덮인 키보 정상은 직경 2.5

킬로, 깊이 180미터의 분화구를 가지고 있는데, 언제 터질지 모르는 휴화산이지 결코 죽은화산은 아니다.

키보와 마웬지 두 봉우리에 관해서는 원주민 챵가족의 설화가 있다.

옛날 옛날에 키보와 마웬지라는 두 자매가 각자 자기 오두막집을 짓고 살았는데… 게으른 마웬지가 늘 키보에게 와서 불씨를 빌려달라고 했다. 부지런한 키보는 마웬지가 올 때마다 음식을 대접했다.

그러다가 하루는 마웬지가 세번씩이나 불이 꺼졌다고 하면서 불씨를 빌리러 왔다. 드디어 화가 난 키보가 주걱으로 마웬지를 후려갈겼다. 그후 마웬지는 정신을 차려 불을 꺼뜨리지 않고 키보에게 불씨를 빌리러 가지 않았다. 지금도 마웬지 정상이 험준한 것은 주걱으로 얻어맞았기 때문이다.

이 설화는 산봉우리의 유래를 설명하는데 그치지 않는다. 일가 친척에게 너무 의존하면 주걱(또는 주먹?)으로 얻어맞는 봉변을 당할 수도 있다는, 그리고 일가친척을 지나치게 잘 도와주면 그 사람의 자립심을 죽이고 더욱 의타적으로 만드니까 조심하라는 도덕적 교훈도 들어있는 것이다.

공항으로 달리는 차에서 바라보니 허허벌판에 누런 기둥이 솟는다. 회오리바람이 일으킨 황토 흙의 기둥이다. 하나, 둘, 셋… 8개가 넘는다. 마사이족이 소떼를 방목하는 들판에서 기둥이 움직인다. 들판이 살아있다는 상징이다.

멀리 구름 띠로 허리를 두른 킬리만자로의 산봉우리가 보인다.

어제가 벌써 옛날이라더니…

밀림의 폭우도, 숨을 헉헉 몰아쉬며 오르던 일도 아득하기만 하다. 나의 기억 속에서 희미해지기는 하겠지만, 백만년 전에 탄생한 킬리만자로는 앞으로 수백만 수천만 년 그 자리에서 계속 살아있을 것이다. 아무도 킬리만자로의 죽음을 보지 못할 것이다.

영원한 청춘의 산 킬리만자로. 오늘도 내일도 아프리카 대륙 전체의 역사와 그 역사의 흐름 속에 떠가는 무수한 인간의 운명을 증언하고 또 도와줄 것이다.

킬리만자로에서 맞은 크리스마스

1996년의 연말. 킬리만자로 산록에 위치한 마을 모쉬(Moshi)의 호텔에서 크리스마스를 맞이했다. 누군가가 라디오를 틀어놓았는지, 로비에서 징글벨 노랫소리가 들린다.

흰 눈 사이로 썰매를 타고 달리는 기분 상쾌도 하다…

그러나 열대의 아프리카에서 무슨 흰 눈 사이로 썰매를 타고 달릴 수가 있는가? 썰매를 타고 달리는 기분을 아프리카 사람들이 과연 느낄 수가 있단 말인가? 징글벨은 낙하산을 타고 내려온 서양문화의 작은 소포와도 같은 것이 아닐까?

온대나 한대지방 사람들이 아프리카의 정글이나 사자, 코끼리 등을 신기하게 여기듯이, 아프리카 인들도 흰 눈이나 썰매를 그렇게 여기고 있을지 모른다. 신기하게는 여기지만 동경하지는 않을 것이다. 그저 자기네 손에는 닿을 수 없는 그런 물건으로 보는 것이 아닐까?

비행기를 아직도 "쇠로 만든 새"라고 부르는 아프리카 인들이다. 그 새가 하늘을 수없이 날아다녀도 대부분의 아프리카 인은 평생에 한번도 타보지 못하고 그냥 쳐다보기만 하고 만다. 눈에 보이는 새는 꿈과 동경의 대상이 되기 어렵다. 신기한 물건일 뿐이다. 크리스마스 아침인데도 원주민들은 만날 때 "메리 크리스마스!"라고 인사하지 않는다.

"쟘보!(안녕하세요?)"

늘 하던 대로 그렇게 한마디 던진다. 실내에서도, 길에서도, 산에서도 쟘보 한마디면 인사가 충분하다. 영어로 인사하는 것보다 쟘보가 친근감을 즉시 불러일으킨다. 얼마나 편리하고 쉬운 말인가!

킬리만자로 산 일대에 사는 주민들은 다른 아프리카 인보다 더 행복할지도 모른다는 생각이 들었다. 킬리만자로 정상을 덮은 흰 눈을 일년 내내 바라볼 수가 있으니까 말이다. 그러니까 적어도 흰 눈이 뭔지는

킬리만자로와 표범

알고, 흰 눈 사이로 썰매를 탄다는 것이 어떤 것인지 상상할 수 있지 않겠는가?

그리고 여기서는 인조 크리스마스 트리를 만들지도 않는다. 탄자니아 사람들은 플램보이언트 나무(flamboyant tree)가 성탄절에 꽃을 활짝 피운다고 해서 그 나무를 크리스마스 트리라고 부른다.

우리 나라의 가로수 가운데 하나인 포플러만큼이나 탄자니아에서 흔한 그 나무는 높이가 대개 6-7미터 가량으로 가지가 거대한 우산처럼 퍼져있다. 푸른 잎새가 하나도 없이 진홍색 꽃으로만 뒤덮인 그 나무를 보면 천사들의 양산을 땅에 박아놓은 것과 같다.

그렇게 황홀하고 아름다운 나무에 무슨 장식을 한단 말인가? 길에도 울타리에도 마당에도 우뚝 우뚝 솟은 그 나무는 지상에서 가장 아름다운 크리스마스 트리가 아닌가? 물론 탄자니아 인들이 그 나무를 장식하고 싶어도 종이별, 방울, 솜 등을 살 돈이 없는 것은 사실이긴 해도.

한편 우리 나라의 성탄절 풍경을 머리 속에 그려보면서 씁쓸한 미소를 지었다.

징글벨… 화이트 크리스마스… 플라스틱으로 만든 크리스마스 트리…

그런 것이 왜 우리에게 성탄의 상징물로 여태껏 남아있어야만 하는가? 서양을 모방한다는 것이 반드시 나쁘다는 말은 아니다. 그러나 우리에게는 우리 나름대로 뭔가 적절한 상징이 있어야 하지 않을까?

그리스도가 탄생한 베들레헴에 2천년 전에 눈이 내렸던가? 베들레헴 사람들은 지금도 눈이 내리는 성탄절을 갈망한단 말인가? 썰매를 타고 가는 대신에 소달구지를 타고 가면 어떤가? 하기야 요즈음 12월 말에 우리 나라에서 소달구지가 어디 있느냐고 반문할지 모른다. 그러나 가슴을 훈훈하게 적시는 상징으로 소달구지는 어떤가 하는 생각이다.

어린 예수가 만일 한국에서 자랐다면 12월말쯤에는 얼어붙은 냇가에 나가 팽이치기를 했을 것이다. 불깡통을 돌리며 놀기도 했을 테고, 쥐불놀이도 하지 않았겠는가? 서당에서 천자문도 배웠을 것이다.

그런데 왜 우리는 징글벨, 화이트 크리스마스, 인조 트리등이 자아내는 분위기의 포로가 되어 있는가? 서양의 썰매(사실은 눈 마차)는 안락하지도, 편안하지도 않다. 같이 탄 사람이 마음에 들지 않는다면 결코 낭만적인 것도 아니다.

그런데도 왜 우리는 "흰 눈 사이로 썰매를 타고"를 신나게(?) 불러 제껴야만 흔쾌한 성탄절 기분이 난다고 하는가? 제 정신인가? 플램보이언트 트리를 크리스마스 트리라고 부르면서 만족하고 조용히 성탄절을 지내는 아프리카 인들보다 우리가 나은 것이 무엇인가?

숨겨진 비밀의 마을에 가다

크리스마스 날 오후. 킬리만자로 엽서들을 구경하고 있는데 호텔 종업원 한스(Hans)가 다가왔다. 이름이 왜 한스냐고 물으니 독일인 루터교 목사가 자기에게 세례줄 때 특별히 붙여준 이름이라고 자랑스럽게 대답했다. 독일인을 매우 좋아한다고도 했다. 자기 뿐 아니라 킬리만자로 일대의 사람들도 대개 독일인을 좋아한다고 했다. 그것은 의외의 말이었다.

"특별한 이유라도 있나?"

"예전에 동쪽에서 노예사냥꾼(주로 아랍인)들이 몰려왔을 때 독일인들이 우리를 보호해 주었기 때문이지요. 1차대전이 터지자 영국군이 쳐들어 왔는데 그때 우리는 독일편을 들었지요."

한스는 모쉬 마을이 산꼭대기에서부터 형성될 때 세워진 최초의 루터교회로 안내하겠다고 나섰다. 마을의 산꼭대기(Old Moshi)로 가면 일반 관광객이 보지 못하는 "숨겨진 킬리만자로"를 구경할 수가 있다는 것이다.

숨겨진 킬리만자로? 오케이!

한스가 차를 한대 대절해 오겠다고 해서 기다렸더니 자기 동네친구 알리와 그 동생 유수프 형제(둘 다 이슬람교도)와 함께 나타났다. 그런데 알리가 몰고 온 차를 보고는 소름이 끼쳤다. 20여년 전의 포니차와 비슷한 그 차는 말이 승용차지, 폐차장에서 제일 형편없는 걸로 방금 주어온 것과도 같았다. 차체는 다 삭아서 너덜너덜하고 계기판은 하나도 없다. 그저 작동하는 것이라고는 핸들, 가속기, 브레이크, 그리고 바퀴 네개가 고작이었다.

서울의 남산만큼이나 높은 산의 허리까지 올라갈 수가 있을까?

나이지리아의 라고스 시내에서 낡아빠진 차를 하도 많이 보기는 했지만, 알리의 차는 너무 심했다. 그렇지만 선택의 여지가 없었다. 20킬로 가량 되는 오르막 황토길을 올라갈 때 두 번이나 시동이 꺼졌다. 그 때마다 알리가 광천수 병을 꺼내 엔진에 물을 붓는가 하면, 길 가던 사람들이 달려들어 밀고해서 다시 발동을 걸었다.

구름처럼 일어나는 먼지 때문에 유리창을 내리지도 못한 채 안에 앉아있자니(사실은 유리창 핸들이 고장나서 열 수도 없었다) 비지땀이 흘렀다. 에어컨? 그런 게 어디 있겠는가!

차가 쿨렁거리면서 달렸다. 한스에게 킬리만자로가 무슨 뜻이냐고 물었다. 그랬더니 하는 말. 언젠가 외국인들이 지나가면서 산을 가리키고 저것이 뭐냐고 물었다. 원주민 챵가(Changga)족이 "신의 산"(킬리만자로)이라고 대답했다.

　그러면 모쉬라는 마을 이름의 유래는? 원주민 말로 모쉬는 "폭발"이
다. 활화산이던 킬리만자로 꼭대기에서 연기가 아주 심하게 나자, 이곳
원주민들이 "저걸 봐! 폭발(Moshi)이다!"라고 외쳤다. 킬리만자로는
드디어 폭발했다. 그래서 마을 이름이 모쉬가 되었다.

　백만년 전에 형성된 그 산이 마지막으로 폭발한 것이 2백년 전이라
고 하니까 모쉬는 최소한 2백년은 넘은 마을이라는 해석이 가능하다.
킬리만자로가 다시 폭발하는 경우에 모쉬 사람들이 "저것 봐! 폭발한
다!"라고 외칠 시간적 여유가 있을까? 키보 산정이 마을에서 너무 가
깝지는 않은지…

　산중턱 버스종점에서 한스와 함께 차에서 내렸다. 그리고 두 사람이
겨우 비켜서 갈 정도로 좁은 산길을 걸어서 올라갔다. 나이 어린 소년
둘이 10리터들이 플라스틱통을 각각 하나씩 힘겹게 들었다. 한스가 동
생으로 보이는 꼬마의 통을 대신 들어주었다.

　그 안에 뭐가 들어있느냐고 물으니 가족이 저녁에 모여서 파티를 하
는데 외삼촌이 심부름을 시켜서 운반하는 바나나 술이라고 했다. 바나
나로 술을 담그는 줄은 그 때 처음 알았다.

　탄자니아의 전통적인 술 가운데 가장 보편적인 술은 수수와 밀가루
로 만든 맥주 "폼베"이다. 폼베보다 더 독한 술은 코코넛 야자로 빚은
것인데 "템보"라고 부른다. 그리고 가장 독해서 45도까지 올라가는 술
"모쉬"는 폼베나 템보를 증류한 것이다.

　3-4백 미터나 깊게 보이는 계곡을 오른쪽으로 바라보면서 한시간 이
상 걸어 올라갔다. 숨이 몹시 찼다. 가만히 생각해 보니 호텔이 위치한
평지가 해발 9백 미터니까 어느 새 2천 미터 가까이 높은 곳에 이른 것
이다. 그러니까 공기가 희박해서 헐떡거릴 수밖에.

길이 점점 좁아지더니 한 사람이 겨우 지나갈 정도로 변했다. 오른쪽은 절벽. 군데군데 돋아난 용설란 비슷한 사이살(sisal:푸대와 밧줄의 원료)을 가리키면서 한스는 그 사이살을 아랍인 노예상인들이 길 안내 표시로 심어놓았다고 설명했다. 그리고 아랍인들은 그 사이살을 볼 때마다 "아! 여기가 바로 거기다!"라고 외치면서 마치 고향에라도 온 듯이 반가워했다는 것이다.

아무리 가물어도 쉽게 죽지 않는 사이살을 길 안내 표지로 심었다는 것은(비록 노예사냥이라는 좋지 않은 목적이었지만) 대단한 생활의 지혜가 아닐까? 심은 지 6년이 지나야만 완전히 숙성하여 추수하는 사이살은 나일론이 나오기 전까지 전세계적으로 그 수요가 대단히 많았던, 돈벌이가 잘 되는 농작물이기도 하다. 그래서 케냐에서는 대단위 농장을 운영해서 벌이가 짭짤했다. 지금은 식탁 깔개, 바구니, 가방, 푸대 등을 만드는 원료로 재배를 계속한다고 한다.

계곡을 흘러내리는 물을 두 손으로 떠서 세수했다. 그렇게 시원할 수가 없었다. 저 아래 어디선가는 계곡 물을 막아서 양어장을 만들기도 했다고 한다.

킬리만자로 산록 지대에 양어장이 있다니! 바닷가 항구인 수도 다르에스 살람에서 자동차로 10시간을 달려야 도달하는 내륙지방에 양어장이 있다는 것은 무슨 의미일까? 가축이나 날짐승 고기 맛에 만족하지 않고 생선 맛도 즐기겠다는 뜻일까? 아프리카 내륙의 원주민이라고 해서 생선 맛을 즐기지 못할 것도 없다.

계곡 건너편 꼭대기로 올라가자 껍질이 붉은 소나무 숲이 나타났다. 잎사귀가 우리 나라의 소나무와 다르기는 하지만 분명히 적송(赤松)은 적송이다. 그것도 아름드리 적송이 20미터 가량 울창하게 치솟은 것이다.

　커다란 돌 십자가가 우뚝 서 있다. 독일어와 스와힐리어를 새긴 받침대를 들여다보니 "1889년에서 1892년 사이에 챵가족 지역에서는 최초로 세운 루터교회를 기념한다"고 써있다. 왼쪽으로 고개를 돌리자 아담한 교회가 보였다. 종탑도 있다. 소나무 숲 속의 교회를 우리 식으로 표현하자면 "송림사"가 아닐까?

　길이 하도 좁고 계곡이 험해서 1차대전 당시 독일군이 그곳을 지킬 때 영국군이 접근하지 못했다고 한다. 그런 설명을 한스에게 들으면서 소년 둘과 함께 십자가 아래에서 기념사진을 찍는데, 느닷없이 험상궂은 청년 넷이 나타났다. 남방차림에 검은 선글라스를 낀 두목(?)이 퉁명스런 어조로 어디서 왔느냐고 물었다. 한국에서 왔다고 하자 대뜸 북한에서 왔느냐고 반문한다. 북한과 탄자니아는 사이가 좋다고 덧붙였다. 불과 4년 전까지만 해도 우리 대사관이 없었으니까 녀석이 그런 말을 하는 것은 당연했다.

　"남한에서 왔는데…"

　"남한이 우리 나라(탄자니아)를 도와주는 게 있소?"

　"매년 20만 달러 원조를 주지요. 그리고 한국인이 와서 큰 공장도 짓고, 대사관도 4년 전에 설치해서 지금은 한국과 탄자니아가 아주 친한 사이지요."

　"그렇다면 우린 친구로군."

　녀석의 어조가 부드러워졌다. 친구라는 말이 각별한 의미를 지닌다고 새삼 느꼈다.

　"당신도 저 교회의 신자인가요?"

탄자니아, 킬리만자로 반대편 산록에 세워진 루터교 교회(모쉬마을 꼭대기)

"그럼요. 매주 예배에 참석하지요."

"난 카톨릭신자인데, 카톨릭이나 루터교나 크리스챤이기는 매 한가지 아닌가요?"

"그럼요. 크리스챤이라니까 사진을 마음대로 찍어도 괜찮아요."

소년들에게 천 실링(천5백원)씩 주고 나서 교회 뒤쪽의 공동묘지로 올라갔다. 우거진 잡초 속에 십자가가 하나 솟아 있다. 묘비는 하나도 보이지 않았다. 땅에 반쯤 묻힌 십자가도 서넛 되었다. 30여평이 되는 묘지에 누가 묻혔는지 알 길이 없다. 누가 와서 손질을 하겠는가?

다시 계곡을 지나서 다른 산꼭대기로 올라가는데 바나나 나무들이 우거진 등성이에 공동묘지가 자리잡고 있다. 십자가들도 제법 제대로 서 있고 누가 바쳤는지 평장한 무덤 앞에 화환들도 더러 눈에 띄었다.

선교사들의 무덤이다. 유럽에서 건너와 아프리카 땅에 뼈를 묻은 사람들… 그리스도를 위해 목숨마저 바치겠다는 그 정신과 정열은 숭고하고 또 존경스러운 것이다. 어디에 묻힌들 무슨 상관이랴.

그러나 한편으로는 아프리카 대륙에 크리스트교가 아니라 기원전부터 일찍이 불교가 전파되었더라면 아프리카 인들의 역사가 어떻게 변했을까 상상해 보았다. 아프리카의 다신론적 토속신앙에는 칼날 같은 윤리관을 지닌 크리스트교보다 좀 더 관대하고 느슨하다고 볼 수 있는 불교가 더 어울리지 않았을까? 사하라 이남에 불교가 보편화되었더라면 오늘날의 아프리카는 인종청소나 극심한 기아의 피해를 조금은 덜 받지 않을까?

이런 생각은 더위 먹은 동양인의 망상일까?

산꼭대기에는 또 하나의 루터교회가 자리잡고 있었다. 콘크리트 벽 건물에는 3-4백명이 들어갈 의자가 가지런했다. 마당 한 구석에는 아름드리 종이 세개 나란히 걸려있다. 1918년에 주조한 종들이 아침저녁으로 아름다운 종소리를 산아래 위의 모쉬 마을에 선물한다.

그 종소리가 수십년 전에 처음 울려 퍼졌을 때 모쉬사람들은 그것을 천사들의 목소리라고 생각했을까? 아니면, 식민지 지배자들의 경고라고 알아들었을까? 그 교회 바로 뒤에 양철지붕으로 된 교회가 나란히 서 있다. 이것이 원래의 교회였다고 한다. 유리창이 다 깨어지고 지금은 사용되지 않는 교회.

낡아빠진 나무문을 밀고 안으로 들어갔다. 왼쪽에 설교대와 성수대, 오른쪽 구석에 십자고상, 그리고 정면이 스테인드 글래스 유리창. 왼팔에 어린양을 안고 오른 손으로 지팡이를 짚은 예수의 모습이 스테인드 글래스 선명하다. 그 밑에 "누렘베르그 거장 마르틴 판 1913"이라고 새겨져 있다.

옛 교회 옆에 유일한 무덤이 있기에 자세히 들여다보았다. "예수 그리스도의 하녀 실비아 월손이 여기에 누어있다. 1868년 2월 18일 스위스에서 출생, 1936년 10월 27일 모쉬에서 사망." 68세에 타계했으니 장수한 셈이다.

거기서 킬리만자로(원주민은 애칭으로 킬리라고 부른다)의 산봉우리가 뚜렷하게 보였다. 길게 뻗어 내린 능선도 시야에 들어왔다.

저쪽은 사람이 살지 않는 킬리만자로. 이쪽은 교회도 있고 사람들도 모여 살고 농사도 짓는 킬리만자로의 줄기다. 숨어있는 킬리만자로란 옛 모쉬 마을을 말하는 것이었다.

킬리만자로 등산로 입구인 마랑구(해발 1830미터)보다 더 높은 지대라는 옛 모쉬 마을에는 일년 내내 햇살이 포근하고 가을바람처럼 시원한 바람이 분다. 어쩌면 기후가 일본의 후지산 일대나 스위스보다 더 나을지도 모른다.

산아래 모쉬 마을이 까마득하게 보인다. 그리고 그 마을 저쪽은 사막 비슷한 허허벌판. 그리고 그 너머로 다시 시작되는 정글… 너무나 넓은 평원이다.

교회 옆으로 닦인 비포장 신작로를 터덜터덜 걸어서 내려갔다. 독일인들이 심기 시작했다는 나무들이 2-30미터나 줄줄이 솟았다. 포플러 종류로 보이는데 한스는 "므와빠니"라고 불렀다.

바나나 농장 앞에 아이들이 몰려 있다가 우리를 보고 손을 흔든다. 내가 "쟘보!" 한마디 던지고 지나갔는데 뒤에서 뭐라고 시끄럽게 떠드는 소리가 들렸다. 한스에게 물으니 왜 우리가 서둘러서 빨리 지나가 버리냐고 불평한다는 것이다. 걸음을 멈추고 같이 잡담이라도 해 달란 말인가?

얼마쯤 내려가자 어린 동생을 업은 소녀가 땅 속을 들여다보고 있기에 무슨 일인가 물었다. 업힌 아이가 신은 새 에나멜 구두가 유난히 반짝거렸다. 소녀는 맨발이었다.

"아이들이 뱀을 잡아서 이 구멍에 버렸거든요. 여길 보세요!"

물론 내 눈에 뱀이 보일 리가 없었다. 그런데 뱀을 잡아서 그냥 버렸다는 말이 이상했다. 안 먹나? 정력제라면 사족을 못쓰는 서울 사람들이 들으면 섭섭해 할 텐데…

지름길로 간다면서 민가가 드문드문 있는 바나나 농장으로 들어갔다. 마주치는 아이들에게 "Good afternoon!"하고 인사했더니 "Good morning!"으로 대꾸하고는 모두 까르르 웃었다. 일부러 장난치는 것이었다.

바나나 나무로 둘러싸인 술집 즉 부쉬 바(bush bar)에서는 젊은이들이 맥주와 코카콜라를 즐기고 있었다. 넓은 바나나 잎새 사이로 노랑나비 흰나비가 눈이 펄펄 내리듯이 사방에서 날아다닌다. 눈이 부셨다. 내 눈이 망고만큼 커지는 것일까? 아니면, 내 코가 바나나만큼 길어지는 것일까? 그런 착각이 들었다.

다시 신작로로 나서자 차가 지나가면서 황토먼지를 날렸다. 온 천지가 먼지로 뒤덮였다. 사회주의를 한다면서 산허리를 깎아 신작로를 연 것까지는 좋은데, 그렇다면 포장을 해주어야지 되지 않은가? 일년 내내 황토먼지를 마시고 살아야 하는 주민들의 고통은 뭐고, 먼지가 농작물에 주는 피해는 또 어떡하란 말인가?

그러나 신작로가 포장되려면 아마도 20년은 기다려야 할지도 모른다.

버스종점에서 알리의 차가 기다리고 있다. 이탈리아제 30인승 미니버스 두대도 멈추어 섰다. 가게에서 한스가 코카콜라를 사왔다. 외국인에게는 5백 실링(8백원)에 팔지만 자기네끼리는 2백 실링(3백원)이라고 한다. 호텔에서는 콜라 한병에 천실링. 독실한 루터교 신자인 챵가족의 한스가 지배인에게 항의했다고 한다. 왜 그렇게 비싸게 파느냐고. 그랬더니 지배인이 외국관광객들은 값을 모르니까 괜찮다고 대답했다나?

어쨌든 코카콜라에게 정복당한 땅이다. 계곡에서 흘러내리는 물을 정수해서 마시면 안 되는가? 그 가난 속에서도 코카콜라를 꼭 마셔야만 목이 시원한가? 호텔 종업원의 월급이 2만 5천 실링(4만원)이고 도로공사 인부의 하루 품삯이 천5백 실링(2천5백원)인 나라에서 말이다. 관광객이 호텔에서 마시는 콜라 두 병은 인부의 하루 품삯보다 비싸지 않은가!

양철지붕으로 덮인 시멘트 블록 집을 바라보면서 왜 자기네 전통적인 초가지붕을 버렸는지 의문이 갔다. 열대지방에서는 초가지붕이 더 시원하지 않을까? 양철지붕을 덮으면 에어컨을 틀어야 하는데 집집마다 에어컨이 있을 턱이 없다.

그런데도 굳이 양철지붕에 시멘트블록으로 집을 짓는 것은 서양화 또는 부의 과시일까? 그런 것이 무슨 의미를 지니는가?

하기야 아프리카 인들만 나무랄 일도 아니다. 우리도 새마을운동을 한답시고 초가집, 기와집을 모조리 헐어버리고 나서 우리 산천초목에 어울리지도 않는 알록달록한 양철지붕에 시멘트 블록 집을 짓지 않았던가? 시골의 작은 마을에 치솟은 아파트는 또 무엇인가?

차가 3백여 미터나 되는 벼랑을 끼고 비탈길을 내려올 때는 가슴이 정말 조마조마했다. 브레이크 파열을 일으킨다면? 핸들이 고장난다면? 다행히도 사고는 없었다. 그러나 차가 호텔에 도착하자마자 드디어 시동이 꺼지고 말았다.

알리가 손을 내민다. 원래는 5천원(올라가는 값 3천원에 내려오는 값 2천원)에 대절한 차지만, 한스가 인심을 좀 쓰라고 한마디했다. 알리가 운전하는 차라고 고생했다나? 만원을 주었더니 고맙다고 고개를 숙였다. 그 고물 차를 배경으로 한스, 알리, 유스프와 기념촬영을 했는데 다른 에스 살람 공항에서 그 카메라를 잃어버리는 바람에 사진은 볼 기회가 영영 없어지고 말았다.

킬리만자로 일대는 토질이 비옥해서 바나나 농장 뿐 아니라 옥수수, 수수, 콩 그리고 커피 농장이 많다. 바나나 나무는 3년이 지나야 열매를 맺는다. 그 줄기와 잎은 가축의 사료 또는 커피나무의 비료로 사용한다. 꽃을 대규모로 재배해서 항공편으로 유럽에 내보내기도 한다.

동아프리카에서는 로부스타 커피와 아라비아 커피 등 두 종류가 재배되는데 이 일대는 아라비아 커피 재배에 적절한 토질이다. 특히 이곳에서 생산되는 아라비아 커피는 향기롭고 맛이 좋기로 세계적인 명성이 높다. 그래서 커피는 다이아몬드와 솜과 더불어 탄자니아의 주요수출품이기도 하다.

"고된 여행길에 나는 지치고 지쳤으니
행복의 항구 바가모요!
내 마음의 짐 내려주고 영혼을 달래다오

번창하는 항구 바가모요!

향료와 상아를 가득 실은 다우 목선들이
눈부신 파도를 헤치며 오가는구나

사랑의 정원 바가모요!
네 품에 여인들은 더 없이 아름답고
일년 내내 야자 술을 마시는구나"

원래 스와힐리어로 전해 내려오던 이 노래는 당시 독일 식민지 정부의 관리였던 하웁트만 레우에가 1890년에 기록으로 남긴 것이다. 탄자니아 해안에서 천 5백 킬로미터나 내륙으로 깊숙이 들어갔던 캬라반의 일꾼들은 바로 이 노래를 부르며 하루라도 빨리 바가모요("내 마음의 짐을 내려다오"라는 뜻)에 도착하기를 고대했다.

휴식과 향락과 두둑한 보수가 기다리는 항구로!

그러나 노예로 잡혀서 쇠사슬에 묶여서 끌려오는 사람들과 30 킬로가 넘는 상아를 등에 지고 수백 킬로미터를 걸어오는 노예들에게는 절망의 항구였다. 거기서 배에 실려 잔지바르로 이송되면 다시는 아프리카 땅을 밟지 못할 운명이기 때문이다.

잔지바르 섬에 다녀온 다음 날, 다르 에스 살람에서 자동차로 비포장 도로를 두 시간 북쪽으로 달려 바가모요에 갔다. 길 양쪽에는 망고 나무가 숲을 이루고 가끔 가다가 10여채 집이 모여 있는 작은 마을이 보인다. 들짐승이 많을 법한데도 집집마다 울타리나 돌담이 없어 이상하게 여겼다. 4년 전인가 다르 에스 살람 거리에 사자가 나타났다고 하는데…

바가모요 조금 못 미쳐서 카올레 폐허가 먼저 나타났다.

8세기초에 아랍인들이 건너와 형성해 수백명이 살던 마을이 소규모의 모스크 두개와 수십개 석조무덤을 남기고 폐허로 변했다. 원래 항구로 출발했지만, 홍수림이 울창해져서 다우 목선이 정박하기 어렵게 되자 주민들이 근처의 바가모요로 떠나가 버렸기 때문이다.

이 폐허는 30년 전에 발굴되었고, 아직도 수백 개의 무덤이 땅 속에 묻혀 있다. 사람들이 사는 마을 변두리에서 100여 미터밖에 떨어지지 않은 폐허가 겨우 30년 전에 발굴되었다는 점이 신기할 뿐이다.

유력 인사의 무덤 앞에 4미터 높이의 돌기둥이 솟아있고 거기 서너 개 둥그렇게 패인 자국이 보인다. 14세기 중국의 도자기 접시들을 박아 놓았던 자리다. 물론 그 도자기들은 다르 에스 살람의 국립박물관에서 모두 거두어 보관한다.

도굴꾼들이 이 폐허의 존재를 일찍이 주목했더라면 명나라 때의 도자기들이 하나도 남아나지 못 했을 것이다. 묻혀 있거나 알려지지 않는 것이 유명해지는 것보다 때로는 더 큰 복이 된다는 교훈이다.

바가모요에 들어서자 거대한 석조 창고 같은 요새가 보였다. 19세기 중엽에 건축한 이 요새는 노예들을 잔지바르로 이송하기 전에 잠시 수용하던 곳이다. 지하통로를 통해서 노예들을 다우 목선에 실었다고 하는데 지금은 그 통로가 어느 것인지 애매한 상태다.

요새 아래 해변의 모래톱을 따라 바가모요 비치 호텔의 방갈로들이 늘어섰다. 레스토랑 앞마당에 묘한 석조기념비가 눈길을 끌었다. 바로 그 자리에 서 있던 나무에 반항하는 원주민들을 독일군이 교수형에 처했다는 문구가 섬뜩한 느낌을 주었다.

식민지 지배란 원래가 잔인한 것이다. 목이 매달리면서 원주민들은 언젠가 독립이 될 것이라는 희망을 버리지 않았을 것이다. 우리의 선조들이 고문과 교수형을 당하면서도 대한독립 만세를 외쳤듯이…

흰 페인트로 칠한 원통형의 작은 집 블록 하우스는 노예사냥을 떠나던 캬라반의 출발점이자 종점이다. 캬라반은 탄가니카 호숫가 우지지까지 천 5백 킬로미터를 걸어서(!) 갔다가 돌아오고는 했던 것이다. 이 집에서 노예가 일차 도매금으로 경매되었다.

마을을 거의 벗어나 북쪽으로 가면 성공회의 리빙스톤 교회가 나온다. 녹슨 함석지붕의 아주 작은 교회다. 정문 바로 위에는 이런 문구가 새겨져 있다.

"이 문을 통해서 데이비드 리빙스톤 박사가 지나갔다"

리빙스톤의 시체가 영국으로 떠나기 전에 잠시 머문 곳이다.

그 교회 길 건너편으로 100년이 넘는 망고나무의 오솔길이 1킬로미터 가량 뻗고, 그 길이 끝나면 예수성심 석상이 두 팔을 활짝 벌리고 환영한다. 석대에 새겨진 "너희는 모두 내게 오라"는 말이 의미심장하다. 카톨릭의 성신선교회 신부들이 거기 본부를 두고 노예들을 사다가 해방시켰기 때문에 그 말은 자유를 갈구하는 노예 모두에게 던지는 그리스도의 구원의 말이었다.

마당을 지나면 오른쪽에 최초의 성당이라고 부르는 작은 성당이 있다.

해방된 흑인노예인 수시와 츄마가 자기네 스승인 리빙스톤의 시체를 천 5백 킬로미터 떨어진 우지지로부터 메고 그 성당 정문에 도착한 것이 1874년 2월 24일이었다. 무슨 일이냐고 묻는 신부에게 두 사람은 짤막하게 대답했다.

"이것은 다비드(리빙스톤)의 시체입니다."

그래서 성신선교회 신부들이 리빙스톤의 죽음을 전세계에 알렸다.

나일강의 원천을 찾아 탐험에 나선 리빙스톤은 탕가니카 호수 근처의 우지지에서 뉴욕 헤럴드 신문의 기자 스탄레이와 1871년에 만난지 3년 후 잠비아의 치탐보에서 사망한 것이다. 그 심장은 죽은 현장에 매장되고 나머지 시체만 방부 처리되어 운반되었다. 치탐보에는 기념비가 지금도 서있다.

리빙스톤의 유업을 계승해서 스탄레이가 즉시 바가모요를 출발해서 빅토리아 호수와 탕가니카 호수 뿐 아니라 우간다와 콩고까지 탐험했다. 그러나 아프리카와 아프리카 사람들을 진심으로 사랑한 위대한 인물은 아프리카에 묻히지 못했다. 영국인들은 리빙스톤을 아프리카에 묻으려고 하지 않고 런던으로 그 시체를 운반해 버렸다.

차라리 그 시체를 바가모요나 잔지바르에 묻었더라면 그것이 오히려 리빙스톤의 정신에 더 적합한 처사가 아니었을까? 웨스트민스터 애비에 안치되어 있는 리빙스톤의 묘비에는 리빙스톤이 마지막으로 남겼다고 하는 다음과 같은 말이 새겨져 있다

"미국인이든 영국인이든 터키인이든 누구든지, 온 세상에 공공연한 이 상처(노예무역)를 치유하는데 공헌한다면 하늘의 풍성한 축복을 받기를 바란다는 말 이외에 내가 고독한 가운데 추가할 말은 더 이상 없다."

의미는 좀 다르겠지만, 헤이그에서 분사한 이준 열사의 묘지를, 유해를 고국으로 이장하지 않은 채, 헤이그에 그냥 두고 기리는 것이 역사적으로 더 가치가 있지 않을까? 역사에는 현장이 있는 법이다. 역사의 현장을 멋대로 변경 또는 파괴하는 것은 오히려 역사와 고인들 앞에 또 다른 죄를 짓는 것이 아닐까?

탄자니아,
킬리만자로 산록 "모쉬"마을 교회당 기념탑에서 원주민 소년과 함께

　　마당에 거대한 바오밥 나무가 치솟아 있다. 리빙스톤의 시체가 들어오는 모습을 지켜본 나무다. 만일 바오밥 나무에게 입이 있다면, 유럽인들이 아프리카에서 벌인 활동에 대해서 뭐라고 증언할까?
　　아프리카의 지배자들에게 십자가와 총을 공급해 주고 그 대신 노예를 대량으로 실어간 일을, 금과 다이아몬드와 철광석을 파가고 그 대신 자동차와 콜라를 팔아먹는 일을 잘 했다고 칭찬할까?

아프리카 흑인노예는 4천만 명이었다

1 9세기 중엽 잔지바르에서 파키스탄 이민의 아들로 태어난 사업가 세와 하지의 이야기가 감동적이다. 잡화상으로 많은 돈을 번 하지는 노예해방을 주목적으로 하는 성신선교회 신부들에게 2만 헥타의 토지를 기증했다. 아프리카인과 아시아인을 위한 학교를 세우는가 하면, 세 군데에 병원도 지었다.

그리고 46세에 죽을 때는 나환자 치료와 병원운영자금으로 쓰라고 전 재산을 헌납했다. 짧은 생애지만 돈을 왜 버는지, 어떻게 써야 지혜로운지 몸소 실천한 사업가였다.

리빙스톤 교회 왼쪽에 바다를 향해서 거대한 돌 십자가가 우뚝 서 있다. 동아프리카에서 최초로 세운 십자가라고 한다. 십자가에 이르는 14개 계단에는 그리스도의 수난을 알리는 십자가의 길의 14 장면이 모자이크되어 있고, 맨 밑에는 제대가 있다.

잔지바르, 노예시장 옛터에 세워진 성당 "그리스도의 교회"

　바다를 향해 두 팔을 벌린 십자가에는 그리스도가 매달려 있지 않다.

　아프리카 대륙에서는 아직 아무도 십자가에 매달리지 않았다는 의미인가? 노예로 팔려간 4천만은 하나 하나가 모두 그리스도가 아니었던가? 노예무역의 역사의 소용돌이에서 소리 없이 쓰러진 1억의 아프리카인도 모두 그리스도가 아니었던가?

　아무도 매달리지 않은 십자가는 역설적으로 그렇게 외치고 있었다.

　노예사냥이 끝난지도 벌써 백년이 지났고, 상아 거래도 국제적으로 금지되었다. 내가 본 바가모요는 행복의 항구도 사랑의 정원도 아니었다. 그것은 한때 달콤하던 환상이고, 오늘의 현실은 가난과 들판의 고요로 찌들은 권태의 작은 마을에 불과했다.

　다르 에스 살람으로 돌아오는 도중에 풀숲에서 날아오르는 새떼를 만났다. 황금색과 진홍색의 띠를 가슴에 두른 새들이다. 운전사는 "끼리꾸"(노래하는 새)라고 했다. 그러나 내 귀에는 새떼의 노래가 들리지 않았다. 너무나 아름다워서 환상적인 새…

아프리카의 속알맹이를 이해하지 못하고 피상적으로 훑어보는 관광객에게는 아프리카의 아름다운 경치도, 피비린내 나는 비극도, 노예시절보다 더 괴로운 가난과 압제와 퇴보도 모두가 한갓 신기루로 보일 뿐이다.

관광객들의 삶도, 그 배경을 이루는 문화와 문명도 각자 잠시 도취되는 환상이다. 아프리카 인들은 스스로의 힘으로 일어설 때 비로소 자유를 얻는다. 아프리카를 동정하지 마라. 연민의 눈으로 보지도 마라. 대등한 입장에서 친구가 되려고 하라. 그래야만 아프리카 인들이 너희 진정한 친구가 될 것이다.

환상의 새들은 그렇게 지저귀는 것 같았다. 내가 잘못 들었던가?

제 *7*장

아웃 오브 아프리카

"아프리카 흑인들은 이미 3천년 전부터
아메리카 신대륙으로 건너가 살았으며
에콰도로에서는 2만년 전 것으로 추정되는
흑인 석상이 발견되었다"

〈아웃 오브 아프리카〉의 저자 집을 가다

카렌 블릭센(Karen Blixen)이 필명을 이삭 디네센(Isak Dinesen)으로 해서 저술한 자서전적 소설 "아웃 오브 아프리카(Out of Africa)"는 출판되자마자 하루아침에 유명해졌다.

지금도 많이 팔리는 이 작품의 줄거리를 살펴보면…

카렌이 마음에도 없는 정략결혼을 하여 덴마크에서 케냐의 수도 나이로비로 이주한다. 그리고 영국인 모험가이자 이상주의자와 깊은 사랑에 빠진다. 아프리카라는 특이한 배경에서 이루어지는 정교하고 이지적이고 또 매우 낭만적인 사랑의 이야기다.

이 소설을 바탕으로 해서 시드니 폴라크 감독이 1985년에 "아웃 오브 아프리카"라는 제목의 161분 짜리 영화를 제작했다. 주연은 메릴 스트리프, 클라우스 마리아 브란다우어, 로버트 레드포드. 그리고 감독상과 음악상 등 4개의 오스카상을 휩쓸었다.

〈아웃 오브 아프리카〉의 작가 BLIXEN 여사의 집

　나이로비 시내에서 서남쪽으로 골프장과 경마장과 타조공원을 지나 반시간 가량 차를 몰면 교외의 카렌 지역에 이른다. 거기 카렌 블릭센이 살던 저택과 농장이 카렌 블릭센 박물관으로 변신해서 자리잡고 있다.

　박물관 오른쪽 지역에는 기린 보호지역과 나이로비 자연공원이 차례로 이어진다. 내가 이 박물관을 구경한 것은 1996년 12월 29일. 탄자니아의 킬리만자로 등산을 마치고 나이지리아의 라고스로 돌아가는 길에 나이로비에 들렀을 때였다. 사실 나는 그 때까지 소설은 읽지 못했고 다만 영화만 보았을 뿐이지만 영상미와 음악에 감동을 받은 기억을 더듬어가면서 작가로서 다른 작가에 대한 호기심에 이끌렸던 것이다.

　박물관은 아침 9시부터 저녁 6시까지만 일반인 관람객에게 개방한다. 입장료는 4천원 정도. 나이로비 주재 대사관에서 제공해준 차를 타고 우리 부부가 거기 도착한 것은 10시 반경이었다.

간선도로에서 벗어나 주택가의 2차선 길을 한참 들어가면 숲이 나오고 한적한 구석에 카렌의 저택이 보인다. 주차장에 차를 세우고 상록수의 담 한가운데 뻥 뚫린 입구(문이고 뭐고 아무 것도 없다)를 지나서 5분 가량을 걸어가야 저택에 도착한다.

오른쪽은 2-30 미터나 되는 거목들이 울창한 숲. 경계선이 잘 보이지 않을 정도로 넓고 바닥에는 낙엽이 푹신푹신하게 깔렸다. 관광객들이 편안하게 쉬면서 한가한 시간을 즐기도록 여기 저기 나무 벤치들이 보인다.

왼쪽은 잘 가꾸어진 잔디밭 정원이다. 너무나도 넓어서 가슴이 탁 트인다. 시원하다는 느낌만 밀려온다. 통로 중간쯤에 길다란 짐마차가 한 대 서있다. 말이 매이지 않은 마차다. 카렌 여사의 하인들이 예전에 그 마차로 짐을 날랐을 것이라고 상상해 보았다.

아웃 오브 아프리카… 소설과 영화가 하도 유명해서 그런지 매표소 앞에 줄지어 선 사람들이 꽤 많았다. 백인들뿐 아니라 흑인들도 있다. 아프리카 사람들이 아웃 오브 아프리카에 흥미를 느낄 이유가 있을까? 그런 생각도 들었으나 그게 아니다. 미국에서 온 흑인들이었다.

2층인 저택 자체는 과거 식민지 시대에 돈이 매우 많은 백인이 살았음직하게 매우 규모가 큰 것이다. 1층에는 부엌, 식당, 응접실, 서재 그리고 작은 방이 3개. 2층에는 침실이 두 개, 작은 중앙 홀 그리고 카렌이 쉬던 작은 반등이다.

부엌에 들어섰을 때 거기서 일하던 흑인 여자에게 내가 농담을 던졌다.

"먹을 거 좀 있어요?"

　젊은 흑인 여자가 흰 이를 드러낸 채 씩 웃었다. 여주인이 떠난 지 오래 되니 집구석에 먹을 것이 있을 턱이 있겠느냐고 무언중에 대답하는 것 같았다. 서재에는 당시에 카렌이 사용하던 커다란 책상이 왼쪽에 놓이고 그 위에 구식 영어 타자기와 역시 구식인 전화기가 보인다. 책장에는 카렌이 읽었다는 책들이 약 3-4백권 들어차 있다. 축음기도 있다.

　벽에는 카렌의 젊은 시절의 모습과 늙은 시절의 모습을 각각 보여주는 커다란 사진들이 걸려 있다. 특별히 매력적이라고는 보이지 않았다. 벽난로도 있다. 열대지방에 벽난로라니? 나이로비가 해발 2천 미터 가량 되는 고산지대에 위치하기 때문에 겨울에는 몸이 으시시할 정도로 기온이 내려가서 난로가 필요하다고 한다. 머리가 달린 채 가죽을 벗겨서 박제해서 만든 표범 가죽 한 장과 사자 두 마리의 가죽이 바닥에 깔려 있다. 물론 사람들이 밟지 못하게 보호된다. 박제된 야수들의 머리를 쳐다보니 섬뜩한 기분이 들었다.

　가죽만 깔면 됐지 왜 머리까지 박제를 해서 저렇게 깔아야 할까? 취미치고는 묘한 취미라는 생각이 들었다.　본관 옆에 작은 별채가 딸려 있다. 흑인 하인들이 살던 집이다. 그 두 건물 사이에 대나무가 머리 위를 뒤덮는 산책로가 20 미터 가량 뻗는다. 어쩌면 카렌 여사가 식사 후 여기를 천천히 산책하면서 작품을 구상했을지도 모른다. 아니면 흘러간 사랑의 추억을 씹었을지도…

　본관 뒤쪽에 10여 미터나 높다랗게 솟은 칸델라브라 나무(얼핏보면 선인장 같이 생겼으나 줄기가 촛대처럼 사방으로 갈라져서 그런 명칭이 붙었다)가 너무나 인상적이었다. 그리고 진홍색의 꽃으로 뒤덮인 부겐빌리아도 너무나도 황홀한 꽃나무였다. 그래서 우리 부부가 그 앞에서 포즈를 취하고 사진을 한 장 찰칵 했다. 저택 안의 모든 가구와 주방기구들이 너무나도 완벽하게 보존되고 또 깨끗하게 손질이 되어 있었다. 그러니까 더욱 이상한 생각이 들었다. 저것들이 정말 옛날에 쓰던 바로 그 물건들일까?

나중에 알고 보니 역시 그게 아니었다. 카렌 여사가 직접 사용하던 가구들 가운데 대부분이 1928년에 지은 맥밀런 기념 도서관 1층에 전시되어 있다고 한다. 다시 말하자면 우리가 카렌 블릭센 박물관에서 본 것은 대부분이 진품의 복사판인 것이다. 맥밀런 기념도서관을 구경할 시간은 없었다. 그러나 진품을 보지 못하고 복사판만 보았다고 해도 하나도 섭섭하지 않았다. 무슨 차이가 있겠는가?

마지막 식인종

사람이 사람을 잡아서 먹어치우는 식인 풍습은 아프리카에만 국한된 현상이 아니다. 아시아에도 유럽에도 있었다. 남태평양의 휘지와 파푸아 뉴 기니에는, 법으로 금지되기는 했지만, 아직도 가끔 식인사건이 발생한다. 휘지를 방문했을 때 식인풍습을 고스란히 보여주는 박물관을 관람한 적도 있다. 그리고 그 박물관 앞에서는 사람을 잡아먹을 때 사용하던 나무 숟가락등을 기념품으로 팔기도 했다. 끔찍한 생각이 들어서 하나도 사지는 않았지만…

일본에서도 과거에 식인을 했고 신체 부위를 요리해서 매매했다는 기록이 있고 우리 나라에서도 임진왜란 때 서울에서 그런 일이 벌어졌다는 유성룡의 일기도 있다. 하기야 이런 경우는 매우 극단적인 상황에서 벌어진 예외적인 것이다.

물론 인류 역사상 언제 이런 기괴한 풍습이 시작되었는지는 아무도 모른다. 그리고 아프리카든 어디든 식인 행위를 법으로 금지하지 않는 나라가 없다고 본다.

그런데 이와 관련해서 탄자니아에는 재미있는 일화가 전해져 내려온다. 마지막 식인종에 관한 이야기다.

폴란드의 작가 헨리테 쉔케비치(소설 퀘바디스를 저술했고 1905년에 노벨 문학상을 수상)가 1891년에 아프리카에 사파리를 즐기려고 탄자니아에 간 적이 있다. 그리고 다르 에스 살람 근처인 바가모요를 출발해서 킬리만자로까지 8-9백 킬로미터의 먼 사냥여행을 했다. 그런데 도중에 판가니 강의 남쪽에 위치한 "도에" 지방을 거치지 않으면 안 되었다.

출발하기 전에 바가모요의 성신선교단(노예를 사서 해방시켜주던 카톨릭 선교사들의 단체)의 신부들이 한 가지 주의 사항을 일러주었다. "도에" 지방을 다스리는 무레미 피라 왕(당시 70세)이 가끔 사람을 잡아서 먹는다는 것이다. 특히 이 왕은 아무도 모르게 몰래 포로를 한 명 사서 "자연적인 양념으로 요리한 불고기"를 즐긴다는 말이다.

당시 탄자니아를 식민지로 지배하던 독일인 지방정부(바가모요에 위치)가 이런 일을 좋아할 리가 없었다. 그래서 왕은 책임추궁을 당할 우려가 있다는 점도 잘 알고 있었다.

그러나 쇠고기보다도 사람고기가 더 맛있는 것을 어찌할 것인가? 결국 왕은 쇠고기를 먹지 않고 채식주의자가 되었다. 그렇다고 해서 오랜 습관을 하루아침에 버린 것은 아니다. "가끔" 별식을 즐기고는 했던 것이다. 그럴 때마다 왕은 속죄하는 의미에서 암소 한 마리를 성신선교단 신부들에게 바쳤다. 결국 암소 한 마리가 선교단 건물 입구에 나타나면 신부들은 왕이 또 사람을 한명 먹어치웠다는 사실을 알게 되었다.

탄자니아, 바가모요 "성신선교회"(노예 해방 활동) 신부들의 본부

그러면 "도에" 지방에서 왜 식인 풍습이 생겼던가?

도에 지방은 가축을 사육하는 목초지 문제로 이웃 종족들과 언제나 전쟁상태에 있었다. 전쟁이 벌어질 때마다 포로가 나왔는데 이것은 아랍인 지배자들에게 매우 기분 좋은 일이었다. 잔지바르에 노예를 공급하던 아랍인들은 대량의 노예를 아주 싼값으로 살수가 있었기 때문이다.

전사자들이 생겼다. 또 노예상인들이 필요한 숫자를 채우고도 남은 살아있는 포로들도 적지 않았다. 이런 문제는 해결이 간단했다. 잡아먹은 것이다. 그런 이야기를 들은 쉔케비치는 처음에 소름이 끼쳤다. 사냥하러 갔다가 맹수를 잡기는커녕 오히려 자기가 도에 지방의 왕에게 포로가 된다면…

그러나 안심했다. 도에의 왕은 백인을 잡아먹는 경우 자기 나라가

258

멸망한다는 미신을 가지고 있다고 신부들이 귀띔해 주었기 때문이다. 한 가지 받아들이기 난처한 관습이 또 있었다. 왕은 귀한 손님들을 접대할 때마다 토종꿀로 만든 술에 죽은 나방이를 띄우고는 사람의 해골에 담아서 마시라고 내주었던 것이다.

식인 풍습과 관련된 우스개 소리가 있다.

1차 대전 직후 유럽에 갔다가 다시 돌아온 영국인에게 나이지리아의 한 지방의 왕이 질문했다.

"유럽에서 큰 전쟁이 벌어졌다고 하는데 영국은 적을 몇 명이나 죽였는가?"

"수십만명은 될 겁니다."

왕이 깜짝 놀라서 되물었다.

"수십만명이라니! 우린 전투를 해도 겨우 십여명만 죽이는데…어떻게 다 먹어치우려고 그렇게나 많이 죽였나?"

이번에는 영국인이 소스라치게 놀랐다.

"우린 사람을 절대로 먹지 않습니다, 전하!"

"뭐라고? 먹지도 않으려면 왜 사람을 함부로 죽이나? 천하에 몹쓸 야만인들 같으니!"

믿거나 말거나 하는 소리다. 나이지리아의 라고스에서 이런 이야기를 들었을 때 나는 어느 쪽이 "진짜 야만인"일까 하는 생각에 고개를 갸우뚱했다.

솔로몬과 시바의 여왕의 후손이란 조작인가?

구약성서의 열왕기 전서(10장 1절에서 13절까지)에는 시바의 여왕이 솔로몬의 명성을 듣고 방문한 이야기가 나온다. 그리고 여왕은 솔로몬에게 황금 120 탤런트(1 탤런트가 34.2 킬로그램이니까 전체는 4.1톤이나 되는 어머어마한 무게다!) 와 엄청난 분량의 향료와 각종 보석을 선물로 바쳤다고 한다.

시바의 여왕은 어디서 온 인물일까?

우선은 예멘의 여왕이라는 설이 있다. 기원전 8세기의 아시리아 기록에 아랍인들이 여자 지배자들의 지배를 받는다는 구절이 있으니 아라비아 반도의 한 나라에 여왕이 있었다는 추정이 가능하다. 그리고 시바는 아라비아 반도에 위치하는 예멘 지역에서 주도권을 수백 년간 행사한 나라라고도 한다.

그러나 여기에 등장하는 여왕이 북아프리카의 사베아족의 여왕일 것이라고 하는 주석도 있다. 한편 에티오피아 사람들은 시바의 여왕이 바로 에티오피아의 여왕이라고 믿는다. 14세기 에티오피아 문헌("에티오피아 왕들의 영광에 관한 책";대영박물관에 보관되어 있다)에 기록된 전설이 그 근거가 되는데 그 내용은…

기원전 천년경 에티오피아 왕이 죽을 때 자기 딸 마케다에게 시바의 여왕이라는 칭호를 주고 후계자로 지명했다. 솔로몬이 성전을 지을 때 에티오피아 상인 탐린이 예루살렘에 가서 황금과 대리석과 열대지방 목재를 팔았다. 솔로몬은 그 상인을 통해서 시바의 여왕에게 막대한 선물을 전달했다.

탐린은 여왕에게 이렇게 보고했다.

"솔로몬 대왕은 매우 친절하고 겸손하게 말을 합니다. 하느님에 대한 두려움과 지혜가 왕국과 왕궁을 지배합니다. 그분의 입에서는 명언들만 흘러나오고, 그 목소리는 꿀처럼 달고, 그 수려한 용모는 지상의 그 누구도 따를 자가 없습니다. 그분의 모든 것이 그저 놀라울 따름입니다."

여왕은 너무나 깊은 감명을 받았다. 즉시 예루살렘을 방문했고 솔로몬과 사랑을 나누었다. 구약성서에는 여왕이 감탄하는 장면이 나온다.

"당신의 아내들과 하인들은 얼마나 행복하겠습니까!"

(솔로몬은 7백명의 아내와 3백명의 첩을 거느렸다. 과연 천명이 넘는 왕궁의 여자들이 행복했을까? 의문이다.) 어쨌든 솔로몬과 시바의 여왕 사이에서 메넬릭크라는 아들이 태어났다.

메넬릭 1세에 대해서 "아프리카의 영광"이라는 책의 저자 돈 칼 스테펜은 이렇게 주장한다. 솔로몬은 메넬릭크가 자기의 장남이라는 사실을 공인하고, 자기 신하와 장교들의 장남들을 메넬릭크에게 하인으로 내주었다. 그리고 앞으로 메넬리크의 아들만이 대대로 에티오피아의 지배자가 될 것이라고 선언했다.

현대의 하일레 셀라시에 황제는 자신이 바로 이 메넬리크의 후손이라고 말하면서 "유다족의 정복하는 사자"라는 칭호를 스스로 붙였다. 에티오피아의 흑인 유태인들 즉 고대 유태교의 형태를 실천하는 팔라샤(Falasha)들과 일부 에티오피아 귀족 가문들은 자기네가 바로 솔로몬의 신하와 장교들의 장남들로부터 내려오는 후손이라고 주장한다.

그리고 14 세기 에티오피아 문헌에는 다음과 같은 흥미 있는 기록도 있다.

시바의 여왕이 예루살렘을 떠나기 전날 밤 솔로몬은 여왕에게 자기 방에서 밤을 같이 지내자고 제안했다. 여왕은 왕이 동침을 강요하지 않는다는 조건 아래 동의했다. 왕은 자기의 몸과 재산을 여왕이 존중해 주어야 한다는 조건을 달았다. 그래서 둘은 침대를 따로 따로 쓰면서 그 사이에 물병을 놓았다.

솔로몬은 시바의 여왕의 시녀를 데리고 잤다. 그 시녀의 몸에서 난 아들이 에티오피아의 "자그네" 왕조의 시조가 되었다. 밤에 갈증을 느낀 시바의 여왕이 물병의 물을 마셨다. 그러자 솔로몬이 트집을 잡았다. 자기 재산을 존중하겠다는 약속을 여왕이 어겼다고. 결국 시녀를 내보내고 여왕이 솔로몬의 침대로 자리를 옮겼다.

그날 밤 솔로몬은 이상한 꿈을 꾸었다. 찬란한 태양이 이스라엘 위로 떠오르더니 악숨(에티오피아)으로 건너갔다. 그 다음에 떠오른 태양은 유난히 이탈리아와 에티오피아만 다른 지역보다 더 밝게 비추었다.

첫 번째 태양은 메넬리크 1세가 예루살렘 성전의 "계약의 궤"를 에티오피아로 가져다가 악숨의 성모 마리아 성당에 안치한 것을 의미한다. 두 번째 태양은 크리스트교가 이탈리아와 에티오피아에 퍼지는 것을 의미한다.

시바의 여왕이 에티오피아 왕의 딸인지 아닌지는 증명할 길이 없을 것이다. 바질 데이비드손은 "아프리카의 잃어버린 도시들"이라는 책에서 에티오피아 왕들이 솔로몬과 시바의 여왕 사이에서 나온 아들의 후손이라는 주장은 전혀 근거가 없는 조작이라고도 했다.

시바가 아라비아 반도의 예멘이든 에티오피아든,"시바의 여왕"이 예루살렘을 방문해서 솔로몬과 만난 것만은 구약성서에 기록되어 있으니 믿을 수밖에 없을 것이다. 물론 구약성서에 그 두 사람이 결합했다는 구절은 없다. 그러나 천명의 여자를 거느리고 산 솔로몬이라면 자기를 흠모해서 찾아온 시바의 여왕을 손도 대지 않은 채 고이 돌려보냈으리라고는 믿기 어려울 것이다. 그래서 전설이 생겨났을 것이다.

바위산을 깎아 지은 성당

이디오피아의 수도 아디스아바바(에서 북쪽으로 4백여 킬로미터 떨어진 랄리벨라(Lalibela;유네스코의 세계문화 유적지로 지정됨)에 특이한 성당이 11개가 있다. 해발 2천 6백 미터인 랄리벨라의 고산 지대의 바위산을 깎아 들어가면서 지은 건물이다. 이런 성당들은 랄리벨라 북쪽에도 수십 개나 된다.

게랄타 지역에 가장 많아서 30여개가 몰려 있다. 흐와젠의 작은 성당(흐와젠 테클라 하이마노트)은 가장 오래된 것이다. 우크로에 위치한 우크로 키르코스 성당은 가장 웅장한 작품으로 유명하다.

랄리벨라는 고대 왕국의 수도 악숨이 쇠망한 이후 새로운 왕조의 수도로 건설되었고 그후 에티오피아 전체의 종교 중심지로 발전했다. 여기 있는 성당 11개는 13세기초에 바위산을 깎아 들어가면서 지은 것이다.

탄자니아, 바가모요 "성신선교회"
신부들이 사용하는 성당 (리빙스톤 시체를 안치했던 소성당 건너편)

그 중에서도 가장 유명한 것이 비에타 기오르기스 성당인데 모두가
좁은 통로와 터널로 서로 연결되어 있다. 이 성당들을 전부 구경하는데
는 3-4 시간이 소요되고 입장료는 약 50 달러다.

바위산을 깎아 들어가면서 건물을 지었다고 하면 돈황 석굴을 연상
할지 모르나 에티오피아의 성당들은 성격이 전혀 다른 것이다. 돈황 석
굴이 가파른 절벽을 파고 들어간 것인 반면, 에티오피아 성당들은 바위
산 꼭대기를 수직으로 파고 들어간 것이다. 그러니까 바깥에서 보면 그
바위산 안에 건물이 있는지 없는지 모른다. 더 높은 곳에서 내려다보아
야만 알 수가 있다.

이런 특이한 건물이 가능한 것은 바위산이 화산재가 굳어져서 형성
된 붉은 색의 응회암이라서 파고 들어가기가 비교적 쉽기 때문이다. 물
론 작업은 무척이나 고된 것이었다. 9백년 전에 무슨 변변한 도구가 있

었겠는가?

어쨌든 우선은 가운데에 거대한 바위 부분을 남기고 그 사방을 12미터 깊이로 도랑을 파 내려간다. 그리고는 가운데 바위 덩어리를 그리스 십자가 형태로 만들고 그 내부를 파내서 사람들이 들어갈 수 있는 건물을 만드는 것이다. 건물 전체가 일종의 조각작품이 되는 것이다.

측량이나 설계에 실수가 있는 경우에는 거대한 바위 건물 전체가 무너질 위험도 있었다고 하니 고대 에티오피아 사람들의 기술이 놀랍기만 하다.

그러면 8백년 전에 왜 랄리벨라의 왕이 이런 특이하고도 어려운 작업을 했을까? 수백년 동안 역사학자들을 괴롭힌 수수께끼였다.

에티오피아의 문서에 나오는 기록을 보면 신이 랄리벨라에 그런 성당을 지으라고 계시했다고 한다. 사람들이 낮에 일을 끝내고 돌아가면 밤에는 천사들이 와서 작업을 계속했다는 전설도 있다.

그러나 역사가들은 달리 해석한다.

지금부터 9백년 전에 자그네 왕조가 솔로몬 왕조를 타도하고 왕위를 빼앗았다. 랄리벨라 왕국은 인기가 없었고 국력이 기울기 시작했다. 반면에 솔로몬 왕조의 세력이 회복되기 시작해서 자그네 왕조가 위협을 받았다.

결국은 왕권 강화를 목적으로, 그리고 크리스트교의 지지를 확보하기 위해서 랄리벨라 왕이 건축을 시작했다고 보는 것이다. 그러나 랄리벨라 왕이 전재산을 바쳐서 성당들을 건축했고 경건한 수도자와 같은 생활을 하다가 죽었다는 사실을 보면, 성당 건축의 동기가 반드시 세속적인 계산만은 아닐 것이다. 신앙심이 바탕이 되지 않으면 이루어지지 못할 일이 아닐까 생각한다.

건축 양식은 각가지 창문을 보면 알 수 있듯이 그리스 문화와 비잔틴 문화 뿐 아니라 페르샤, 중앙 아시아, 중국의 양식도 가미되어 있다. 그리고 성모 마리아 성당과 성 메르쿠리오스 성당에는 구약 성서의 일화들을 그린 벽화가 많이 남아 있어서 눈길을 끈다. 골고타의 미카엘 성당의 작은 방에는 무덤이 두 개 있는데 하나는 랄리벨라 왕의 것이고 또 하나는 아담의 무덤이라고 한다. 믿거나 말거나 하는 이야기이다.

이디오피아는 서기 333년에 크리스트교 국가가 되었고 그후 3백년 이상이나 알렉산드리아와 밀접한 관계를 유지했다. 그러다가 이집트가 이슬람으로 변하자 다른 크리스트교 국가들과 단절되었다.

랄리벨라는 "에티오피아의 예루살렘"으로서 그 명성이 자자하여 지금도 수백 킬로미터 밖에서 순례자들이 몰려들고 있다. 바위산을 깎아서 만든 성당의 미사에 참례하고 기도를 드리기 위한 목적이다. 황량한 산악지대에서도 크리스트교 신앙이 찬란하게 꽃을 피운 것이다.

바위산과 관련된 재미있는 일화가 있어서 여기 소개한다.

14세기의 인물인 은둔 수도자 가브레 만푸스는 363년간 살았다고 한다. 자켈라 산에서 주로 야생 동물들을 벗삼아 살아간 것이다. 그래서 에티오피아의 동물보호 수호성인이 되었다. 자연보호 운동의 선구자가 아닐까?

이 성인의 축일에는 연인들이 자켈라 산을 함께 순례하는 풍습이 있다. 그 산꼭대기에 갈라진 바위 사이로 난 작은 오솔길이 있는데 그 길을 연인들이 통과하는 것이다. 서로 진심으로 사랑하는 사이가 아니면 그 바위가 양쪽에서 밀려들어와 자기네를 눌러 죽일 것이라고 믿으면서 말이다. 그래서 이것을 "진실의 바위"라고 부른다.

　사자와 표범과 까마귀에 둘러싸인 성인의 초상화가 아디스아바바의 성 죠지 대성당에 걸려 있다. 그리고 수십명에 이르는 성인의 추종자들이 노란 색의 긴 장삼을 걸친 채 나무 열매를 먹고 동굴에서 자면서 세상과 등지고 지금도 이 산에서 수도를 계속하고 있다.

말라리아와 체체 파리

아프리카에 근무한 사람 치고 말라리아에 걸려보지 않은 사람이 없다. 나는 나이지리아에 머무는 동안 한달에 보통 서너 번은 말라리아로 고생을 했다. 증상은 사람마다 다르다. 갑자기 심한 복통이 오거나 하루 종일 설사를 하거나 온 몸에서 기운이 쪽 빠져서 꼼짝도 못한다. 40도 가깝게 열이 오르고 극심한 오한이 나기도 한다. 3-4일 누워서 지내야 할 때도 있다. 그리고 여러 가지 증상이 한꺼번에 닥치기도 한다.

말라리아는 예방약을 먹어도 걸린다. 백 퍼센트 예방이란 불가능하다. 그리고 가난 때문에 예방약(한알에 백원)이나 치료약을 사먹지 못하는 원주민들 가운데 말라리아로 죽는 사람도 많다. 특히 어린애들이 잘 죽는다.

말라리아는 수백 종류가 되고 나라마다 그 종류가 달라서 예방약과 치료약이 역시 나라마다 다 다르다. 새로운 종류의 말라리아가 계속해서 생겨나는 것도 문제다. 말라리아 모기가 옮기는 프로토조아가 병을 일으키는데 사람만 걸리는 것이 아니라 원숭이, 쥐, 새, 파충류도 걸린다.

말라리아는 인류가 아주 오래 전부터 알고 있던 병이다. 기원 전 5세기에 이미 히포크라테스가 각종 열병을 설명했던 것이다. 치료법으로서는 말라리아의 정체를 알기도 전에 친코나 나무의 껍질을 사용했고 키니네는 서기 1700년부터 사용해 왔다.

말라리아 환자는 1970년대에 전세계에서 1억 2천만 명이었다. 1955년부터 세계보건기구가 말라리아 퇴치운동을 일으켰으나 열대지방에서는 아직도 성공하지 못하고 있다.

19세기초에 영국인들이 나이지리아 북쪽의 니제르강 유역에 식민지를 건설하려고 했다. 나이지리아에서 생산되는 야자 기름을 대량으로 구입하는 교두보를 구축할 목적이었다. 그러나 말라리아에 걸려서 3분의 1이 죽고 말았다. 결국은 나머지가 모두 철수하고 식민지 건설 계획은 실패했다.

서아프리카의 해안 지방에서 유럽인들이 내륙으로 진출하는데 실패한 원인으로 말라리아의 위협을 드는 경우가 많다. 동아프리카에서도 사정은 비슷하다. 그래서 애그레이 박사 같은 학자는 서아프리카를 유럽인의 손에서 구해 준 가장 훌륭한 친구가 말라리아 모기와 체체파리라고 말하기도 했다.

보통 파리보다 작은 체체파리는 사람과 가축에게 수면병을 일으킨다. 이 파리에 물리면 그냥 졸다가 자다가 하면서 죽는 것이다. 그러나 야생 동물은 이 수면병에 걸리지 않는다.

체체파리의 위협과 피해는 동아프리카에서도 특히 탄자니아가 심하다.

그러나 서아프리카를 말라리아 모기가 방어해 주었다는 말에 대해서 역사학자들은 다른 해석을 내린다. 서인도 제국과 벵갈에도 말라리아 모기가 많지만 식민지가 되었다고 지적하는 것이다.

결국 서아프리카가 유럽인들이 진출하기 시작할 때 당분간 식민지 신세를 면한 이유는 다른 데 있다. 해안의 원주민들이 유럽인들과 내륙 지방 사이의 무역의 주도권을 자기들이 쥐고 중계무역의 이익을 독점하고 싶었다. 그래서 유럽인들의 내륙지방 탐험이나 진출을 적극적으로 막았다는 것이다.

시에라 레온인지 나이지리아인지 분명하지 않지만 어느 동양인 대사가 말라리아 예방약을 먹기 싫어했다. 사실 팔로드린이든 할판이든 예방약을 오랫동안 정기적으로 복용하면 부작용이 난다. 피부가 노란 색으로 변하고 눈이 침침해지고 소화가 잘 안 된다. 머리도 어지럽다.

그래서 그 대사는 3년간 약을 먹지 않고 버티었다. 문이란 문은 방충망을 이중으로 쳤다. 그러나 결국은 본국으로 돌아간 뒤 얼마 지나지 않아 말라리아 발병으로 사망했다. 귀국 전날인가 문을 열고 닫고 할 때 이중 방충망을 뚫고 들어온 모기에게 물렸기 때문이라고 한다.

나는 하루에 두알씩 매일 먹어야 하는 팔로드린이 100알 든 통을 사다가 냉장고에 넣어두었지만 매일 먹지는 않았다. 두통이나 설사등 증세가 나타나는 즉시 두알을 한꺼번에 먹었다. 어떤 때는 세알도 먹었다. 그러면 대개 하루나 이틀 지나서 증세가 가시고는 했다.

그러나 한달에 서너번 심하면 일주일에도 두번씩 찾아오는 그 증상

아프리카 소녀들

은 정말 견디기가 고역이었다. 특히 설사와 두통은 질색이다. 설사 증세가 나타나면 외출도 못한다. 차를 타고 가든가 사람을 만나고 있을 때 묽은 설사 증세가 나타나면 정말 난처하니까 말이다.

몸져누울 정도로 증세가 심하면 병원에 가서 주사를 맞아야 한다. 설사 증세가 나타났을 때 한국식으로 설사약만 먹다가 악화되어 혼이 난 사람들도 많다. 아프리카에서는 몸에 조금이라도 이상이 생기면 우선적으로 말라리아라고 의심해야 한다.

콜롬부스보다 먼저 신대륙을 발견하다

아메리카 대륙을 정말 콜롬부스가 제일 먼저 발견했을까? 바이킹족이 먼저 신대륙에 건너갔다는 말도 있다. 그것이 사실이라고 가정해도 물론 콜롬부스는 그 사실을 알지 못 했을 것이다.

그러나 콜롬부스가 알고 있던 것이 있다. 자신이 신대륙의 최초의 발견자가 아니라는 사실 말이다. 해롤드 G. 로렌스는 "신대륙의 아프리카인 탐험가들"이라는 저서에서 아래와 같이 주장한다.

콜롬부스가 아프리카 해안에서 멀리 떨어진 까뽀 베르데 제도에 도착했을 때 여러 사람들이 콜롬부스에게 이런 말을 해주었다. 즉 기니 해안에서 흑인들이 카누(통나무 배)에 상품을 싣고 대서양 서쪽으로 진출하고는 했다고. 이것은 이미 오래 전부터 잘 알려진 사실이라고.

콜롬부스가 서인도 제도에 도착했을 때 히스파뇰라 인디언들에게서 얻은 정보는 그 인디언들이 남쪽 또는 동남쪽에서 바다를 건너온 흑인들로부터 황금을 얻을 수 있었다는 것이다.

한 가지 추가할 것은 아메리고 베스푸치가 신대륙으로 가는 도중에 직접 목격한 사실이다. 즉 대서양을 건너서 아프리카로 되돌아가는 바로 그 흑인들을 베스푸치가 본 것이다.

레오 비이너 교수는 1926년에 선언하기를 아프리카 흑인들이 남북 아메리카 대륙에 존재한 사실을 서기 9세기까지 거슬러 올라갈 수 있다고 했다. 그러나 존 G. 잭슨은 "아프리카 문명의 서론"에서 아프리카 흑인들이 이미 3천년 전부터 신대륙에 살았다고 주장한다.

에콰도르의 수도 키토의 에르네스토 프랑코가 수집한 고고학적 유물 가운데 흑인 석상이 있는데 2만년 전의 것으로 추정된다고 한다. 그리고 페루의 과학자가 마르카하우시 고원의 절벽을 탐사한 결과 거대한 벽화들을 발견했는데 거기 흑인의 머리 뿐 아니라 낙타, 코끼리, 암소, 말 등 콜롬부스가 신대륙에 도착했을 당시의 원주민들에게는 알려지지 않은 동물들이 그려져 있었다고 한다.

바질 데이비드슨은 "서아프리카"에 기고한 논문에서 서아프리카의 말리 제국의 만사 무사 황제와 카이로 출신의 학자 이븐 아미르 하지브가 1324년에 나눈 대화를 소개하고 있다.

만사 무사의 선대인 무하마드 황제는 대서양 저쪽에 무엇이 있는지 알고 싶었다. 그래서 2백척의 배를 건조해서 선원들을 태웠다. 황금과 여러 해 동안 견딜 수 있을 만큼 많은 물과 식량을 실었다. 그리고 지휘관에게 말했다.

"바다 저쪽 끝에 도달하거나 식량과 물이 떨어진 경우에만 돌아오라."

아프리카의 대서양 해안

　　오랜 세월이 지나서 단 한 척만 돌아왔다. 바다 한가운데서 이상한 해류를 만나 다 사라진 것이다.　황제는 단념하지 않고 2천 척의 배를 건조했다. 1천 척은 자신이 지휘하고 1천 척은 물과 식량을 운반했다. 무하마드 황제는 출발했다. 그리고 다시는 돌아오지 않았다…

　　데이비드슨은 이 탐험대가 신대륙에 도달했을 것이라고 본다. 세네갈에서 출발하면 까뽀 베르데를 지나서 항상 서쪽으로만 흐르는 적도 해류를 타고 멕시코 만까지 항해가 가능하다는 것이 그 근거다.

　　콜롬부스가 신대륙을 발견했다는 것은 백인 우월주의에서 나온 관점일 것이다. 아니면 유럽인들의 입장에서 보면 발견일 것이다. 아프리카 흑인들이 콜롬부스보다 훨씬 이전에 신대륙으로 건너갔을 가능성도 충분히 인정이 된다. 2년 전인가 나이지리아에서 길이가 10미터나 되는 목선이 발굴되었다. 노아의 방주보다 더 오래된 것으로서 8천 5백년 전의 배라고 학자들이 추정했다. 그러니까 아프리카 대륙에는 수천년 전부터 조선기술이 발달했고 또 실제로 배를 건조해서 사용했다는 점이 드러났다.

그러나 누가 먼저 신대륙으로 건너갔는가는 그리 중요하지 않다. 신대륙의 원주민들의 입장에서 보면 "발견"이 결코 아니기 때문이다. 그저 언젠가 바다를 건너서 백인이든 흑인이든 자기네 땅을 찾아온 것에 불과하다.

문제는 그런 초대하지도 않은 방문의 결과로 대규모로 조직적으로 정복과 학살과 착취가 벌어졌고 2백년에 걸쳐서 2천만명 이상의 흑인 노예가 아프리카에서 신대륙으로 실려갔다는 역사적 사실이다.

노예무역으로 돈을 번 유럽인들은 물론이고 노예를 사들인 아메리카 대륙의 사람들과 중동 및 인도 사람들이 역사적인 반성을 해야 할 것이라고 본다. 물론 이웃 종족들을 마구 잡아다가 노예로 팔아먹은 당시의 아프리카 왕들이나 족장들도 책임을 면할 수는 없다.

제 8 장

천국과 지옥의 땅

> **코트디봐르의 야마무스크로 대성당은
> 로마의 바티칸 성당을 모방해서 지은
> 7천 여개의 좌석을 가진
> 세계 최대의 성당이다**

한국인 선장들은 특공대 조업에 나선다

해가 뜨기 직전의 모리타니아 서해안. 한국에서 신혼여행을 마치자마자 아프리카의 원양어선으로 돌아온 20대 후반의 젊은 선장이 지휘하는 어선이 모리타니아의 영해 안으로 몰래 들어가서 "한탕" 뛰고 나온다. 속칭 "특공대 조업"이라고 하는 것이다. 물론 불법이다. "한탕"이 성공하면 대개 5-6만 달러는 거뜬히 번다고 한다. 주로 조기를 훑어 가는 것이다.

다른 나라 배들은 그런 특공대 조업을 하지 않는데 우리 나라 선장과 선원들만이 목숨을 걸고 한다는 이야기가 있다. 과거에는 모리타니아 사람들이 한국어선에 고용되어 기술을 배웠는데, 어설픈 기술에 자만해서는 한국어선을 모두 추방해 버렸다. 돈에 욕심이 생겨 자기네가 직접 고기를 잡겠다는 것이다.

그러나 어선 3백여 척 가운데 겨우 열 척 정도만 조업을 한다. 운영이 안 된다. 국고 수입의 대부분을 어업에 의존하면서도 모리타니아는 인건비가 비싸다는 이유로 외국인 어선을 채용하지 않는다.

그러니 영해 밖으로 쫓겨난 우리 어선들이 고기떼를 멀거니 구경만 하겠는가? 결국 서아프리카 연안국가들의 경비대와 우리 어선들 사이에 쫓고 쫓기는 추격전이 자주 발생하게 된다.

특공대 조업이 언제나 성공으로 끝나는 것은 아니다. 위의 어선이 영해 밖으로 나왔을 때 어디선가 경비정이 나타나 기관포를 쏘기 시작했다. 어선은 무작정 달아났다. 그러나 어느덧 경비정이 어선 옆으로 바싹 붙었다. 선장은 기관의 발동을 끄고 모두 바닥에 엎드려 있으라고 지시했다.

반시간 가량 경비정의 군인들이 어선을 감시했다. 총소리도 들리지 않았다. 그래서 경비정이 돌아갔는지 여부를 확인하려고 선장이 바닥에서 몸을 일으켜 환기 통으로 밖을 내다보았다. 그 순간 총소리가 들렸다.

젊은 선장이 다시 바닥에 푹 쓸어졌다. 이마 한 가운데에 총알을 받은 것이다. 경비정의 군인이 바로 그런 순간을 기다렸다가 조준사격을 한 것이다. 그 젊은 선장은 결혼한지 13일만에 원양어선을 처음 탔다가 참변을 당했다.

결혼신고도 하지 못한 상태였다. 유가족이 회사에게 2억 5천만원을 요구했으나 결국은 1억 6천만원으로 타협이 되어 시체를 한국으로 운구했다. 이 보상금을 둘러싸고 며느리와 시어머니 사이에 싸움이 벌어졌는데, 혼인신고가 안 되어 있다는 약점으로 며느리는 30%만 받았다고 한다.

선장 뿐 아니라 선원들도 가끔 이렇게 총에 맞아 이 세상을 하직한다고 한다. 대포 포탄에 맞아서 우리 어선이 격침된 경우도 있다. 비행기를 동원해서 기총소사하는 경우도 있다.

그리고 시에라 레온에는 급성맹장으로 죽은 선원들의 무덤도 있다. 시에라 레온의 수도 프리타운에 사무실을 두고 있는 수산회사의 손부장에게서 들은 이야기다. 그러자 전에 휘지에 출장을 갔을 때 본 우리 선원들의 무덤이 뇌리에 떠올랐다. 그 선원들도 대개 급성맹장으로 죽어서 공동묘지에 묻힌 것이다.

경비정에게 배가 잡히면 벌금을 7천 달러 내는 것이 관례다. 한탕에 몇만 달러를 버는 판이니 그런 벌금이 우습게 보일 것이다. 그러나 그렇지 않고 호되게 당하는 경우도 있다. 어느 선장이 120만 달러의 벌금형을 받고 그 배는 150만 달러의 벌금형에 처해졌다.

그래서 돈을 낼 수 없는 선장은 사막 땅을 포클레인으로 파고 그 위에 쇠창살을 얹은 감옥에 갇혀서 5년 7개월을 복역할 신세가 되었다. 3년 반이 지난 어느 날 한국인 목사가 우연히 그런 소문을 듣고 구출작전에 나섰다. 딸이 탄원서를 내고 대사관이 개입했다. 그래서 겨우 살아 나왔다. 그런 감옥에 갇혔던 선장이 여러 명이라고 한다.

아프리카 북부의 지중해에서 참치를 잡는 우리 어선(대개 5-6백톤)은 백여 척이다. 남미 동쪽 해안에서도 참치를 잡는다. 전부 수출을 한다. 그런데 참치의 볼과 배에 붙은 살은 선원들이 도려내서 먹어치운다고 한다. 쫄깃쫄깃하고 살살 녹는 그 맛이 최고라서 선원들이 먼저 실례(?)하는 것이다.

모리타니아와 모로코 해안에서는 주로 조기를 잡는다. 대개 40일간 조업하면 50톤을 잡는데 톤당 가격이 7천 달러니까 전체 액수는 35만 달러다. 모두 서울로 보낸다. 한국에서 소비되는 조기의 60%가 여기서 공급된다고 한다.

이 해안에서는 4-5월에 문어와 오징어도 잡는데 일본 배들에게 전부 넘겨서 수출한다. 남아공 남쪽에서는 주로 명태와 오징어를 잡아서 전부 한국으로 보낸다. 한국에서 소비되는 오징어의 절반 이상이 여기서 잡는 것이라고 한다.

서북 아프리카에서 남미의 동해안으로 다니는 원양어선은 백톤 짜리도 괜찮다고 한다. 심한 태풍이 없어서 작은 배도 염려가 없다는 것이다. 이 말을 듣자 콜롬부스보다 훨씬 먼저 아프리카 사람들이 거대한 범선이 아니라 작은 쪽배를 타고 미대륙을 왕래했다는 주장이 신빙성이 있게 보였다.

이제 우리 나라의 선원들도 고학력이다. 항해 중에 소설이나 월간잡지를 많이 읽는다. 한국신문은 라스 팔마스에서 구해 본다. 시에라 레온의 교민들이 한달 지난 것을 겨우 받아보는데 선원들은 더 최신의 신문을 받아보는 것이다.

월급(기본급)은 선장이 2천 4백 달러, 기관장이 천 7백 달러, 항해사가 천 5백 달러, 선원이 천 2백 달러 수준이다. 기본급 이외에 어획고를 일정한 비율로 분배하는 수입이 있다. 선상반란이나 주먹싸움이 벌어지는 것도 이 분배가 불씨인 것이다. 선장의 나이가 대개 27세에서 33세까지다. 35세만 되면 은퇴다. 반면에 안살림을 도맡아서 하는 기관장은 10년 이상이나 나이가 많다. 그래서 선장과 기관장의 사이를 부부관계로 보고 회사에서 인원을 배치할 때 두 사람의 "궁합"을 본다고 한다. 두 사람이 궁합이 잘 맞으면 사고가 나지 않는다고 믿기 때문이다.

프리타운에는 무장 해적선들이 있다

3년 전에 내가 나이지리아에 있을 때 한국인 선장 한명이 선상반란의 희생자가 되었다. 외국인 10여명과 한국인 3명을 태운 배가 라고스 항구를 출항하여 시에라 레온으로 가던 도중 밤에 외국인 선원들이 반란을 일으켰다. 이유는 확실하지 않으나 평소에 선장에 대해서 악감정을 품고 있었기 때문이다. 한국인 선원들을 대항하지 못하게 제압했다. 선장을 정신을 잃도록 두들겨 팬 뒤에 바다에 던져버린 것이다.

나이지리아 수산회사를 상대로 손해배상 소송이 아직도 계류 중이다. 사장은 요리조리 핑계를 대면서 재판을 질질 끌기만 한다. 배상해 줄 생각이 없는 것이다. 대사관으로서는 유가족을 위해 현지인 변호사를 붙여주었지만… 안타까운 일이다.

기니에서 새우잡이를 할 목적으로 장사장 이라는 교민이 라고스에서 중고선박을 43만 달러에 매입했다. 그리고 시에라 레온의 프리타운 항구로 끌고 왔다. 그러자 관리들이 뚜렷한 이유도 없이 벌금을 20만 달러를 매겼다. 나이지리아 중고선박의 품질이 좋기 때문에 빼앗을 작정인 것이다. 관리들은 그런 배를 빼앗아서 다른 업자(사실은 미리 부탁해 둔 업자)에게 10만 달러에 넘긴다.

결국은 고위층을 동원해서 벌금 3-4천 달러로 해결한 적이 있다.

프리타운에서는 한달에 한번 꼴로 무장해적의 습격도 받는다. AK47을 기관실에 난사하면서 해적들은 그동안 잡아온 생선을 몽땅 털어 가는 것이다. 어선도 무장을 하고 대항하면 어떤가? 그것은 더 위험하다고 한다. 선원들을 해적들이 마구 죽일 테니까. 차라리 생선을 고스란히 빼앗기는 것이 낫다고. 고기는 다시 잡으면 되지만 사람이 죽으면 끝장 아닌가?

선원 생활을 몇 년간 착실히 하면 큰돈을 모을 수가 있다. 그러나 사람이 다 부처님 같지는 않다. 내가 손부장에게 그런 사정을 짐작하면서 물었다.

"선원들이 항구에 들어와 하선하면 돈을 마구 쓴다면서요?"

"1년만에 땅을 밟으면 대개는 눈이 뒤집혀지지요. 한 달치 월급을 하룻밤에 다 날려보내는 경우도 있습니다. 한탕 또 뛰면 되지 라고 하면서…"

선원들만 어리석다고 탓할 일이 아니라고 생각했다. 평범한 월급쟁이 월급의 몇 배나 되는 돈을 하루 밤에 탕진하는 "귀하신 몸"(?)들이 한국에는 얼마나 많을까? 씁쓸한 미소만 내 입술에 떠올랐다.

흑인 남자를 따라간 한국 여자

내가 나이지리아의 라고스에서 자주 단골로 찾아가던 성 소피아 병원의 원장은 러시아 여자다. 말라리아는 물론이고 내가 그때 앓던 알레르기성 피부병도 치료해 주는 의사였다.

알레르기란 참 지독하고 묘한 것이다. 원인도 모르는데 온 몸에 좁쌀 만한 빨간 발진이 돋고 가렵기 그지없다. 특효약이 없으니 더욱 고민이다. 나이지리아에서 근무한지 1년이 지나자 비로소 흑인의 체취가 내 코로 들어오기 시작했다. 그때까지는 송장 썩는 냄새 같이 지독한 그 냄새를 못 맡은 것이다. 그런데 그 냄새는 흑인이 20미터나 떨어져 있어도 바람결을 타고 솔솔 온다. 그러면 알레르기 증상이 나타난다. 미칠 지경이었다.

나이지리아(또는 아프리카)를 떠나야만 낫는 병이라고 하니 더욱 답답한 노릇이다. 임기는 3년이니… 결국 고생만 잔뜩 했다. 그 러시아 여자는 나이지리아 남자와 결혼하고 라고스에서 개업했다. 딸을 하나 두었다. 그러나 별거 중. 그러니까 병원개업을 하기 위한 조건으로 정략결혼을 했는지도 모른다고 추측도 해보았다. 물론 근거가 없는 추측이다.

라고스에 주재하는 흑인 외교관 가운데 백인 여자를 부인으로 둔 경우가 내가 아는 것만도 4-5명된다. 백인 남자가 흑인 여자와 결혼한 경우도 적지 않다. 아무도 이상하게 보지 않는다. 5백년 동안 백인 사회와 흑인 사회가 좋든 싫든 부딪치면서 살아왔고 노예무역을 거치면서 혼혈이 되는 경우가 많았으니 새삼 이상하게 볼 것도 없다.

아프리카 여행 가이드북은 "흑인과 백인의 섹스 관계가 멋지다고 하는 고정관념과도 같은 환상을 버리라"고 백인 여자들에게 충고한다. 그렇다면 흑인 남자들의 물건이 우수하다는 환상을 백인 여자들이 가지고 있다는 것을 간접적으로 수긍하는 말이 된다. 그래서 흑백 사이에 결합이 자주(?) 이루어지는 것은 아닐까?

가이드북은 또 흑인 남자들이 백인 여자들을 자연스럽게 태연하게 유혹하니까 알아서 처신하라고 말한다. 에이즈나 성병을 피하기 위해 항상 콘돔을 가지고 다니라는 충고도 잊지 않는다.

"콘돔을 충분하게 준비해서 가지고 다니시오. 그것이 필요한 경우가 절대로 없을 것이라고 믿지는 마십시오. 흑인 남자가 콘돔을 가지고 다니는 경우는 절대로 없을 테니까."

굳이 그런 충고를 할 필요가 있을까? 지나치게 친절한 가이드가 아닐까?

3년 전인가 라고스에 위치한 우리 대사관에 진정서가 한 통 날아왔다. 부산에서 보낸 것인데… 나이지리아의 흑인 남자를 따라 가출한 딸을 찾아달라고 하소연하는 어머니의 편지였다. 딸의 나이는 26세.

나이지리아의 출입국 및 외국인 등록 업무가 제대로 돌아가고 있다면 소재 파악이 혹시나 가능할까? 모든 것이 뒤죽박죽인 판에 한국여자 한 사람이 어디 사는지 어떻게 확인한단 말인가?

그리고 그 여자는 우리 대사관에 교민등록도 하지 않았다. 등록도 없고 교민행사에도 나타나지 않으니 속수무책이다. 스스로 나타날 때까지 기다리는 수밖에 없다. 그 어머니는 대사관으로 여러 번 국제전화를 걸었다. 답답하니까 그랬을 것이다. 주소나 전화번호마저 일체 알려주지 않는 딸을 얼마나 원망했겠는가? 그러나 답답하기는 대사관의 우리도 마찬가지였다.

나이지리아 남자가 서울에 단기간 취업하고 있을 때 그 여자를 알게되어 교제하다가 한국인 부모의 결사(?) 반대로 둘이 도망친 결과가되었다고 본다. 그렇다면 여자는 남자의 재산을 보고 따라간 것은 아니다. 사랑하니까 따라간 것이라고 해석할 수밖에는 없다.

어머니의 진정서가 날아들기 시작한지 한 1년쯤 지나서 드디어 그여자가 대사관에 나타났다. 영사에게 죄송하다고 하면서 하는 말이… 경제적으로 비록 풍족하지는 않지만 흑인 남자와 행복하게 잘 지내고있다는 것이다. 부산의 부모에게도 소재지를 알렸고 서로 연락을 취한다고 했다. 해피엔딩?

물위의 도시 강비에

아프리카에도 베니스와 같은 물위의 도시, 아니, 마을이 있다. 만 5천 명이 모여 사는 강비에(Ganvie). 아프리카에서 가장 큰 수상 마을이다. 나이지리아의 라고스에서 서쪽으로 한시간 반을 차로 달리면 베넹 공화국의 코토누에 도착한다. 코토누 북쪽에 노쿠에 호수가 넓게 펼쳐진다. 호수는 저쪽 끝이 보이지 않을 정도로 드넓은 것이다.

그 호수 한가운데에 강비에 마을이 자리잡고 있다.

강비에를 찾아가려면 우선 코토누 시내를 벗어나서 곧장 북상해야 한다. "강비에"라는 도로표지판이 보이지 않는다. 그러니까 길을 물어야 하는데 여기서는 공용어가 프랑스어다.

"우 에 강비에?" (강비에는 어디 있습니까?)

"꼬망 누 잘롱 아 강비에?" (강비에까지 어떻게 갑니까?)

강비에의 수상마을에서의 필자

그러면 뭐라고 지껄이면서 손으로 방향을 가리켜 준다. 대부분이 매우 친절해서 성실하게 길을 가르쳐주려고 애쓴다. 프랑스어를 못 알아들으면 떠듬거리는 영어로 말하는 젊은이도 더러 만났다. 물론 나는 프랑스어를 알아들으니까 별 문제가 없었다.

15분 가량 달리면 오른쪽에 "아프리카의 베니스"라고 쓴 작은 말뚝이 보인다. 우회전해서 조금 들어가면 주차장. 입구 왼쪽의 매표소에서 일하는 사람은 정부 관리들이다. 1인당 10 달러를 내면 모터보트 탑승권을 받는다. 호수 안쪽으로 30 미터 가량 뻗은 선착장은 나무로 투박하게 만든 긴 다리 같다. 그 양쪽에 길이 4-5 미터의 고기잡이 목선과 작은 조각배들이 빼곡하게 들어차 있다. 20여명이 타는 모터보트도 4-5 척 눈에 띈다.

선착장 한쪽에는 생선을 파는 아줌마와 소녀들이 줄지어 앉아있다.

소금에 저린 것도 팔고 구운 것도 판다. 야채와 과일을 파는 사람도 있다. 콜라도 판다. 말하자면 물위의 마을로 들어가는 사람들을 상대하는 작은 시장이다. 표정들이 밝고 평화스럽다. 자기 물건을 사라고 악착스럽게 손님을 부르지도 않는다. 물질적인 여유가 아니라 마음의 여유가 엿보였다. 가난하다고 해서 반드시 불행한 것은 아니지 않은가?

구명조끼를 입었다. 배가 떠났다. 수심이 3-4 미터인 호수 군데군데에 갈대 숲이 우거져 있다. 그리고 강비에 사람들이 말뚝을 박고 그물을 둘러친 정치망(아카쟈)도 많이 눈에 띄었다. 고기잡이가 주업이니까 그런 정치망이 당연히 많은 것이다. 그리고 조각배를 타고 그물질을 하는 사람도 적지 않았다.

노를 젓는 대신 긴 막대기를 꽂았다가 뒤로 미는 식으로 움직이는 통나무 배 카누가 나타나면 모터보트가 속도를 줄인다. 모터보트가 일으키는 거센 물결에 그 카누가 뒤집힐 우려가 있기 때문이다.

깨끗하게 손질이 된 모터보트는 베니스에서 말하는 수상택시에 해당한다. 그러면 막대기로 전진하는 카누는 곤돌라인 셈이다.

베니스는 외부세력의 침입을 피하기 위해서 일부러 그곳 주민들이 작은 섬 위에 집을 짓고 살기 시작하면서 형성되었다. 이와 마찬가지로 강비에 마을이 형성된데는 나름대로 역사적인 배경이 있다.

즉 16세기에 폴투갈 사람들이 해안에 진출하자 단 호메이 왕국의 왕이 무차별 노예사냥에 나섰다. 마구잡이로 인근 지역의 사람을 노예를 잡아다가 넘기고 그 대신에 옷감, 진(술),총을 받았다.

그러자 힘이 약한 토피누족이 호수가로 도피했다. 그리고 호수 한가운데에 말뚝을 박고 그 위에 집을 짓고 살았다. 단 호메이의 군대는 얼마든지 호수 속의 마을을 습격해서 사람들을 노예로 잡아갈 힘이 있었다. 그러나 왕은 종교적인 이유 때문에 군대가 호수 속으로 진출하는 것을 금지했다고 한다. 토피누족에게는 천만다행이었다.

강비에라는 지명의 유래를 보면 "강"은 토피누족 언어로 "우리는 구출되었다"는 뜻이고 "비에"는 "마을"을 의미한다. 그러니까 노예사냥에서 "구출된 마을"이라는 의미다.

20분쯤 지나서야 멀리 강비에 마을이 보이기 시작했다. 그러고서도 10분 후에 마을 한복판의 선착장에 닿았다. 기념품 가게에 작은 바가 딸려 있는 집이다. 그 옆으로 이어진 집은 강비에 마을에 하나밖에 없는 호텔이라고 하는데 방이 네 개다. 문을 열어보니 모기장이 쳐진 침대가 달랑 놓인 것이 고작이다.

"하루 밤 자는데 얼마지요?"

"4 달러입니다."

"화장실은 있습니까?"

"따로 없고… 아무 데서나 적당히… "

하기야 물위에 세운 집이니 굳이 수세식 변소를 찾을 필요는 없다.

베니스의 운하처럼 집과 집 사이로 수로가 사방팔방으로 뻗는다. 과일과 야채와 생선을 파는 조각배들이 더러 떠있다. 토요일과 일요일에는 수로가 그런 배로 가득 차서 대단한 구경거리가 된다. 관광객들이 특히 그 광경을 보려고 몰려든다고 한다. 내가 갔을 때는 평일.

마을 한가운데는 시장도 있다. 작은 성당 건물도 있는데 시멘트 블록이 너무 초라하다. 이리 저리 수로를 돌면서 구경했다. 사진도 많이 찍었다. 마을의 출구에 해당하는 지점에 우체국 겸 관청인 건물이 자리잡고 있다. 넓이가 백평은 되는 제일 큰집이다. 올라가 보니 음료수를 파는 가게도 있다. 콜라를 한병 사서 마셨다. 호수의 수면을 휩쓸고 부는 바람이 아주 시원했다. 모터보트가 발동을 다시 걸었다. 그때 10대 소년 서넛이 수영을 하면서 다가왔다.

"콜라값 좀 주세요."

관청 건물에 있던 노인이 야단을 쳤다.

"저리 꺼져!"

측은한 생각이 들어서 내가 베넹 지폐 한 장을 물위에 던져 주었다. 우리 돈으로 치면 천원 짜리. 그 지폐를 향해서 소년들이 수영시합을 벌렸다.

다시 주차장. 하나밖에 없는 기념품 가게에 들어가서 물건을 살펴보았다. 굳이 살 것도 없다 싶었지만 40대 후반의 뚱보 흑인 아줌마를 도와준다는 의미에서 50여 달러에 해당하는 물건을 골랐다. 그리고 백 달러 지폐를 내밀었다.

그랬더니 문제가 생겼다. 그 아줌마가 백 달러를 베넹 돈으로 환산하고 물건값을 뺀 뒤에 내주는 거스름돈을 계산할 줄을 몰랐기 때문이다. 내가 아무리 종이에 계산을 해 주어도 막무가내로 틀린다는 것이다.

아프리카 식의 계산법이 다른가 하는 생각도 들었다. 아니면 나를 얼치기 관광객으로 얕잡아 보고 속이려고 하는가 하는 의심도 없지는 않았다. 그러나 속임수를 쓰려는 눈치는 아닌 것 같다. 곱하기와 빼기를 제대로 배우지 못한 탓일 것이다. 공연히 계산을 둘러싼 실랑이를 하느라고 한시간을 허비했다. 결국은 거래가 성립하지 못 했다. 기념품들을 제 자리에 놓고 백 달러 지폐를 되돌려 받았다. 뒷맛이 개운치 않았다.

"물건을 팔아주겠다는데… 멍청이 같으니라구!"

정글에 지은 바티칸 대성당

몽상가가 권력을 쥐면 엉뚱한 일이 벌어지게 마련인가 보다. 아니, 권력을 쥔 사람이 허황된 꿈을 꾸면 우습지도 않은 블랙 코미디가 벌어지는 것이다. 그 좋은 예가 있다. 가난에 허덕이는 서아프리카의 코트 디봐르. 그 행정 수도 야무수크로의 정글에 세워진 "바티칸 대성당"이다.

코트 디봐르의 수도 아비쟝 북쪽으로 한 시간 가량 차를 몰면 도달하는 야무스크로. 원래의 명칭은 응코크로였으나 우푸웨 봐니 대통령이 자기 어머니의 이름을 따서 다시 명명한 것이다.

1950년대만 해도 응코크로는 인구 5백명 안팎의 존재도 없는 작은 마을이었다. 그러나 여기서 태어난 펠릭스라는 소년이 나중에 대통령이 된 뒤부터는 그 모습이 마치 천지개벽하듯이 변하고 말았다.

대통령은 자기 가문과 조상들에게 거창한 선물을 바치고 싶었다. 그래서 행정 수도로 지정하고 대규모 건설에 착수한 것이다. 허허벌판에 대통령 궁, 정당 본부, 시청, 대학교가 들어섰다. 현재 인구는 10만명. 그러나 인구가 20-30만명은 더 늘어야 도시가 제 면모를 찾을 수 있을 것으로 보인다.

그 가운데서도 가장 놀라운 건물이 바티칸 대성당을 고스란히 모방해서 지은 "평화의 성모 대성당"이다. 세계 최대의 규모로 설계된 이 성당은 화강암과 대리석으로 이루어졌다. 1986년 9월부터 시작해서 3년 4개월 만인 1990년 1월에 완공했다.

성당 안의 7천개 좌석에는 각각 개별적인 에어컨 장치가 되어 있다. 그 외에도 1만 2천명이 더 들어가서 서있을 수가 있다. 이탈리아에서 수입한 대리석으로 깐 광장에는 30만명 이상이 모일 수 있다. 인구 10만 도시에는 너무 넓지 않을까?

36개의 스테인드 글래스 창문. 돔은 로마의 성 베드로 대성당의 돔보다 약간 낮다. 그러나 황금빛 십자가가 그 위에 높이 솟아서 지상에서 168 미터나 되기 때문에 전체 높이는 로마의 대성당보다 23 미터 더 높은 것이다.

공사비는 1억 5천만 달러. 어마어마한 돈이 들었다. 외채가 아프리카에서는 나이지리아 다음으로 많아서 2백억 달러나 되는 나라다. 이자로만 매년 10억 달러 이상이 나가야 한다. 이런 나라에서 건물 하나에 1억 5천만 달러나 쓰다니!

대성당이 완공되고도 9개월이나 지난 1990년 9월에 교황 요한 바오로 2세가 코트 디봐르를 방문해서 이 대성당을 축성했다. 교황으로서는 내키지 않는 걸음이었다고 한다. 그리고 교황은 대통령으로부터 새로 병원을 짓겠다는 다짐을 사전에 받아냈다고도 한다.

코트디봐르에 있는 시계 최대의 야마무스크로 대성당

그러나 교황의 방문으로 코트 디봐르가 시끄러워졌다. 항의 소동이 벌어지고 있고 코트 디봐르 국내정치의 위기도 왔다. 부정부패의 소문도 돌았다. 그러자 우푸웨 봐니 대통령은 국가의 공금이 아니라 자기 개인 주머니에서 모든 돈이 지불되었다고 주장했다. 또한 이 대성당 건축은 하느님으로부터 계시를 받은 것이라고 했다.

"나는 하느님과 계약을 맺었습니다. 그러니 하느님 사업에 대해서 여러분이 공개적으로 왈가왈부 토론할 건 없지 않겠습니까?"

그러나 그렇지는 않다. 어떤 일이 "하느님의 사업"인지 또는 하느님의 사업이라는 명분을 내세우지만 실제로는 개인의 야망을 채우려는 "인간의 사업"인지를 누가 가리겠는가? 어떤 개인이 돈과 힘을 앞세워서 하느님의 사업이라고 주장하면 그 말 그대로 하느님의 사업이 된단 말인가?

우프웨 봐니는 코트 디봐르가 1960년에 독립된 이래 일곱 번이나 대통령에 당선되어 대성당이 완공된지 3년 후인 1993년에 88세로 죽을 때까지 권력을 놓지 않았다.

식민지에서 독립된 공화국의 초대 대통령으로서 33년간 장기집권을 했기 때문에 대성당 건축비 1억 5천만 달러를 조달할 수 있었을 것이다.

그러나 완공된지 얼마 되지 않아서 에어컨이 작동하지 않고 그 넓은 대리석 광장이 잡초로 우거져 있다는 소리가 들린다. 관리가 제대로 되지 않고 또 이용하는 사람도 별로 없는 건물이라면, 그것이 비록 신에게 봉헌된 것이라 해도, 코트 디봐르의 가난한 국민들에게는 별로 달가운 유산이 결코 아닐 것이다.

이것은 남의 일만은 아닐 것이다. 우리 주위에도 개인의 욕망이나 야망을 달성하기 위해서, 허영과 사치를 위해서, 엄청난 돈이 낭비되고 있다. 밍크 코트 한벌에 3천 5백만원… 아파트 한 채에 21억원… 초등학교 아이들까지 방학 때 해외여행을 떠난다…

그것이 국가의 예산이든 개인의 재산이든 낭비는 어디까지나 낭비인 것이다. 허허벌판에 세워진 "바티칸 대성당"의 모조품을 비웃을 자격이 과연 우리에게 있는지 반성해야 할 것이다.

무장강도와 총격전을 벌이는 교민들

나이지리아는 1960년 독립한 직후에 3년간의 내전(비아프라 전쟁)을 겪었다. 연방정부의 승리로 끝났지만 그때 무기를 완전히 회수하지 못해서 많은 무기와 총탄이 민간인 손으로 흘러 들어갔다. 그래서 무장강도가 많다는 설명이다.

그러나 국제적으로 마약밀수 문제를 안고 있는가 하면, 외부로부터 각종 무기가 밀수로 들어와서 암시장에서 거래된다고 한다. 나이지리아 국내에서 총기를 불법으로 제작하기도 한다고 한다.

어쨌든 나이지리아는 밤만 되면 외출이 거의 불가능한 곳이다. 아마도 세계에서 치안이 가장 위험한 곳이라는 정평이 있다. 낮이라고 해서 안전하지는 않다. 2년 전에는 민주화 투사인 아비올라(작년에 감옥에서 사망)의 부인이 아침 9시 반경 암살자들이 쏜 기관총에 사살되었다.

라고스에 거주하는 우리 교민들도 많은 피해를 보고 있다.

국내 큰 기업체의 라고스 지점장이 외국인들이 많이 몰려 사는 아파트에 방을 얻었다. 그런데 하루는 밤에 무장강도들이 침입했다. 아파트 전체를 경비하는 무장경비원이 있는데 어떻게 강도들이 쳐들어왔는지 이해가 안 되었다.

엎드리라고 소리쳐서 무조건 엎드렸다. 그런데 고개가 아파서 약간 고개를 움직였더니 강도가 즉시 권총 손잡이로 그 지점장의 이마를 후려쳤다. 3주간 치료를 받았다. 그리고 외국인들이 모여 사는 그 아파트에서 당장 나와서 직원들이 모여 사는 집단숙소로 자리를 옮겼다. 그 정도로 끝난 것도 다행이다.

대사관 직원도 가족을 데리고 주말에 이웃 도시로 놀러갔다가 돌아오는 길에 라고스 경계선에서 무장강도를 만났다. 몽땅 털렸다. 부인과 딸을 비롯한 가족과 본인 자신의 몸이 성한 것만 해도 다행이라고 안도의 숨을 내쉬었다.

2년 전 어느 토요일 아침.

소규모 비닐가공공장을 경영하는 한국인 사장은 너무나도 어처구니 없는 일을 당했다. 해가 중천에 떠있는 시간인데도 무장강도단이 유유히 정문을 통과하여 쳐들어온 것이다. 총을 쏘면서 사설경비원 둘을 눈 깜짝할 사이에 제압한 것이다. 사장은 본능적으로 맨 구석의 기계 밑에 숨었다. 전에도 그런 강도를 당한 적이 두세번 있었기 때문이다.

강도들이 총을 마구 쏘면서 흑인 종업원들에게 사장을 찾아내라고 위협했다. 한 종업원이 나서서 사장은 그날 출근하지 않았다고 대답했다.

"뭐라구? 이 자식이 어디다 대고 거짓말이야? 사장이 출근한 걸 우리가 다 아는데!"

그러고는 강도가 흑인 종업원의 가슴에 권총을 댄 채 방아쇠를 당겼다. 종업원이 썩은 나무토막처럼 픽 하고 쓸어졌다. 사장은 그 종업원으로부터 불과 5 미터 떨어진 기계 밑에 숨어 있었다.

강도들은 반시간 이상이나 난동을 부리다가 사장실에 있는 현금만 쓸어서 가지고 사라졌다. 흑인 종업원은 물론 현장에서 즉사했다. 사장은 후하게 장례를 치루어주고 죽은 직원의 딸에게 대학 졸업 때까지 전액 장학금을 약속했다.

같은 그 사장이 하루는 출근해서 회사 근처까지 오자 안에서 총소리가 들렸다. 다시 강도를 당한 것으로 직감하고는 차를 돌려서 경찰서로 달렸다. 회사에 무장강도가 들었으니 출동해 달라고 부탁했다.

그러나 어이없게도 경찰은 강도 당한 경위를 서류로 제출하라는 것이다. 바로 그 시간에도 강도들이 자기 회사에서 난동을 부리고 있는데 말이다. 경찰은 출동하기가 싫었던 것이다. 강도들이 떠난 뒤에 현장에 가야 자기네가 안전하니까.

그런 다음에도 귀찮게 굴었다는 것이다. 오라 가라 하고 서류를 내라고 하고… 결국은 경찰에게 정당한 금액을 뒤로 주고 말았다니…

그 이후로는 경찰에 신고하러 가지도 않는다고 한다. 방법은 한가지밖에 없다. 각자 알아서 자기를 방어하는 것이다. 라고스에 오래 사는 교민 치고 강도를 한번도 당하지 않은 경우는 매우 드물다.

시에라 레온의 수도 프리타운에서 수산회사 간부인 한인회 총무가 당한 일은 더 극적이다. 마치 서부활극을 연상시킨다. 어느 날 밤 1시경에 무장강도 5-6명이 그 집을 포위했다. 원양어업회사의 간부니까 집안에 현금을 많이 보관하는 외국인이라고 지목한 것이다. 문마다 쇠창살을 하고 현관문에는 셔터를 내리고 자물쇠를 잠궜기 때문에 강도들이 안으로 쉽게 침입할 수는 없었다.

강도들이 기관총을 안에다 대고 난사하기 시작했다. 총무는 마침 호신용으로 2백 달러 짜리 권총이 한자루 있었고 총알도 150발 가량 있었다.(나이지리아나 시에라 레온이나 암시장에서 권총 한자루는 50 내지 백 달러, 총알은 한발에 1달러 정도면 살 수 있다)

2시간이나 총격전이 벌어지는데도 경찰이고 뭐고 아무도 달려오지 않았다. 한인회장은 발꿈치에 유탄을 맞아서 부상했다. 드디어 강도들이 안으로 도저히 들어갈 수 없다고 판단하여 단념하고는 스스로 물러갔다.

만일 어느 한 구석이라도 뚫렸다면 전가족 다섯 명이 몰살당했을 것이다. 생각만 해도 끔찍한 일이다. 총무는 그 강도들이 누구인지 대개 짐작이 간다고 했다. 수산장관에게 협조를 요청했지만 장관은 자기 힘으로도 어쩔 수가 없다고 대답했다. 설령 체포해서 경찰에 넘긴다고 해도 강도들 뒤에 든든한 줄이 있어서 곧 석방이 된다. 그러면 보복이 더욱 두렵다.

그래서 벙어리 냉가슴 앓듯이 끙끙대고 만다는 것이다. 한마디로 무법천지다.

라고스에서 대사관들이 몰려 있는 빅토리아 섬은 비교적 안전지대라고 한다. 그러나 여기서도 밤에 가끔 총소리가 난다. 강도가 들어와서 총격전을 하는 것이 아니라 경비원 또는 집주인들이 얼굴도 보이지 않는 강도들에게 경고하기 위해서 쏘는 총이다. 자기네가 무장하고 있으니 함부로 쳐들어오지 말라고.

낮에도 총소리가 들릴 때가 있다.

처음에는 섬뜩한 생각이 들었다. 그러나 여러 번 듣고 나니까 익숙해졌다. 익숙해진다는 것이 제일 위험하다. 경계심을 풀고 안심하다가는 언제 무슨 꼴을 당할지 모르니까. 그래서 외교관이 임기를 마치고 떠날 때 환송회 파티 석상에서 남은 외교관들이 이런 말을 한다.

"나이지리아에서 무사히(!) 탈출하게 된 것을 축하합니다!"

그러면 떠나는 외교관의 대답이 무엇인지 아는가?

"여러분에게도 곧 무사히 탈출하는 기회가 오기를 진심으로 축원합니다!"

라고스 대주교와 나눈 대화

1996년 3월말에 라고스에 부임한 뒤 두 달이 지나서 라고스 대교구의 오코기에 대주교를 예방했다. 우리 대사관과 마찬가지로 빅토리아 섬에 위치한 주교관은 대사관에서 그리 멀지 않다.

1층 입구에는 철제 셔터 장치가 되어 있다. 무장강도의 습격을 우려하는 것이겠지 하는 생각이 들었다. 그러다가 문득 군사정권에서 엉뚱한 짓을 할지도 모른다는 의구심에서 미리 대비한 것일지도 모른다는 생각도 뇌리를 스쳤다.

두 가지가 다 이유가 될 것이다.

2층의 비서신부가 나를 3층으로 안내하고는 다시 자기 방으로 내려갔다. 아무도 배석을 하지 않는다는 의미였다. 나는 대주교와 악수를 나누고 명함을 건네주었다. 키가 내 어깨까지밖에 안 오는 작은 체구에 얼굴은 동그스름한 대주교다. 그 손은 정열에 넘치는지 따뜻했다.

그때까지 두번이나 강도에게 습격을 받았고, 한번은 이마가 깨졌다고 신문에 오르내린 대주교. 성격이 매우 소탈하고 친절하다. 대주교라고 해서 목에 힘이 들어가지도 않았다.

5인용 낡은 소파와 빈약한 서가가 고작인 응접실은 비좁고 초라하기 짝이 없었다. 나이지리아의 극도의 가난이 거울에 비친 것 같았다. 주교좌 대성당의 주일미사에서 신도들이 내는 헌금이 대개 우리 돈으로 2백원이고, 일주일의 헌금과 교무금(특별헌금)의 합계가 40만원 수준이라고 한다. 살림이 꽤 어려울 것으로 추측했다.

이런 저런 이야기 끝에 내가 소신학교 출신이라고 알려주었다. 한때 신부가 되려고 신학교에 들어갔으나 사정이 있어서 나왔다. 그리고 법대를 졸업하고 외교관이 되었다고 설명했다.

그랬더니 대주교가 오른손을 위로 쳐들었다. 아이들이 하듯이 손바닥을 마주 치자는 것이었다. 나도 오른손을 펴서 손바닥을 서로 탁 부딪쳤다.

대주교가 환하게 웃으면서 한마디 던졌다.

"신부가 된 것보다는 대사가 훨씬 낫지요."

그 말에는 많은 의미가 들어있을 것이다. 우리 국내에서도 나는 그런 말을 여러번 들었다. 그때마다 웃어넘기기는 했지만, 묘한 뉴앙스가 머리속에서 맴돌았다. 대사가 뭐라고…

서울법대 4학년 때 외무고시에 합격하고 27년만에 대사가 되었다. 3등 서기관에서 1등 서기관, 참사관, 공사를 거치는 동안에는 대사가 뭔지 사실 정확하게 몰랐다. 그러나 대사로 부임해서 몇 달 지나고 보니 대사가 뭔지 알 것 같았다. 나라를 대표하고, 국가이익을 지키고, 교민을 보호하고… 그런 형식적인 의미를 말하는 것이 아니다.

대사는 대사다. 국내에 있든, 외국에 주재하든, 많은 권한과 명예를
받은 그만큼 국민에게 봉사하는 자리다. 진심으로, 양심적으로 봉사하
는 자리다. 그런 의미의 대사를 이해할 듯 하다는 것이다.

사제의 길도 이웃에게 봉사하는 길 가운데 한가지가 아닌가? 사제와
대사는 복장과 예식과 용어와 일터가 다르기는 하지만, 결국은 똑같은
국민의 봉사자가 아닌가? 그런 의미다. 오코기에 대주교도 아마 그런
뜻으로 말했을 것이다.

아웃 오브 아프리카

글쓴이 / 이 동 진
펴낸이 / 孫 貞 順
펴낸곳 / 모아드림

초판 1쇄 발행 / 1999년 8월 25일
초판 2쇄 인쇄 / 1999년 9월 8일

120-193 서울 서대문구 북아현3동 180-22
전화 / 365-8111~2
팩시밀리 / 365-8110
E-mail : morebook @ netsgo.com
등록번호 / 제2-2264호 (1996. 10.24)